…ベルリン発祥の地。当時は「古（アルト）ベルリン」「古（アルト）ケルン」と呼ばれていた。

ベルリン市政府が製作した市街地図（1888年）。道路交通状況を示すことが目的であったため、道路や建物の形状、交通網は厳密に記されているが、建物内の詳細については未更新の箇所がある。
© Ladesarchiv Berlin/ F Rep.270, Nr. 8162

1888年ベルリン市街図【1】
い
ろ
一
二
三
四
シュプレー川
鷗外第一の下宿
フリードリッヒ駅
帝国議事堂
(連邦議事堂)
凱旋塔
(戦勝記念塔)
フリードリヒ大王騎馬像
皇帝の角
皇帝
ウンター・デン・リンデン
ブランデンブルク門
カイザー・ギャラリー
大学図
フリードリッヒ通り
フランス大
獣苑
(ティアガルテン)
ジャンダルメン
新教会
(ドイツ大
公使館
ホテル・カイザーホーフ
ポツダム広場
ポツダム駅
い
ろ

は
に
N
W
E
S
一
モンビジュウ広場
グローセ・プレジデンテン通り
鷗外第三の下宿
ヴィクトリア劇場
ミュンツ通り
ベルゼ駅
鷗外第二の下宿
アレクサンダー広場駅
ガルニゾン教会
ローゼン通り
二
ナショナルギャラリー
ハイリヒ・ガイスト礼拝堂
ユダヤ寺院
ヴィルヘルム通り
聖マリア教会
ノイエ・フリードリッヒ通り
新博物館
カイザー・ヴィルヘルム通り
クロースター通り
旧博物館
衛生研究所
ドーム教会
クロースター教会
古《アルト》ベルリン
ケーニッヒ通り
フランス教会
シュロス橋
王城
パロヒアル教会
歌劇場
皇太子宮殿
ニコライ教会
シュロス広場
聖ヘドヴィッヒカテドラル
三
古《アルト》ケルン
四
0
200
400
600m
ベルリン発祥の地。当時は「古（アルト）ベルリン」「古（アルト）ケルン」と呼ばれていた。
は
に

# 1888年ベルリン市街図【2】

すべてのナゾが
これで解けた!!

# 鷗外「舞姫」
# 徹底解読

六草いちか

大修館書店

**ウンター・デン・リンデン**
当時の最も華やかな大通り。高級店が軒を連ね、通りの真ん中を菩提樹の並木に挟まれた遊歩道が貫いていた。**上)** 遊歩道でくつろぐ人々。**右)** 賑わう交差点。左奥に有名なカフェ・バウアー、右手に広告塔。TV やラジオの無い時代、文化面の貴重な情報源だった。

## 「舞姫」の街角、「舞姫」のベルリン

**パッサージュ「カイザー・ギャラリー」**
屋内型商店街。鷗外はここでカフスボタンを買い求め帰国後も愛用していた。日露戦争出征時にその片方を失い、恋人や友を追想する詩を綴っている。星と月の愛らしいデザインだったことから恋人と一緒に選んだとも言われている。

**ティアガルテンの森**

ブランデンブルク門の向こう側に広がる広大な森林公園。左奥に帝国議事堂、右手に戦勝記念塔。鷗外も 1887 年早春に友らと塔に上り、景色の中に感じ取った春の気配を日記に綴っている。

**シュプレー川**

シュプレー川の両岸にあった村から始まった町ベルリン。鷗外にとっても川は身近な日常の景色だった。当時も鷗が飛び交い、小舟が盛んに行き来した。自らを「鷗外漁史」とも名乗った鷗外。どことなくベルリンの町を連想させる。

# 目次

## 第3章　「舞姫」七不思議！

【本書で使用するマーク】
- 関連（ページ）
- 図版・地図（番号）
- 参考文献（番号）
- ▽補足説明

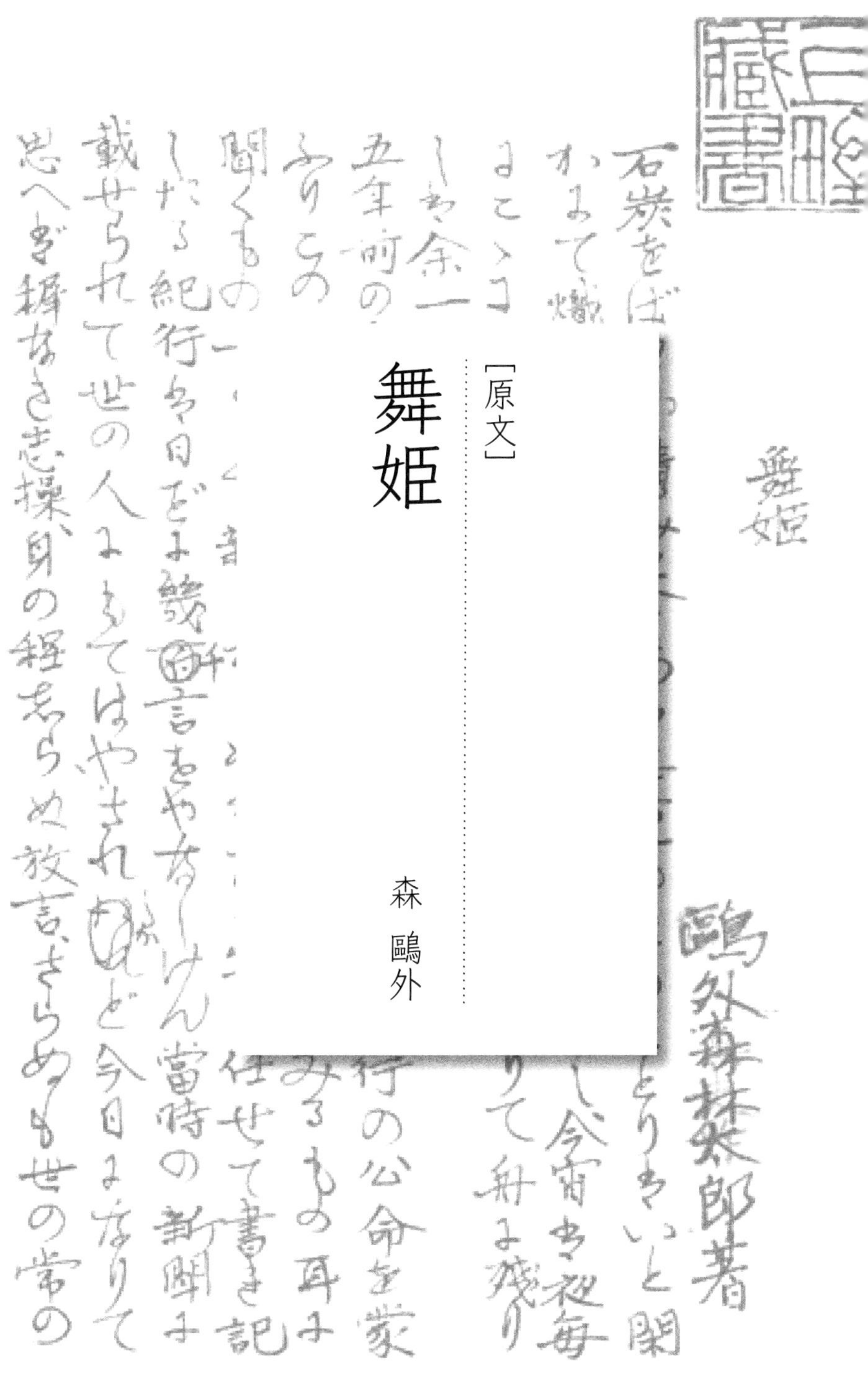


〔原文〕

# 舞姫

森鷗外

「舞姫」は、一八九〇年に発表され、以来、鷗外存命中は再掲のたびに推敲が繰り返されてきました。

ここでは、現在、最も広く読まれている『鷗外全集』（岩波書店、一九七一年）第一巻所収を底本に、「舞姫」に興味を持った人ができるだけスムーズに読み進められるよう、旧漢字を改めるなどし、すべての漢字および旧仮名遣いに現代仮名遣いで読みがなを振っています。

日本語を指す漢字の読みがなおよび日本語の言葉の脚注については、鷗外研究者檀原みすず氏にご協力いただきました。

【凡例】

＊旧漢字は常用漢字に改め、現代では漢字の意味そのものが異なる語句は、現代の表記に改めることとした。

＊送り仮名は現代の一般的な表記に改め、全体の均整をとるため旧仮名遣いを表記した上で、現代仮名遣いで読みがなを振ることとした。

＊踊り字や、文頭の「又」などの漢字は、読みやすさを考慮して、ひらがな表記とした。

＊カタカナ表記の一部に付けられていた括弧や傍線は取り除くこととした。

＊ドイツ語ではWはヴァ行で発音するが、当時の日本語にはヴァ行の発音が無かったためにヴァ行の表記が存在せず、逆にドイツ語にはワ行の発音が無かったことから使い分ける必要がなく、Wの付くドイツ語の読み仮名はワ行で書き表されていた。ここではWの付くドイツ語の読み仮名は、ヴァ行にした。

＊「普魯西」は英語のプロシアからきているとする説があるが典拠は存在せず、明治時代に発行された文献に「普魯西」と「プロイセン」の両方の表記が確認できたことから、「普魯西」の読み仮名は本来のドイツ語である「プロイセン」とした。

*石炭《せきたん》をばはや積《つ》み果《は》てつ。*中等室《ちゅうとうしつ》の*卓《つくえ》のほとりはいと静《しず》かにて、*熾熱灯《しねつとう》の光《ひかり》の晴《は》れがましきも*徒《いたずら》なり。今宵《こよい》は夜毎《よごと》にここに集《つど》ひ来《く》る*骨牌仲間《カルタなかま》も*ホテルに宿《やど》りて、船《ふね》に残《のこ》れるは余《よ》一人《ひとり》のみなれば。五年前《いつとせまえ》の事《こと》なりしが、平生《ひごろ》の望《のぞ》み足《た》りて、*洋行《ようこう》の*官命《かんめい》を蒙《こうむ》り、この*セイゴンの港《みなと》まで来《こ》し頃《ころ》は、目《め》に見《み》るもの、耳《みみ》に聞《き》くもの、一《ひと》つとして新《あら》たならぬはなく、筆《ふで》に任《まか》せて書《か》き記《しる》しつる紀行文《きこうぶん》日《ひ》ごとに*幾《いく》千言《せんげん》をか*なしけむ《ん》、当時《とうじ》の新聞《しんぶん》に載《の》せられて、世《よ》の人《ひと》にもてはやされしかど、今《こん》日《にち》になりておもへ《え》ば、幼《おさな》き思想《しそう》、身《み》の程《ほど》知《し》らぬ*放言《ほうげん》、*さらぬも*尋常《よのつね》の*動植金石《どうしょくきんせき》、

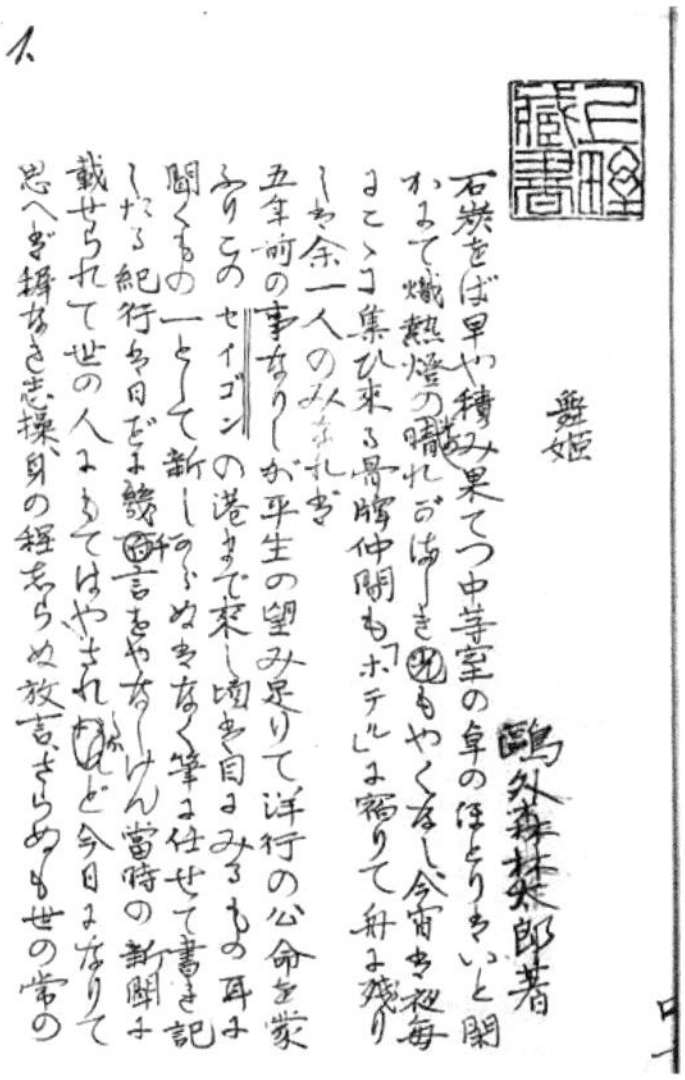

1 「舞姫」草稿

**石炭** 🔍79
**中等室** 二等船客専用サロン。▽船内は三等まで。🔍80
**卓** テーブル。
**熾熱灯** 白熱電灯。
**徒** 虚しい。役に立たない。
**骨牌** トランプ。カード。▽ポルトガル語が語源。
**ホテル** ▽数日停泊する港では下船し外泊が可能だった。
**洋行** 西洋への渡航。🔍80
**官命** 政府から受けた任命。
**セイゴン** サイゴン。▽現ベトナム・ホーチミン市。🔍81
**幾千言** 何千という言葉。
**なしけむ** …したことだろう。
**放言** 無責任な発言。
**さらぬも** そうでなくとも。
**尋常** 普通。世間並み。
**動植金石** 目に触れるものすべて。▽動物・植物・鉱物。

さては*風俗《ふうぞく》などをさへ《え》珍《めずら》しげにしるししを、*心《こころ》ある人《ひと》はいかにか見《み》けむ《ん》。こたびは*途《と》に上《のぼ》りしとき、日記《にっき》ものせむ《ん》とて買《か》ひ《い》し*冊子《さっし》もまだ白紙《はくし》のままなるは、独逸《ドイツ》にて物学《ものまな》びせし間《ま》に、一種《いっしゅ》の*ニル、アドミラリイの*気象《きしょう》をや養《やしな》ひ《い》得《え》たりけむ《ん》、あらず、これには別《べつ》に*故《ゆえ》あり。

*げに東《ひんがし》に還《かえ》る今《いま》の我《われ》は、西《にし》に航《こう》せし昔《むかし》の我《われ》ならず、学問《がくもん》こそなほ《お》心《こころ》に飽《あ》き足《た》らぬところも多《おお》かれ、*浮世《うきよ》のうきふしをも知《し》りたり、人《ひと》の心《こころ》の頼《たの》みがたきは*言《い》ふ《う》も更《さら》なり、われとわが心《こころ》さへ《え》変《か》は《わ》りやすきをも悟《さと》り得《え》たり。きのふ《う》の是《ぜ》はけふ《きょう》の非《ひ》なるわが瞬間《しゅんかん》の感触《かんしょく》を、筆《ふで》に写《うつ》して誰《たれ》にか見《み》せむ《ん》。これや日記《にっき》の成《な》らぬ縁故《えんこ》なる、あらず、これには別《べつ》に故《ゆえ》あり。

嗚呼《ああ》、*ブリンヂイシイ《ブリンディージー》の港《みなと》を出《い》でてより、早《は》や二十日《はつか》あまりを経《へ》ぬ。世《よ》の常《つね》ならば*生面《せいめん》の客《きゃく》にさへ《え》交《まじ》は《わ》りを結《むす》びて、旅《たび》の*憂《う》さを慰《なぐさ》めあふ《う》が航海《こうかい》の習《ならい》なるに、*微恙《びよう》にことよせて*房《へや》の裡《うち》にのみ籠《こも》りて、同《どう》行《こう》の人々《ひとびと》にも物《もの》言《い》ふ《う》ことの少《すく》なきは、人《ひと》知《し》らぬ恨《うら》みに頭《こうべ》のみ悩《なや》まし

**風俗**　習慣。風習。

**心ある人**　道理をわきまえている人。良識ある人。

**途に上り**　帰国の途につく。▽故郷や都心に向かうことを「上り」。逆は「下り」。

**冊子**　ノート。

**ニル、アドミラリイ**　何事にも動じない。▽ラテン語。賢者の資質。ピタゴラスの弁。

**気象**　気性。性質。

**故**　理由。原因。

**げに**　なるほど。いかにも。

**浮世**　世の中。世間。

**言ふも更なり**　言うまでもなく。

**ブリンヂイシイ**　ブリンディジ。▽イタリア南部の港町。ここから帰国した設定。82

**生面**　初対面。

**憂さ**　たいくつさ。

**微恙**　軽い病気。不調。

**房の裡**　客室内。

たればなり。この恨《うら》みは初《はじ》め*一抹《いちまつ》の雲《くも》の如《ごと》く我《わ》が心《こころ》を*掠《かす》めて、*瑞西《スイス》の山色《さんしょく》をも見《み》せず、*伊太利《イタリア》の古蹟《こせき》にも心《こころ》を留《とど》めさせず、中頃《なかごろ》は世《よ》を厭《いと》ひ、身《み》をはかなみて、*腸《はらわた》日《ひ》ごとに九廻《きゅうかい》すともいふ《う》べき惨痛《さんつう》をわれに負《お》はせ、今《いま》は心《こころ》の奥《おく》に凝《こ》り固《かた》まりて、一点《いってん》の陰《かげ》とのみなりたれど、文読《ふみよ》むごとに、物見《ものみ》るごとに、鏡《かがみ》に映《うつ》る影《かげ》、声《こえ》に応《おう》ずる響《ひび》きの如《ごと》く、限《かぎ》りなき*懐旧《かいきゅう》の情《じょう》を喚《よ》び起《お》こして、幾度《いくたび》となく我《わ》が心《こころ》を苦《くる》しむ。嗚呼《ああ》、いかにしてかこの恨《うら》みを*銷《しょう》せむ《ん》。もしほかの恨《うら》みなりせば、*詩《し》に詠《えい》じ歌《うた》によめる後《のち》は心地《ここち》すがすがしくもなりなむ《ん》。これのみは余《あま》りに深《ふか》く我《わ》が心《こころ》に彫《え》りつけられたればさはあらじと思《おも》へ《え》ど、今宵《こよい》はあたりに人《ひと》も無《な》し、*房奴《ぼうど》の来《き》て*電気線《でんきせん》の鍵《かぎ》を捩《ねじ》るにはなほ《お》程《ほど》もあるべければ、いで、その概略《あらまし》を文《ふみ》に綴《つづ》りて見む。

余《よ》は幼《おさな》き比《ころ》より厳しき*庭《にわ》の訓《おしえ》を受《う》けし甲《か》斐《い》に、父《ちち》をば早《はや》く喪《うしな》ひ《い》つれど、学問《がくもん》の荒《すさ》

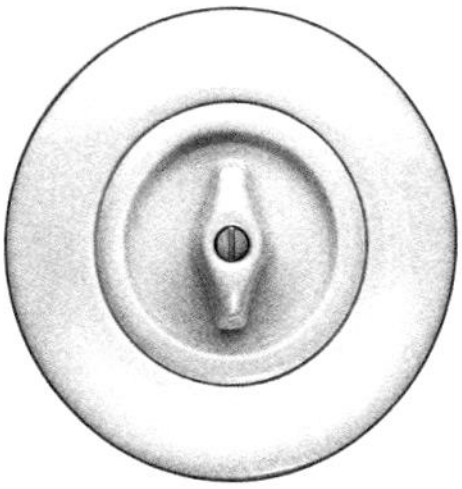

📷2 電気線の鍵
（電灯スイッチ）

**一抹の雲**　わずかな雲。

**掠めて**　（思いなどが）ふと現れてはすぐ消えて。

**瑞西の山色**　スイスの山の景色。アルプス山脈。🔍85

**伊太利の古蹟**　イタリアの遺跡。🔍85

**腸日ごとに九廻す**　腸がねじれるほどの激痛に悶え苦しむ。▽中国の歴史家・司馬遷に「腸一日而九回」の言あり。

**懐旧の情**　昔を懐かしむ感情。

**銷せむ**　消そうか。

**詩に詠じ歌によめる**　▽詩は漢詩、歌は和歌。

**房奴**　ボーイ。給仕。

**電気線の鍵を捩る**　▽初期の電灯スイッチは捻り式。📷2

**庭の訓**　家庭教育。

み衰《おとろ》ふ《う》ることなく、*旧藩《きゅうはん》の学館《がっかん》にありし日《ひ》も、東京《とうきょう》に出《い》でて*予備《よび》校《こう》に通《かよ》ひ《い》しときも、大学法学部《だいがくほうがくぶ》に入《い》りし後《のち》も、太田豊太郎《おおたとよたろう》といふ《う》名《な》はいつも一級《いっきゅう》の首《はじめ》にしるされたりしに、一人子《ひとりご》の我《われ》を*力《ちから》になして世《よ》を渡《わた》る母《はは》の心《こころ》は慰《なぐさ》みけらし。十九《じゅうく》の歳《とし》には*学士《がくし》の称《しょう》を受《う》けて、大《だい》学《がく》の立《た》ちてよりその頃《ころ》までにまたなき名誉《めいよ》なりと人《ひと》にも言《い》は《わ》れ、某省《なにがししょう》に*出仕《しゅっし》して、故郷《ふるさと》なる母《はは》を都《みやこ》に呼《よ》び迎《むか》へ《え》、楽《たの》しき年《とし》を送《おく》ること*三《み》とせばかり、官長《かんちょう》の*覚《おぼ》え殊《こと》なりしかば、洋行《ようこう》して一課《いっか》の事《じ》務《む》を取《と》り調《しら》べよとの命《めい》を受《う》け、*我《わ》が名《な》を成《な》さむ《ん》も、*我《わ》が家《いえ》を興《おこ》さむ《ん》も、今《いま》ぞとおもふ《う》心《こころ》の勇《いさ》み立《た》ちて、五十《ごじゅう》を越《こ》えし母《はは》に別《わか》るるをもさまで悲《かな》しとは思《おも》わず、遙々《はるばる》と家《いえ》を離《はな》れて*ベルリンの都《みやこ》に来《き》ぬ。

余《よ》は*模糊《もこ》たる功名《こうみょう》の念《ねん》と、*検束《けんそく》に慣《な》れたる*勉強力《べんきょうりょく》とを持《も》ちて、忽《たちま》ちこの欧羅巴《ヨーロッパ》の*新大都《しんたいと》の中央《ちゅうおう》に立《た》てり。何等《なんら》の光彩《こうさい》ぞ、我《わ》が目《め》を射《い》む《ん》とするは。何等《なんら》の色沢《しきたく》ぞ、我《わ》が心《こころ》を迷《まよ》は《わ》さむ《ん》とするは。菩提《ぼだい》樹下《じゅか》と訳《やく》するときは、*幽静《ゆうせい》なる*境《さかい》なるべく思《おも》は《わ》るれど、この*大道髪《だいどうかみ》

**旧藩の学館** ▽江戸時代の藩の学校。
**予備校** 大学付属の大学進学準備クラス。
**力になして** 生きがいにして。
**学士の称** 大学卒業資格。
**出仕** 入省。官職に就く。
**三とせ** 三年。
**覚え殊なりしかば** 信頼が特別厚かったので。
**我が名を成さむ** 世間から評価を受け名声を得よう。
**我が家を興さむ** 自身の家系・家柄を繁栄させよう。
**ベルリン** ▽プロイセン王国・ドイツ帝国の首都。🔍72
**模糊** ぼんやりとした。
**検束** 厳しく抑制すること。
**勉強力** ▽漢語本来の「強制力」のこと。
**新大都** 🔍87
**幽静なる** 奥深く、静かな。
**境** 場所。

📷3 ウンター・デン・リンデン

の如《ごと》き*ウンテル、デン、リンデンに来《き》て両辺《りょうへん》なる石《いし》だたみの人道《じんどう》を行《ゆ》く*隊々《くみぐみ》の士女《しじょ》を見《み》よ。胸張《むねは》り*肩《かた》聳《そび》えたる士官《しかん》の、まだ*維《ヴィル》廉《ヘルム》一世《いっせい》の*街《まち》に臨《のぞ》める窓《まど》に倚《よ》りたまふ《う》頃《ころ》なりければ、様々《さまざま》の色《いろ》に飾《かざ》り成《な》したる礼装《れいそう》をなしたる、*妍《みめよ》き少女《おとめ》

📷4 肩章（エポレット）

**大道髪の如き**　大通りがまっすぐに伸びた長髪のよう。🔍88

**ウンテル、デン、リンデン**　ウンター・デン・リンデン🔍📷88

**隊々の士女**　連れだって歩く紳士淑女。

**肩聳えたる**　▽肩章（エポレット）で張った肩。🔍97📷4

**維廉一世**　ヴィルヘルム一世(1797-1888)。プロイセン王。初代ドイツ皇帝。🔍93

**街に臨める窓**　🔍93📷26・27

**妍き**　美しい。優美な。

📷5　噴水とブランデンブルク門

の*巴里《パリ》まねびの粧《よそお》いしたる、彼《かれ》も此《これ》も目《め》を驚《おどろ》かさぬはなきに、車道《しゃどう》の*土瀝青《どれきせい》の上《うえ》を音《おと》もせで走《はし》る*いろいろの馬車《ばしゃ》、雲《くも》に聳《そび》ゆる*楼《ろう》閣《かく》の少《すこ》しとぎれたる処《ところ》には、晴《は》れたる空《そら》に夕立《ゆうだち》の音《おと》を聞《き》かせて漲《みなぎ》り落《お》つる*噴井《ふんせい》の水《みず》、遠《とお》く望《のぞ》めば*ブランデンブルク門《もん》を隔《へだ》てて緑樹枝《りょくじゅえだ》をさし交《かわ》はしたる中《うち》より、半天《はんてん》に浮《うか》び出《い》でたる*凱旋塔《がいせんとう》の*神女《しんにょ》の像《ぞう》、この許多《あまた》の景物《けいぶつ》*目睫《もくしょう》の間《かん》

**巴里まねび**　パリを真似た。

**土瀝青**　アスファルト。🔍99

**いろいろの馬車**　🔍100

**楼閣**　高層建造物。🔍105

**噴井**　噴水。🔍107　📷5・44

**ブランデンブルク門**　▽ウンター・デン・リンデンの西端にある大きな門。🔍108

**凱旋塔**　戦勝記念塔。🔍114　📷47

**神女の像**　🔍114　📷47・48

**目睫の間**　至近距離。

に集《あつ》まりたれば、初《はじ》めてここに来《こ》しものの応接《おうせつ》に暇《いとま》なきも宜《うべ》なり。されど我《わ》が胸《むね》にはたとひいかなる境《さかい》に遊《あそ》びても、あだなる美観《びかん》に心《こころ》をば動《うご》かさじの誓《ちか》ひありて、つねに我《われ》を襲《おそ》ふ外物《がいぶつ》を遮《さえぎ》り留《と》めたりき。

余《よ》が鈴索《すずなわ》を引《ひ》き鳴《な》らして謁《えつ》を通《つう》じ、おほやけの紹介状《しょうかいじょう》を出《い》だして東来《とうらい》の意《い》を告《つ》げし普魯西《プロイセン》の官員《かんいん》は、皆《みな》快《こころよ》く余《よ》を迎《むか》へ、公使館《こうしかん》よりの手《て》つづきだに事《こと》なく済《す》みたらましかば、何事《なにごと》にもあれ、教《おし》へもし伝《つた》へもせむ《ん》と約《やく》しき。喜《よろこ》ばしきは、わが故里《ふるさと》にて、独逸《ドイツ》、仏蘭西《フランス》の語《ご》を学《まな》びしことなり。彼等《かれら》は初《はじ》めて余《よ》を見《み》しとき、いづくにていつの間《ま》にかくは学《まな》び得《え》つると問《と》はぬことなかりき。

さて官事《かんじ》の暇《いとま》あるごとに、かねておほやけの許《ゆるし》をば得《え》たりければ、ところの大学《だいがく》に入《い》りて政治学《せいじがく》を修《おさ》め

6　フリードリヒ・ヴィルヘルム大学（現フンボルト大学）

**応接に遑なき**　面食らう。
**宜なり**　もっともなことだ。
**あだなる**　むなしい。
**鈴索**　呼び鈴。
**謁を通じ**　面会を申し込み。
**おほやけ**　政府。公式。
**東来の意**　東方（日本）からやって来た目的。
**普魯西**　プロイセン（王国）。▽一八七一年ドイツ帝国成立後も、市民の間ではプロイセン意識のほうが強かった。
**公使館**　公使を長とする在外公館。▽フォス通り七番地。
**いづくにて**　どこで。
**かくは**　このように。
**ところの大学**　当地の大学。▽フリードリッヒ・ヴィルヘルム大学。現フンボルト大学。

む《ん》と、名《な》を*簿冊《ぼさつ》に記《しる》させつ。

ひと月《つき》ふた月《つき》と*過《す》ごす程《ほど》に、おほ《お》やけの打《う》ち合《あ》は《わ》せも済《す》みて、取《と》り調《しら》べも次第《しだい》に捗《はかど》り行《ゆ》けば、急《いそ》ぐことをば報告書《ほうこくしょ》に作《つく》りて送《おく》り、さらぬをば写《うつ》し留《とど》めて、つひ《い》には幾巻《いくまき》をかなしけむ《ん》。大学《だいがく》のかたにては、*穉《おさな》き心《こころ》に思《おも》ひ《い》計《はか》りしが如《ごと》く、政治家《せいじか》になるべき*特科《とっか》のあるべうもあらず、此《これ》か彼《かれ》かと心迷《こころまよ》ひ《い》ながらも、二三《にさん》の*法家《ほうか》の*講筵《こうえん》に*列《つら》なることにおもひ《い》定《さだ》めて、謝金《しゃきん》を収《おさ》め、*往《ゆ》きて聴《き》きつ。

かくて三年《さんねん》ばかりは夢《ゆめ》の如《ごと》くにたちしが、時来《ときき》たれば*包《つつ》みても包《つつ》みがたきは人《ひと》の*好尚《こうしょう》なるらむ《ん》、余《よ》は父《ちち》の遺言《ゆいごん》を守《まも》り、母《はは》の教《おし》へ《え》に従《したが》ひ《い》、人《ひと》の*神童《しんどう》なりなど褒《ほ》むるが嬉《うれ》しさに怠《おこた》らず学《まな》びし時《とき》より、官長《かんちょう》の善《よ》き働《はたら》き手《て》を得《え》たりと励《はげ》ますが喜《よろこ》ばしさに*たゆみなく勤《つと》めし時《とき》まで、ただ*所動的《しょどうてき》、器械的《きかいてき》の人物《じんぶつ》になりて自《みずか》ら悟《さと》らざりしが、今《いま》二十五歳《にじゅうごさい》になりて、既《すで》に久《ひさ》しくこの*自由《じゆう》なる大学《だいがく》の風《かぜ》に当《あ》たりたればにや、心《こころ》の中《なか》なにとなく穏《おだ》やかならず、奥深《おくふか》く潜《ひそ》みたりしまこと

**簿冊**　学生簿。
**穉き心**　世間知らずな思い。
**特科**　学科。科目。
**法家**　法律学者。
**講筵**　講義。
**列なる**　出席する。
**往きて**　出かけて。
**包みても包みがたき**　隠そうにも隠しきれない。
**好尚**　好み。嗜好。
**神童**　天才児。
**たゆみなく**　怠ることなく。
**所動的**　受動的。
**自由なる大学の風**　大学の自由な気風。

の我《われ》は、*やう《よ》やう《よ》表《おもて》にあらは《わ》れて、きのふ《う》までの我《われ》ならぬ我《われ》を攻《せ》むるに似《に》たり。余《よ》は我《わ》が身《み》の今《いま》の世《よ》に雄飛《ゆうひ》すべき政治家《せいじか》になるにも宜《よろ》しからず、また善《よ》く*法典《ほうてん》を諳《そらん》じて*獄《ごく》を断《だん》ずる法律家《ほうりつか》になるにもふさは《わ》しからざるを悟《さと》りたりと思ひ《い》ぬ。余《よ》は私《ひそか》に思《おも》ふ《う》やう《よ》、我《わ》が母《はは》は余《よ》を活《い》きたる辞書《じしょ》となさんとし、我《わ》が官長《かんちょう》は余《よ》を活《い》きたる法律《ほうりつ》となさんとやしけん。辞書《じしょ》たらむ《ん》はなほ《お》堪《た》ふ《う》べけれど、法律《ほうりつ》たらんは忍《しの》ぶべからず。今《いま》までは*瑣々《ささ》たる問題《もんだい》にも、極《きわ》めて丁寧《ていねい》に*いらへ《え》しつる余《よ》が、この頃《ころ》より官長《かんちょう》に寄《よ》する書《ふみ》には連《しき》りに法制《ほうせい》の細目《さいもく》に*拘《かかずら》ふ《う》べきにあらぬを論《ろん》じて、一《ひと》たび法《ほう》の精神《せいしん》を*だに得《え》たらんには、*紛々《ふんぷん》たる万事《ばんじ》は*破竹《はちく》の如《ごと》くなるべしなどと*広言《こうげん》しつ。また大学《だいがく》にては法《ほう》科《か》の講筵《こうえん》を*余所《よそ》にして、歴史文学《れきしぶんがく》に心《こころ》を寄《よ》せ、漸《ようや》く*蔗《しゃ》を嚼《は》む境《きょう》に入《い》りぬ。

官長《かんちょう》はもと心《こころ》のままに用《もち》ゐ《い》るべき器械《きかい》をこそ作《つく》らんと*したりけめ。独立《どくりつ》の思想《しそう》を懐《いだ》きて、人《ひと》なみならぬ面《おも》もちしたる男《おとこ》をいかでか

**やうやう**　しだいに。
**法典を諳じ**　法律の条文を暗記して。
**獄を断ずる法律家**　裁判で判決をくだす裁判官。
**瑣々たる**　こまごました。
**いらへしつる**　返答していた。
**拘ふ**　かかわる。こだわる。
**だに得たらんには**　…さえ会得したならば。
**紛々たる万事**　複雑な問題のすべて。
**破竹の如くなるべし**　竹を割るようにすっぱりと解決できるだろう。
**広言**　大口をたたく。
**余所にして**　無視して。
**蔗を嚼む境**　佳境。次第に面白さのわかる心境。▽サトウキビを嚙むとだんだん甘くなっていくところから。
**したりけめ**　…したのだろう。

喜《よろこ》ぶべき。危《あやう》ふきは余《よ》が当時《とうじ》の地位《ちい》なりけり。されどこれのみにては、なほ我《わ》が地位《ちい》を覆《くつがえ》すに足《た》らざりけんを、日比《ひごろ》伯林《ベルリン》の留学生《りゅうがくせい》の中《うち》にて、或《あ》る勢力《せいりょく》ある一群《ひとむれ》と余《よ》との間《あいだ》に、面白《おもしろ》からぬ関係《かんけい》ありて、かの人々《ひとびと》は余《よ》を*猜疑《さいぎ》し、またつひに余《よ》を*讒誣《ざんぶ》するに至《いた》りぬ。されどこれとてもその*故《ゆえ》なくてやは。

かの人々《ひとびと》は余《よ》が共《とも》に*麦酒《ビール》の杯《はい》をも挙《あ》げず、*球突《たまつ》きの棒《ぼう》をも取《と》らぬを、かたくななる心《こころ》と欲《よく》を制《せい》する力《ちから》とに帰《き》して、且《かつ》は嘲《あざけ》り且《かつ》は嫉《ねた》みたりけん。されどこは余《よ》を知《し》らねばなり。嗚呼《ああ》、*この故《ゆえ》よしは、我《わ》が身《み》だに知《し》らざりしを、いかでか人《ひと》に知《し》らるべき。わが心《こころ》はかの*合《ね》歓《む》といふ木《き》の葉《は》に似《に》て、物触《ものふる》れば縮《ちぢ》みて避《さ》けんとす。我《わ》が心《こころ》は*処女《しょじょ》に似《に》たり。余《よ》が幼《おさな》き頃《ころ》より*長者《ちょうじゃ》の教《おし》へ《え》を守《まも》りて、学《まな》びの道《みち》をたどりしも、*仕《つか》へ《え》の道《みち》をあゆみしも、皆《み》な勇気《ゆうき》ありて*能《よ》くしたるにあらず、耐忍勉強《たいにんべんきょう》の力《ちから》と見《み》えしも、皆《み》な自《みずか》ら欺《あざむ》き、人《ひと》をさへ《え》欺《あざむ》きつるにて、人《ひと》のたどらせたる道《みち》を、ただ一条《ひとすじ》にたどりしのみ。余所《よそ》に

**猜疑**　疑い。不審。

**讒誣**　中傷。おとしめ。

**故なくてやは**　理由のないことだろうか（理由なくしてはあり得ない）。

**麦酒**　ビール。▽当時はベルリンでもビール醸造が盛んだった。🔍118

**球突きの棒**　ビリヤードのキュー。

**この故よし**　こうなる原因。

**合歓**　ネムノキ。🔍159

**処女**　▽ここでは、「自分の意志を持たない臆病な者」の意味。中国の思想家・孫子の「始めは処女の如く、後には脱兎の如し」が有名。

**長者**　年配者。人格者。

**仕への道**　官僚への道。

**能くしたるにあらず**　できたのではない。

心《こころ》の乱《みだ》れざりしは、外物《がいぶつ》を棄《す》てて顧《かえり》みぬ程《ほど》の勇気《ゆうき》ありしにあらず、ただ外物《がいぶつ》に恐《おそ》れて自《みずか》らわが手足《てあし》を縛《ばく》せしのみ。故郷《ふるさと》を立《た》ちいづる前《まえ》にも、我《わ》が*有為《ゆうい》の人物《じんぶつ》なることを疑《うたが》はず、また我《わ》が心《こころ》の能《よ》く耐《た》へ《え》んことをも深《ふか》く信《しん》じたりき。嗚呼《ああ》、彼《か》も一時《いっし》。船《ふね》の横浜《よこはま》を離《はな》るるまでは、*天晴《あっぱれ》豪傑《ごうけつ》と思《おも》ひ《い》し身《み》も、*せきあへ《え》ぬ涙《なみだ》に*手巾《しゅきん》を濡《ぬ》らしつるを我《われ》ながら怪《あや》しと思《おも》ひ《い》しが、これぞ*なかなかに我《わ》が本性《ほんしょう》なりける。この心《こころ》は生《う》まれながらにやありけん、また早《はや》く父《ちち》を失《うしな》ひ《い》て母《はは》の手《て》に育《そだ》てられしによりてや生《しょう》じけん。

かの人々《ひとびと》の嘲《あざけ》るは*さることなり。されど嫉《ねた》むはおろかならずや。この弱《よわ》く*ふびんなる心《こころ》を。

赤《あか》く白《しろ》く面《おもて》を塗《ぬ》りて、*赫然《かくぜん》たる色《いろ》の衣《ころも》を纏《まと》ひ《い》、*珈《カ》琲《フェ》店《ざ》に坐《ざ》して*客《きゃく》を延《ひ》く女《おみな》を見《み》ては、往《ゆ》きてこれに就《つ》かん勇気《ゆうき》なく、*高《たか》き帽《ぼう》を戴《いただ》き、*眼鏡《めがね》に鼻《はな》を挟《はさ》ませて、普魯西《プロイセン》にては貴族《きぞく》めきたる*鼻音《びおん》にて物言《ものい》ふ《う》*レエベマ《レーベマ》

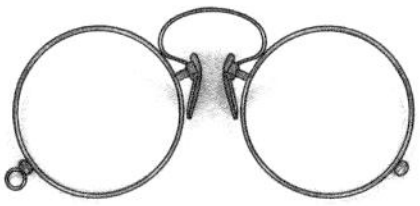

📷7　眼鏡（つるなし眼鏡）

**有為**　世の役に立つ。
**天晴**　なんと素晴らしい。
**せきあへぬ**　こらえることができない。
**手巾**　ハンカチ。
**なかなかに**　むしろ。
**さることなり**　もっともだ。
**ふびんなる**　哀れな。
**赫然**　刺激的。けばけばしい。
**珈琲店**　カフェ。喫茶店。🔍120
**客を延く女**　客引きをする娼婦。▽売春宿がなく、娼婦はカフェ店内で客を引いていた。
**高き帽**　シルクハット。▽高さのある円柱帽子。山高帽ではない。
**眼鏡に鼻を挟ませて**　眼鏡を鼻筋に乗せて。▽つるなし眼鏡が主流だった。
**鼻音**　鼻にかけた発音。気取った話し方。
**レエベマン**　道楽者。遊び人。

ン《ン》を見《み》ては、往《ゆ》きてこれと遊《あそ》ばん勇気《ゆうき》なし。これらの勇気《ゆうき》なければ、かの活発《かっぱつ》なる同郷《どうきょう》の人々《ひとびと》と交《まじわ》らんや（ょ）うもなし。この交際《つきあい》の疎《うと》きがために、かの人々《ひとびと》は唯余《ただよ》を嘲《あざけ》り、余《よ》を嫉《ねた》むのみならで、また余《よ》を猜疑《さいぎ》することとなりぬ。これぞ余《よ》が*冤罪《えんざい》を身《み》に負ひ《おい》て、*暫時《ざんじ》の間《かん》に*無量《むりょう》の艱難《かんなん》を*閲《けみ》し尽《つく》す*媒《なかだち》なりける。

　或《あ》る日《ひ》の夕暮《ゆうぐ》れなりしが、余《よ》は*獣苑《じゅうえん》を*漫歩《まんぽ》して、ウンテル、デン、リンデンを過《す》ぎ、我《わ》が*モンビシユウ《モンビジュー》街《がい》の*僑居《きょうきょ》に帰《かえ》らんと、*クロステル巷《こう》の*古寺《こじ》の前《まえ》に来《き》ぬ。余《よ》はかの灯火《ともしび》の海《うみ》を渡《わた》り来《き》て、この狭《せま》く薄暗《うすぐら》き巷《こうじ》に入《い》り、*楼上《ろうじょう》の木欄《おばしま》に干《ほ》したる*敷布《しきふ》、*襦袢《はだぎ》などまだ取《と》り入《い》れぬ人家《じんか》、頬髭長《ほおひげなが》き*猶太教徒《ユダヤきょうと》の*翁《おきな》が戸前《こぜん》に佇《たたず》みたる居酒屋《いざかや》、一《ひと》つの*梯《はしご》は直《ただ》ちに*楼《たかどの》に達《たっ》し、他《た》の梯《はしご》は*窖《あなぐら》住《す》まひ《い》の鍛冶《かじ》が家《いえ》に通《つう》じたる貸家《かしゃ》などに向ひ《むかい》て、凹字《おうじ》の形《けい》に引込《ひっこ》みて建《た》てられたる、この三《さん》百年前《びゃくねんまえ》の遺跡《いせき》を望《のぞ》む毎《ごと》に、心《こころ》の*恍惚《こうこつ》となりて暫《しば》し佇《たたず》みしこと幾度《いくたび》なるを知《し》らず。

**冤罪**　無実の罪。
**暫時の間**　しばらくの間。
**無量の艱難**　計り知れない苦しみ。
**閲し尽す**　味わい尽くす。
**媒**　きっかけ。
**獣苑**　ティアガルテン。▽森林公園。🔍114
**漫歩**　散歩。散策。
**モンビシユウ街**　モンビジューー通り。▽当時は実在しない地名。🔍122
**僑居**　仮住まい。下宿。
**クロステル巷**　クロースター通り周辺。
**古寺**　古びた教会。
**楼上の木欄**　上階の木製の手すり。欄干。
**敷布**　シーツ。
**襦袢**　肌着。
**猶太教徒**　ユダヤ人。
**翁**　高齢男性。
**梯**　階段。

今《いま》この処《ところ》を過《す》ぎんとするとき、鎖《とざ》したる寺門《じもん》の扉《とびら》に倚《よ》りて、声《こえ》を呑《の》みつつ泣《な》くひとりの少女《おとめ》あるを見《み》たり。年《とし》は十六七《じゅうろくしち》なるべし。被《かぶ》りし巾《きれ》を洩《も》れたる髪《かみ》の色《いろ》は、薄《うす》きこがね色《いろ》にて、着《き》たる衣《ころも》は垢《あか》つき汚《よご》れたりとも見《み》えず。我《わ》が足音《あしおと》に驚《おどろ》かされてかへ《え》りみたる面《おもて》、余《よ》に詩人《しじん》の筆《ひつ》なければこれを写《うつ》すべくもあらず。この青《あお》く清《きよ》らにて物問ひ《ものとい》たげに愁ひ《うれい》を含《ふく》める目《まみ》の、半《なか》ば露《つゆ》を宿《やど》せる長《なが》き睫毛《まつげ》に覆《おお》はれたるは、何故《なにゆえ》に一顧《いっこ》したるのみにて、用心深《ようじんぶか》き我《わ》が心《こころ》の底《そこい》までは徹《てっ》したるか。

彼《かれ》は料《はか》らぬ深《ふか》き嘆《なげ》きに遭ひ《あい》て、前後《ぜんご》を顧《かえり》みる暇《いとま》なく、ここに立《た》ちて泣《な》くにや。わが臆病《おくびょう》なる心《こころ》は憐憫《れんびん》の情《じょう》に打《う》ち勝《か》たれて、余《よ》は覚《おぼ》えず側《そば》に寄《よ》り、「何故《なにゆえ》に泣《な》きたまふ《う》か。ところに繋累《けいるい》なき外人《よそびと》は、却《かえ》りて力《ちから》を借《か》し易《やす》きこともあらん。」といひ《い》掛《か》けたるが、我《われ》ながらわが大胆《だいたん》なるに呆《あき》れたり。

彼《かれ》は驚《おどろ》きてわが黄《き》なる面《おもて》を打《う》ち守《まも》りしが、我《わ》が真率《しんそつ》なる心《こころ》や色《いろ》に

**楼**　上の階。
**窖**　▽建物の半地下部分。
**恍惚**　心奪われうっとりする。
**少女**　未成年の女性。
**巾**　布地。162
**薄きこがね色**　透けるような明るい金髪。
**面**　顔。
**物問ひたげに**　不審げに。訝しげに。
**愁ひ**　憂い。不安。心配。
**一顧**　一見。一瞥。
**彼**　▽対象人物。ここでは「彼女」。
**料らぬ**　思いがけない。
**ところに繋累なき外人**　この地につながりを持たないよそ者。外国人。
**黄なる面**　黄色い肌をした顔面。▽黄色人種であることにあえて言及。
**打ち守り**　じっと見つめ。

形《あらわ》はれたりけん。「君《きみ》は善《よ》き人《ひと》なりと見《み》ゆ。彼《かれ》の如《ごと》く酷《むご》くはあらじ。また我《わ》が母《はは》の如《ごと》く。」暫《しば》し涸《か》れたる涙《なみだ》の泉《いずみ》はまた溢《あふ》れて愛《あい》らしき頬《ほお》を流《なが》れ落《お》つ。

「我《われ》を救《すく》ひたまへ《え》、君《きみ》。わが恥《はじ》なき人《ひと》とならんを。母《はは》はわが彼《かれ》の言《こと》葉《ば》に従《したが》はねばとて、我《われ》を打《う》ちき。父《ちち》は死《し》にたり。明日《あす》は葬《ほうむ》らでは*かなはぬに、家《いえ》に一銭《いっせん》の貯《たくわえ》へだになし。」

あとは*欷歔《ききょ》の声《こえ》のみ。我《わ》が眼《まなこ》はこのうつむきたる少女《おとめ》の震《ふる》ふ項《うなじ》にのみ注《そそ》がれたり。

「君《きみ》が家《いえ》に送《おく》り行《ゆ》かんに、まず心《こころ》を鎮《しず》めたまへ《え》。声《こえ》を*な人《ひと》に聞《き》かせたまひ《い》そ。ここは往来《おうらい》なるに。」彼《かれ》は物語《ものがたり》するうちに、覚《おぼ》えず我《わ》が肩《かた》に倚《よ》りしが、この時《とき》ふと頭《こうべ》をもたげ、また初《はじ》めてわれを見《み》たるが如《ごと》く、恥《は》ぢて我《わ》が側《かたわら》を飛《と》びのきつ。

人《ひと》の見《み》るが厭《いとわ》はしさに、早足《はやあし》に行《ゆ》く少女《おとめ》の跡《あと》につきて、寺《てら》の筋向《すじむか》ひ《い》なる*大戸《おおど》を入《い》れば、欠《か》け損《そん》じたる石《いし》の梯《はしご》あり。これを上《のぼ》りて、四《よん》

**かなはぬ**　しなければならない。

**欷歔**　すすりなき。

**な人に聞かせたまひそ**　人に聞かせてはいけない。▽「な…そ」は禁止の意を表す。

**大戸**　建物入り口の扉。

階目《かいめ》に腰《こし》を折《お》りて潜《くぐ》るべき程《ほど》の戸《と》あり。少女《おとめ》は錆《さ》びたる針金《はりがね》の先《さ》きを捩《ねじ》ぢ曲《ま》げたるに、手《て》を掛《か》けて強《つよ》く引《ひ》きしに、中《なか》には咳枯《しわが》れたる*老媼《おうな》の声《こえ》して、「誰《た》ぞ」と問《と》ふ。エリス*帰《かえ》りぬと答《こた》ふる間《ま》もなく、戸《と》を*あららかに引《ひ》き開《あ》けしは、半《なか》ば白《しら》みたる髪《かみ》、悪《あ》しき相《そう》にはあらねど、貧苦《ひんく》の痕《あと》を*額《ぬか》に印《お》せし面《おもて》の老媼《おうな》にて、古《ふる》き*獣綿《じゅうめん》の衣《ころも》を着《き》、汚《よご》れたる上靴《うわぐつ》を履《は》きたり。エリスの余《よ》に会釈《えしゃく》して入《い》るを、かれは待《ま》ち兼《か》ねし如《ごと》く、戸《と》を激《はげ》しくたて切《き》りつ。

余《よ》は暫《しば》し茫然《ぼうぜん》として立《た》ちたりしが、ふと*油灯《ランプ》の光《ひかり》に透《す》かして戸《と》を見《み》れば、エルンスト、ワイゲルト《ヴァイゲルト》と漆《うるし》もて書《か》き、下《した》に仕立物師《したてものし》と注《ちゅう》したり。これ*すぎぬといふ少女《おとめ》が父《ちち》の名《な》なるべし。内《うち》には言《い》ひ争《あらそ》ふごとき声《こえ》聞《き》こえしが、また静《しず》かになりて戸《と》は再《ふたた》び開《あ》きぬ。さきの老媼《おうな》は*慇懃《いんぎん》におのが無礼《なめ》の振舞《ふるまい》せしを詫《わ》びて、余《よ》を迎《むか》へ入《い》れつ。戸《と》の内《うち》は*厨《くりや》にて、右手《めて》の低《ひく》き窓《まど》に、真白《ましろ》に洗《あら》ひたる麻布《あさぬの》を掛《か》けたり。左手《ゆんで》には粗末《そまつ》に積《つ》み上《あ》げたる煉瓦《れんが》の*竈《へつい》あり。正面《しょうめん》の一室《いっしつ》の戸《と》

**老媼**　高齢女性。

**帰りぬ**　ただいま。▽ドイツ語に「ただいま」にあたる単語がない。

**あららか**　荒々しく。

**額**　ひたい。

**獣綿**　ウール。羊毛。▽当時の日本ではまだ一般的ではなく、木綿に対して獣綿とした鷗外の造語。

**油灯**　オイルランプ。🔍166

**すぎぬ**　死去した。

**慇懃**　礼儀正しい。

**厨**　台所。厨房。

**竈**　煮炊き用のかまど。

は半《なか》ば開《ひら》きたるが、内《うち》には白布《しらぬの》を覆《おお》へ《え》る臥床《ふしど》あり。伏《ふ》したるはなき人《ひと》なるべし。竈《へつい》の側《がわ》なる戸《と》を開《ひら》きて余《よ》を導《みちび》きつ。この処《ところ》は*所謂《いわゆる》*マンサルドの街《まち》に面《めん》したる一間《ひとま》なれば、天井《てんじょう》もなし。隅《すみ》の屋根裏《やねうら》より窓《まど》に向《むか》ひ《い》て斜《なな》めに下《さ》がれる梁《はり》を、紙《かみ》にて張《は》りたる下《した》の、立《た》たば頭《こうべ》の支《つか》ふ《う》べき処《ところ》に*臥床《ふしど》あり。中央《ちゅうおう》なる机《つくえ》には美《うつく》しき*氈《かも》を掛《か》けて、上《うえ》には書物《しょもつ》一二《いちに》巻《かん》と写真帖《しゃしんちょう》とを並《なら》べ、*陶瓶《とうへい》にはここに似合《にっかわ》しからぬ価高《あたいたか》き花束《はなたば》を生《い》けたり。そが傍《かたわら》に少女《おとめ》は羞《はじらい》を帯《お》びて立《た》てり。

彼《かれ》は優《すぐ》れて美《び》なり。乳《ち》の如《ごと》き色《いろ》の顔《かんばせ》は灯火《ともしび》に映《えい》じて微紅《うすくれない》を潮《さ》したり。手足《てあし》の繊《かぼそ》く*裊《たおやか》なるは、貧家《ひんか》の女《おみな》に似《に》ず。老媼《おうな》の室《へや》を出《い》でし後《あと》にて、少女《おとめ》は少《すこ》し*訛《なま》りたる言葉《ことば》にて言《い》ふ《う》。「許《ゆる》したまへ《え》。君《きみ》をここまで導《みちび》きし*心《こころ》なさを。君《きみ》は善《よ》き人《ひと》なるべし。我《われ》をば*よも憎《にく》みたまは《わ》じ。明日《あす》に迫《せま》るは父《ちち》の*葬《とぶらい》、たのみに思《おも》ひ《い》しシヤウムベルヒ《シャウムベルヒ》、君《きみ》は彼《かれ》を知《し》らでやおは《わ》さん。彼《かれ》は*ヰクトリア《ヴィクトリア》座《ざ》の*座頭《ざがしら》なり。彼《かれ》が*抱《かか》へ《え》となりしより、早《は》や二年《ふたとせ》なれば、事《こと》なく我《われ》らを助《たす》けんと思《おも》ひ《い》しに、

**所謂**　強いて言うなら。▽実はそうではないことを示唆。
**マンサルド**　マンサード。屋根裏部屋。🔍208
**臥床**　ベッド。
**氈**　テーブルクロス。
**陶瓶**　陶製の花瓶。
**裊なる**　しなやかな。
**訛り**　方言。下町言葉。🔍130
**心なさ**　無礼な振る舞い。
**よも**　まさか。
**葬**　埋葬。🔍125
**ヰクトリア座**　ヴィクトリア劇場。▽古《アルト》ベルリンの北東に実在した。🔍132 📷54
**座頭**　劇場長。
**抱へ**　専属。

人《ひと》の憂《うれ》ひ《い》につけこみて、身勝手《みがって》なる*いひ《い》掛《が》けせんとは。我《われ》を救《すく》ひ《い》たまへ《え》、君《きみ》。金《かね》をば薄《うす》き給金《きゅうきん》を割《さ》きて還《かえ》し参《まい》らせん。たとひ《い》我《わ》が身《み》は食《くら》は《わ》ずとも。それもならずば母《はは》の言葉《ことば》に。」彼《かれ》は涙《なみだ》ぐみて身《み》をふるは《わ》せたり。その見《み》上《あ》げたる目《まみ》には、人《ひと》に否《いな》とはいは《わ》せぬ*媚《び》態《たい》あり。この目《まみ》の働《はたら》きは知《し》りてするにや、また自《みずか》らは知《し》らぬにや。

我《わ》が*隠《かく》しには*二《に》三《さん》マルクの*銀《ぎん》貨《か》あれど、それにて足《た》るべくもあらねば、余《よ》は*時《と》計《けい》をはづ《ず》して机《つくえ》の上《うえ》に置《お》きぬ。「これにて一時《いっとき》の急《きゅう》を凌《しの》ぎたまへ《え》。質屋《しちや》の使《つか》ひ《い》のモンビシュウ《モンビジュー》街《がい》三番地《さんばんち》にて太田《おおた》と訪《たず》ね来《こ》ん折《おり》には*価《あたい》を取《と》らすべきに。」

少女《おとめ》は驚《おどろ》き感《かん》ぜしさま見《み》えて、余《よ》が辞別《わかれ》のために出《い》だしたる手《て》を唇《くちびる》にあてたるが、はらはらと落《お》つる熱《あつ》き涙《なみだ》を我《わ》が手《て》の背《そびら》に注《そそ》ぎつ。

嗚呼《ああ》、何等《なんら》の*悪因《あくいん》ぞ。この恩《おん》を謝《しゃ》せんとて、自《みずか》ら我《わ》が僑居《きょうきょ》に来《こ》し少女《おとめ》は、*ショオペンハウ《ショーペンハウ》

📷8　懐中時計

**いひ掛け**　言いがかり。
**媚態**　すがりつく態度。
**隠し**　内ポケット。
**二三マルク**　現在の日本円で数千円。
**マルク**　ドイツ帝国通貨。▽補助通貨はペニヒ。
**銀貨**　銀を含有する硬貨。▽一、二、五マルクおよび二十、五十ペニヒ硬貨。🔍135
**時計**　懐中時計。▽ベストのポケットなどに収納。腕時計の普及は二十世紀以降。
**価を取らす**　借りた代金を支払う。▽時計を買い戻す。
**悪因**　良くない結果をもたらす原因。▽不幸な結末を迎えることの示唆。
**シヨオペンハウエル**　ショーペンハウアー（1788-1860）。ドイツの哲学者。

エ《エ》ル《ル》を右《みぎ》にし、*シルレルを左《ひだり》にして、*終日《ひねもす》*兀坐《こつざ》する我《わ》が読書《どくしょ》の窓下《そうか》に、一輪《いちりん》の名花《めいか》を咲《さ》かせてけり。この時《とき》を初《はじ》めとして、余《よ》と少女《おとめ》との交《まじ》はり漸《ようや》く繁《しげ》くなりもて行《ゆ》きて、同郷人《どうきょうじん》にさへ知《し》られぬれば、彼等《かれら》は*速了《そくりょう》にも、余《よ》を以《も》て*色《いろ》を舞姫《まいひめ》の群《むれ》に漁《ぎょ》するものとしたり。われ等二人《らふたり》の間《あいだ》にはまだ*痴騃《ちがい》なる歓楽《かんらく》のみ存《そん》したりしを。

その名《な》を指《さ》さんは憚《はばか》りあれど、同郷人《どうきょうじん》の中《うち》に*事《こと》を好《この》む人《ひと》ありて余《よ》がしばしば芝居《しばい》に出入《でい》りして、女優《じょゆう》と交《まじ》はるといふ《う》ことを、官《かん》長《ちょう》の許《もと》に報《ほう》じつ。*さらぬだに余《よ》が頗《すこぶ》る学問《がくもん》の岐路《きろ》に走《はし》るを知《し》りて憎《にく》み思《おも》ひ《い》し官長《かんちょう》は、ついに旨《むね》を公使館《こうしかん》に伝《つた》へ《え》て、我《わ》が*官《かん》を免《めん》じ、我《わ》が職《しょく》を解《と》いたり。公使《こうし》がこの命《めい》を伝《つた》ふ《う》る時《とき》余《よ》に言《い》ひ《い》しは、御身《おんみ》もし即時《そくじ》に郷《きょう》に帰《かえ》らば、*路用《ろよう》を給《きゅう》すべけれど、もしなほ《お》ここに在《あ》らんには、公《おおやけ》の助《たす》けをば仰《あお》ぐべからずとのことなりき。余《よ》は一週日《いっしゅうじつ》の猶予《ゆうよ》を請《こ》ひ《い》て、*とやか《こ》うと思《い》ひ煩《わずら》ふ《う》うち、我《わ》が生涯《しょうがい》にて最《もっと》も悲痛《ひつう》を覚《おぼ》えさせたる二通《につう》の書状《しょじょう》に接《せつ》しぬ。この二通《につう》はほとんど同時《どうじ》に

**シルレル**　シラー（1759–1805）。▽ドイツの詩人。
**終日**　一日中。
**兀坐する**　じっと座っている。
**速了にも**　早合点して。
**色**　色欲。性的な欲望。
**痴騃**　他愛ない。
**事**　ゴシップ。スキャンダル。
**さらぬだに**　ただでさえ。
**官を免じ**　免職し。解雇し。
**路用**　旅費。
**とやかうと**　あれこれと。

いだしししものなれど、一《いつ》は母《はは》の自筆《じひつ》、一《いつ》は親族《みうち》なる某《なにがし》が、母《はは》の死《し》を、我《わ》がまたなく慕ふ《したう》母《はは》の死《し》を報《ほう》じたる書《しょ》なりき。余《よ》は母《はは》の書中《しょちゅう》の言《こと》をここに反覆《はんぷく》するに堪へ《たえ》ず、涙《なみだ》の迫《せま》り来《き》て筆《ひつ》の運《はこ》びを妨《さまた》ぐればなり。

余《よ》とエリスとの交際《こうさい》は、この時《とき》までは余所目《よそめ》に見《み》るより清白《せいはく》なりき。彼《かれ》は父《ちち》の貧《まず》しきがために、充分《じゅうぶん》なる教育《きょういく》を受《う》けず、十五《じゅうご》のとき*舞《まい》の師《し》の*つのりに応《おう》じて、この*恥《はず》づかしき業《わざ》を教《おし》へられ、*クルズス果《は》てて後《のち》、ヰクトリア座《ヴィクトリアざ》に出《い》でて、今《いま》は*場中第二《じょうちゅうだいに》の地位《ちい》を占《し》めたり。されど詩人《しじん》*ハツクレンデル《ハックレンデル》が当世《とうせい》の奴隷《どれい》といひし如《ごと》く、はかなきは舞姫《まいひめ》の身《み》の上《うえ》なり。薄《うす》き給金《きゅうきん》にて繋《つな》がれ、昼《ひる》の*温習《おんしゅう》、夜《よる》の舞台《ぶたい》と厳《きび》しく使は《つかわ》れ、芝居《しばい》の化粧部屋《けしょうべや》に入《い》りてこそ紅粉《べにおしろい》をも粧《よそお》ひ、美《うつく》しき衣《きぬ》をもまとへ《え》、場外《じょうがい》にてはひとり身《み》の衣食《いしょく》も足《た》らずがちなれば、*親腹《おやはら》からを養ふ《やしなう》ものはその辛苦奈何《しんくいかに》ぞや。されば彼等《かれら》の仲間《なかま》にて、*賤《いや》しき限《かぎ》りなる業《わざ》に堕《お》ちぬは稀《まれ》なりとぞいふ《う》なる。エリ

**舞の師**　踊り子。ダンサー。▽職業を指し、「ダンスの教師」ではない。

**つのり**　募集。

**恥づかしき業**　恥ずかしい職業。▽踊り子は差別視されていた。

**クルズス**　コース。講習。課程。▽ドイツ語。*Kursus*

**場中**　シーンによっては。

**ハツクレンデル**　ハックレンダー（1816–1877）。▽ドイツの作家。

**温習**　レッスン。

**親腹から**　親きょうだい。

**賤しき限りなる業**　売春。

スがこれを逃《のが》れしは、おとなしき性質《せいしつ》と、剛気《ごうき》ある父《ちち》の守護《しゅご》とに依《よ》りてなり。彼《かれ》は幼《おさな》き時《とき》より物読《ものよ》むことをば流石《さすが》に好《この》みしかど、手《て》に入《い》るは卑《いや》しきコルポルタアジュ《コルポルタージュ》と唱《うた》ふ《う》る貸本屋《かしほんや》の小説《しょうせつ》のみなりしを、余《よ》と相識《あいし》る頃《ころ》より、余《よ》が貸《か》しつる書《しょ》を読《よ》みならひ《い》て、や《よ》うやく趣味《しゅみ》をも知《し》り、言葉《ことば》の訛《なま》りをも正《ただ》し、いくほどもなく余《よ》に寄《よ》するふみにも誤字《あやまりじ》少《すく》なくなりぬ。かかれば余等《よら》二人《ふたり》の間《あいだ》にはまづ《ず》師弟《してい》の交《まじ》は《わ》りを生《しょう》じたるなりき。我《わ》が不時《ふじ》の免官《めんかん》を聞《き》きしときに、彼《かれ》は色《いろ》を失《うしな》ひ《い》つ。余《よ》は彼《かれ》が身《み》の事《こと》に関《かか》は《わ》りしを包《つつ》み隠《かく》しぬれど、彼《かれ》は余《よ》に向《むか》ひ《い》て母《はは》にはこれを秘《ひ》めたまへ《え》と言《い》ひ《い》ぬ。こは母《はは》の余《よ》が学資《がくし》を失《うしな》ひ《い》しを知《し》りて余《よ》を疎《うと》んぜんを恐《おそ》れてなり。

　嗚呼《ああ》、詳《くわ》しくここに写《うつ》さんも要《よう》なけれど、余《よ》が彼《かれ》を愛《め》づる心《こころ》の俄《にわ》かに強《つよ》くなりて、ついに離《はな》れ難《がた》き仲《なか》となりしはこの折《おり》なりき。我《わ》が一身《いっしん》の大事《だいじ》は前《まえ》に横《よこ》たは《わ》りて、真《まこと》に危急存亡《ききゅうそんぼう》の秋《とき》なるに、この行《おこな》ひ《い》ありしをあやしみ、また誹《そし》る人《ひと》もあるべけれど、余《よ》がエリスを愛《あい》

**剛気**　頑固。実直。

**流石に**　意外にも。

**コルポルタアジュ**　コルポルタージュ小説。▽行商によって広まった大衆誌。🔍137

**不時**　思いがけない。

**色を失いつ**　蒼ざめた。

**愛づる心**　愛おしむ気持ち。

**危急存亡の秋**　危機が差し迫り、生きるか死ぬかの瀬戸際。▽中国の政治家・諸葛孔明「出師表」にある表現。

する情《じょう》は、初《はじ》めて相見《あいみ》し時《とき》よりあさくはあらぬに、いま我《わ》が数奇《*すうき》を憐《あわ》れみ、また別離《べつり》を悲《かな》しみて伏《ふ》し沈《しず》みたる面《おもて》に、鬢《*びん》の毛《け》の解《と》けてかかりたる、その美《うつく》しき、いぢ《じ》らしき姿《すがた》は、余《よ》が悲痛感慨《ひつう*かんがい》の刺激《しげき》によりて常《つね》ならずなりたる脳髄《のうずい》を射《い》て、恍惚《こうこつ》の間《かん》にここに及《およ》びしを奈何《いか》にせむ《ん》。

公使《こうし》に約《やく》せし日《ひ》も近《ちか》づき、我《*わ》が命《めい》はせまりぬ。このままにて郷《きょう》にかへ《え》らば、学成《がくな》らずして汚名《おめい》を負《お》ひ《い》たる身《み》の浮《*う》かぶ瀬《せ》あらじ。さればとて留《とど》まらんには、学資《がくし》を得《う》べき手《て》だてなし。

この時余《ときよ》を助《たす》けしは今我《いまわ》が同行《どうこう》の一人《ひとり》なる相沢謙吉《あいざわけんきち》なり。彼《かれ》は東《とう》京《きょう》に在《あ》りて、既《すで》に天方伯《あまがたはく》の秘書官《ひしょかん》たりしが、余《よ》が免官《めんかん》の官報《かんぽう》に出《い》でしを見《み》て、某《なにがし》新聞紙《しんぶんし》の編集長《へんしゅうちょう》に説《と》きて、余《よ》を社《しゃ》の通信員《つうしんいん》となし、伯林《ベルリン》に留《とど》まりて政治学芸《せいじがくげい》の事《こと》などを報道《ほうどう》せしむることとなしつ。

社《しゃ》の報酬《ほうしゅう》はいふ《う》に足《た》らぬほどなれど、棲家《すみか》をもうつし、午餐《ひるげ》に往《ゆ》く食店《たべものみせ》をもかへ《え》たらんには、微《かす》かなる暮《く》らしは立《た》つべし。兎角《*とこう》

**数奇**　不幸。不運。
**鬢**　おくれ毛。こめかみから耳にかけての生え際の毛。
**感慨**　深く沁み込む思い。
**我が命**　自身の運命。
**浮ぶ瀬**　再起の機会。
**兎角**　あれやこれや。

思案《しあん》する程《ほど》に、心《こころ》の誠《まこと》を顕《あらわ》はして、助《たす》けの綱《つな》をわれに投《な》げ掛《か》けしはエリスなりき。かれはいかに母《はは》を説《と》き動《うご》かしけん、余《よ》は彼《かれ》ら親子《おやこ》の家《いえ》に寄寓《きぐう》することとなり、エリスと余《よ》とはいつよりとはなしに、有《あ》るか無《な》きかの収入《しゅうにゅう》を合《あ》はせて、憂《う》きがなかにも楽《たの》しき月日《つきひ》を送《おく》りぬ。

朝《あさ》の珈琲《コーヒー》果《は》つれば、彼《かれ》は温習《おんしゅう》に往《ゆ》き、さらぬ日《ひ》には家《いえ》に留《とど》まりて、余《よ》はキヨオニヒ《ケーニヒ》街《がい》の間口《まぐち》せまく奥行《おくゆ》きのみいと長《なが》き休息所《きゅうそくじょ》に赴《おもむ》き、あらゆる新聞《しんぶん》を読《よ》み、鉛筆《えんぴつ》取《と》り出《い》でて彼此《かれこれ》と材料《ざいりょう》を集《あつ》む。この切《き》り開《ひら》きたる引《ひ》き窓《まど》より光《ひかり》を取《と》れる室《へや》にて、定《さだ》まりたる業《わざ》なき若人《わこうど》、多《おお》くもあらぬ金《かね》を人《ひと》に貸《か》して己《おの》れは遊《あそ》び暮《く》らす老人《ろうじん》、取引所《とりひきじょ》の業《ぎょう》の隙《ひま》を盗《ぬす》みて足《あし》を休《やす》むる商人《あきうど》などと肘《ひじ》を並《なら》べ、冷《ひや》やかなる石《いし》卓《づくえ》の上《うえ》にて、忙《せ》はしげに筆《ふで》を走《はし》らせ、小《こ》をんなが持《も》て来《く》る一盞《いっさん》の珈琲《コーヒー》の冷《さ》むるをも顧《かえり》みず、空《あ》きたる新聞《しんぶん》の細長《ほそなが》き板《いた》ぎれに挿《はさ》みたるを、幾種《いくいろ》となく掛《か》け連《つら》ねたるかたへの壁《かべ》に、いく度《たび》となく往来《ゆきき》する

**寄寓**　身を寄せる。同居。

**キヨオニヒ街**　ケーニヒ通り。▽王城の南東部分から北東へ延びる大通り。🔍138

**休息所**　小規模なカフェ。▽実在した。🔍138 📷58

**切り開きたる**　開け放った。

**引き窓**　▽一般住居の窓のように取っ手を回して引き開ける。🔍141 📷61

**取引所**　証券取引所。

**石卓**　大理石のテーブル。▽カフェでの典型。

**小をんな**　ウエイトレス。女給。

**一盞**　カップ一杯。

**空きたる新聞**　誰も読んでいない新聞。▽店の所有で客は自由に読める。🔍142 📷61

日本人《にほんじん》を、知《し》らぬ人《ひと》は何《なん》とか見《み》けん。また一時近《いちじちか》くなるほどに、温《おん》習《しゅう》に往《ゆ》きたる日《ひ》には返《かえ》り路《じ》に*よぎりて、余《よ》と共《とも》に店《みせ》を立出《たちい》づるこの常《つね》ならず軽《かろ》き、掌上《しょうじょう》の舞《まい》をもなしえつべき少女《おとめ》を、怪《あや》しみ見送《みおく》る人《ひと》もありしなるべし。

我《わ》が学問《がくもん》は荒《すさ》みぬ。屋根裏《やねうら》の一灯《いっとう》微《かす》かに燃《も》えて、エリスが劇場《げきじょう》よりかへ《え》りて、椅《いす》に寄《よ》りて縫《ぬ》ひ《い》ものなどする側《そば》の机《つくえ》にて、余《よ》は新聞《しんぶん》の原稿《げんこう》を書《か》けり。昔《むかし》の*法令条目《ほうれいじょうもく》の枯葉《かれは》を紙上《しじょう》に掻《か》き寄《よ》せしとは殊《こと》にて、今《いま》は*活発々《かっぱつはつ》たる政界《せいかい》の運動《うんどう》、文学美術《ぶんがくびじゅつ》に係《かか》わる新現象《しんげんしょう》の批《ひ》評《ひょう》など、彼此《かれこれ》と結《むす》びあは《わ》せて、力《ちから》の及《およ》ばん限《かぎ》り、*ビヨルネよりはむしろ*ハイネを学《まな》びて*思《おも》ひ《い》を構《かま》へ《え》、様々《さまざま》の文《ふみ》を作《つく》りし中《うち》にも、引《ひ》き続《つづ》きて維廉一世《ヴィルヘルムいっせい》と*仏得力三世《フリードリヒさんせい》との*崩殂《ほうそ》ありて、*新帝《しんてい》の即位《そくい》、*ビスマルク侯《こう》の進退如何《しんたいいかん》などの事《こと》につきては、ことさらに詳《つまび》らかなる報《ほう》告《こく》をなしき。さればこの頃《ころ》よりは思《おも》ひ《い》しよりも忙《せ》は《わ》しくして、多《おお》くもあらぬ蔵書《ぞうしょ》を繙《ひもと》き、旧業《きゅうぎょう》をたづ《ず》ぬることも難《かた》く、大学《だいがく》の籍《せき》はま

**よぎりて**　立ち寄って。

**法令条目の枯葉**　無味乾燥で枯れ葉のような法令・項目。

**活発々たる**　活発な。活気にあふれた。

**ビヨルネ**　ベルネ（1786–1837）。▽ドイツの評論家。

**ハイネ**　ハイネ（1797–1856）。▽ドイツの詩人。

**思を構へ**　構想を練り。

**仏得力三世**　フリードリッヒ三世（1831–1888）。▽第八代プロイセン王・第二代ドイツ皇帝。🔍95 📷30

**崩殂**　帝王の死去。崩御。

**新帝の即位**　▽ヴィルヘルム二世の即位のこと。🔍95

**ビスマルク**　ビスマルク（1815–1898）。▽プロイセン王国首相。

だ削《けず》られねど、*謝金《しゃきん》を収《おさ》むることの難《かた》ければ、唯《た》だ一《ひと》つにしたる講《こう》筵《えん》だに往《ゆ》きて聴《き》くことは稀《まれ》なりき。

我《わ》が学問《がくもん》は荒《すさ》みぬ。されど余《よ》は別《べつ》に一種《いっしゅ》の見識《けんしき》を*長《ちょう》じき。そをいかにといふに、およそ*民間学《みんかんがく》の流布《るふ》したることは、欧洲諸国《おうしゅうしょこく》の間《かん》にて独逸《ドイツ》に*若《し》くはなからん。幾百種《いくひゃくしゅ》の新聞雑誌《しんぶんざっし》に散見《さんけん》する議論《ぎろん》にはすこぶる高尚《こうしょう》なるも多《おお》きを、余《よ》は通信員《つうしんいん》となりし日《ひ》より、かつて大学《だいがく》に繁《しげ》く通《かよ》ひし折《おり》、養《やしな》ひ得《え》たる*一隻《いっせき》の眼孔《がんこう》もて、読《よ》みてはまた読《よ》み、写《うつ》してはまた写《うつ》す程《ほど》に、今《いま》まで一筋《ひとすじ》の道《みち》をのみ走《はし》りし知識《ちしき》は、自《おの》づから総括的《そうかつてき》になりて、同郷《どうきょう》の留学生《りゅうがくせい》などの大《おお》かたは、夢《ゆめ》にも知《し》らぬ境地《きょうち》に至《いた》りぬ。彼《かれ》らの仲間《なかま》には独逸新聞《ドイツしんぶん》の社説《しゃせつ》をだに善《よ》くはえ読《よ》まぬがあるに。

明治二十一年《めいじにじゅういちねん》の冬《ふゆ》は来《き》にけり。表街《おもてまち》の人道《じんどう》にてこそ*砂《すな》をも蒔《ま》け、*鋤《すき》をもふるへ《え》、クロステル街《がい》のあたりは*凸凹坎坷《とつおうかんか》の所《ところ》は*見《み》ゆめれど、表《おもて》のみは一面《いちめん》に氷《こお》りて、朝《あした》に戸《と》を開《ひら》けば飢《う》え凍《こご》えし雀《すずめ》の落《お》ち

**謝金**　授業料。

**長じき**　育った。

**民間学**　在野の学問。ジャーナリズム。

**若くはなからん**　及ばないだろう。

**一隻の眼孔**　物事の本質を見抜く洞察力。

**砂をも蒔け**　路面に砂もまいて。▽雪の滑り止めのため。

**鋤をもふるへ**　シャベルをふるい。▽除雪のため。

**凸凹坎坷**　でこぼこ。

**見ゆめれど**　見えるようだが。

て死《し》にたるも哀《あわ》れなり。室《へや》を温《あたた》め、竈《へつい》に火《ひ》を焚《た》きつけても、壁《かべ》の石《いし》を徹《とお》し、衣《ころも》の綿《わた》を*穿《うが》つ北欧羅巴《きたヨーロッパ》の寒《さむ》さは、なかなかに堪《た》へがたかり。エリスは二三日前《にさんにちまえ》の夜《よる》、舞台《ぶたい》にて卒倒《そっとう》しつとて、人《ひと》に助《たす》けられて帰《かえ》り来《こ》しが、それより心地《ここち》あしとて休《やす》み、もの食《く》ふごとに吐《は》くを、悪阻《つわり》といふ《う》ものならんと初《はじ》めて心《こころ》づきしは母《はは》なりき。嗚呼《ああ》、さらぬだに覚束《おぼつか》なきは我《わ》が身《み》の行《ゆ》く末《すえ》なるに、もし真《まこと》なりせばいかにせまし。

今朝《けさ》は日曜《にちよう》なれば家《いえ》に在《あ》れど、心《こころ》は楽《たの》しからず。エリスは床《とこ》に伏《ふ》すほどにはあらねど、*小《ちさ》き鉄炉《てつろ》の畔《ほとり》に椅子《いす》さし寄《よ》せて言葉《ことば》少《すく》なし。この時戸口《ときとぐち》に人《ひと》の声《こえ》して、程《ほど》なく庖厨《ほうちゅう》にありしエリスが母《はは》は、郵《ゆう》便《びん》の書状《しょじょう》を持《も》て来《き》て余《よ》にわたしつ。見《み》れば見覚《みおぼ》えある相沢《あいざわ》が*手《て》なるに、郵便切手《ゆうびんきって》は普魯西《プロイセン》のものにて、消印《けしいん》には伯林《ベルリン》とあり。訝《いぶか》りつつも開《ひら》きて

9 小さき鉄炉

穿つ　突き抜ける。

小き鉄炉　小さな鉄製の暖炉。

手　筆跡。

読《よ》めば、*とみの事《こと》にて預《あらかじ》め知《し》らするに由《よし》なかりしが、昨夜《よべ》ここに着《ちゃく》せられし天方大臣《あまがただいじん》に随《つ》きてわれも来《き》たり。伯《はく》の汝《なんじ》を*見《み》まほしとのたまふ《う》に*疾《と》く来《こ》よ。汝《なんじ》が名誉《めいよ》を回復《かいふく》するもこの時《とき》にあるべきぞ。心《こころ》のみ急《いそ》がれて用事《ようじ》をのみいひ《い》遣《や》るとなり。読《よ》み終《おわ》りて茫然《ぼうぜん》たる面《おも》もちを見《み》て、エリス云《い》ふ《う》。「故郷《ふるさと》よりの文《ふみ》なりや。悪《あ》しき便《たよ》りにてはよも。」彼《かれ》は例《れい》の新聞社《しんぶんしゃ》の報酬《ほうしゅう》に関《かん》する書状《しょじょう》と*思《おも》ひ《い》しならん。「否《いな》、*心《こころ》にな掛《か》けそ。おん身《み》も名《な》を知《し》る相沢《あいざわ》が、大臣《だいじん》と共《とも》にここに来《き》てわれを呼《よ》ぶなり。急《いそ》ぐといへ《え》ば今《いま》よりこそ。」

かは《わ》ゆき独《ひと》り子《ご》を出《いだ》しやる母《はは》もかくは心《こころ》を用《もち》ゐ《い》じ。大臣《だいじん》に*まみえもやせんと思《おも》へ《え》ばならん、エリスは病《やまい》をつとめて起《た》ち、*上襦袢《うわじゅばん》も極《きわ》めて白《しろ》きを選《えら》び、丁寧《ていねい》にしまひ《い》置《お》き*ゲエロツク《ゲーロック》といふ《う》二列《ふたれつ》ぼたんの

10　ゲーロック（フロックコート）

**とみの事**　急なこと。

**見まほし**　会いたい。

**疾く来よ**　すぐ来たまえ。

**思ひしならん**　思ったのだろう。

**心にな掛けそ**　心配しなくていい。

**まみえもやせん**　面会することになるかもしれない。

**上襦袢**　ワイシャツ。

**ゲエロツク**　フロックコート。▽昼間の紳士用礼服。

服《ふく》を出《だ》して着《き》せ、*襟飾《えりかざ》りさへ《え》余《よ》がために*手《て》づから結《むす》びつ。「これにて見苦《みぐる》しとは誰《た》れもえ言《い》は《わ》じ。我《わ》が鏡《かがみ》に向《む》きて見たまへ《え》。何故《なにゆえ》にかく*不興《ふきょう》なる面《おも》もちを見《み》せたまふ《う》か。われも諸共《もろとも》に行《ゆ》かまほしきを。」少《すこ》し*容《かたち》をあらためて。「否《いな》、かく衣《ころも》を更《あらた》めたまふ《う》を見《み》れば、何《なん》となくわが豊太郎《とよたろう》の君《きみ》とは見《み》えず。」また少し考へ《え》て。「たとひ富貴《ふうき》になりたまふ《う》日《ひ》はありとも、われをば見棄《みす》てたまは《わ》じ。我《わ》が病《やまい》は母《はは》の宣ふ《のたまう》如《ごと》くならずとも。」「なに、富貴《ふうき》。」余《よ》は微笑《びしょう》しつ。「政《せい》治《じ》社会《しゃかい》などに出《い》でんの望《のぞ》みは絶《た》ちしより幾年《いくとせ》をか経《へ》ぬるを。大臣《だいじん》は見《み》たくもなし。ただ年久《ねんひさ》しく別《わか》れたりし友《とも》にこそ会《あ》ひ《い》には行《ゆ》け。」エリスが母《はは》の呼《よ》びし一等《いっとう》*ドロシュケ《ドロシュケ》は、輪下《りんか》にきしる雪道《ゆきみち》を窓《まど》の下《もと》まで来《き》ぬ。余《よ》

📷11 一等ドロシュケ

**襟飾り** ネクタイ。▽当時はスカーフタイプが主流。

**手づから** 自らの手で。

**不興** 不機嫌。

**容** 態度。

**ドロシュケ** ドロシュケ。辻馬車。🔍102 📷39

は手袋《てぶくろ》をはめ、少《すこ》し汚《よご》れたる外套《がいとう》を背《せ》に覆《おお》ひて手《て》をば通《とお》さず帽《ぼう》を取《と》りてエリスに接吻《せっぷん》して楼《たかどの》を下《くだ》りつ。彼《かれ》は凍《こお》れる窓《まど》を開《あ》け、乱《みだ》れし髪《かみ》を朔風《さくふう》に吹《ふ》かせて余《よ》が乗《の》りし車《くるま》を見送《みおく》りぬ。

余《よ》が車《くるま》を下《お》りしはカイゼルホオフ《カイゼルホーフ》の入《い》り口《ぐち》なり。門者《かどもり》に秘書官《ひしょかん》相《あい》沢《ざわ》が室《へや》の番号《ばんごう》を問《と》ひて、久《ひさ》しく踏《ふ》み慣《な》れぬ大理石《だいりせき》の階《きざはし》を登《のぼ》り、中《ちゅう》央《おう》の柱《はしら》にプリユツシユ《プリュッシュ》を覆《おお》へるゾフア《ゾファー》を据《す》えつけ、正面《しょうめん》には鏡《かがみ》を立《た》てたる前房《ぜんぼう》に入《い》りぬ。外套《がいとう》をばここにて脱《ぬ》ぎ、廊《わたどの》をつたひて室《へや》の前《まえ》まで往《ゆ》きしが、余《よ》は少《すこ》し踟蹰《ちちゅう》したり。同《おな》じく大学《だいがく》に在《あ》りし日《ひ》に、余《よ》が品行《ひんこう》の方正《ほうせい》なるを激賞《げきしょう》したる相沢《あいざわ》が、けふ《きょう》はいかなる面《おも》もちして出迎《でむか》ふらん。室《へや》に入《い》りて相対《あいたい》して見《み》れば、形《かたち》こそ旧《もと》に比《くら》ぶれば肥《こ》えて逞《たく》ましくなりたれ、依然《いぜん》たる快活《かいかつ》の気象《きしょう》、我《わ》が失行《しっこう》をもさまで意《い》に介《かい》せざりきと見《み》ゆ。別後《べつご》の情《じょう》を細叙《さいじょ》するにも暇《いとま》あらず、引《ひ》かれて大臣《だいじん》に謁《えっ》し、委托《いたく》せられしは独逸語《ドイツご》にて記《しる》せる文書《もんじょ》の急《きゅう》を要《よう》するを翻訳《ほんやく》せよとの事《こと》なり。余《よ》が文書《もんじょ》を受領《じゅりょう》して大臣《だいじん》の室《へや》を出《い》でし

**外套** コート。

**朔風** 北風。

**カイゼルホオフ** カイザーホーフ。▽当時のベルリンの最高級ホテル。🔍144 📷63

**門者** ドアマン。🔍172

**プリユツシユ** ベルベット。▽光沢のある起毛の高級生地。🔍213 📷95

**ゾフア** ソファー。

**前房** ホワイエ。▽部屋や会場の前にあるスペース。

**廊** 廊下。

**踟蹰** ためらう。躊躇する。

**形** 体格。見た目。

**失行** 失敗。あやまち。

**細叙** くわしく話す。

**謁し** 謁見し。▽身分の高い人に会うときの表現。

時《とき》、相沢《あいざわ》は後《あと》より来《き》て余《よ》と午餐《ひるげ》を共《とも》にせんといひ《い》ぬ。食卓《しょくたく》にては彼《かれ》多《おお》く問《と》ひ《い》て、我《われ》多《おお》く答《こたえ》へき。彼《かれ》が*生路《せいろ》は概《おおむ》ね平滑《へいかつ》なりしに、*轗軻数奇《かんかさっき》なるは我《わ》が身《み》の上《うえ》なりければなり。

余《よ》が胸臆《きょうおく》を開《ひら》いて物語《ものがた》りし不幸《ふこう》なる閲歴《えつれき》を聞《き》きて、かれはしばしば驚《おどろ》きしが、なかなかに余《よ》を責《せ》めんとはせず、却《かえ》りて他《た》の*凡庸《ぼんよう》なる諸生輩《しょせいはい》を罵《ののし》りき。されど物語《ものがたり》の終《お》わりしとき、彼は*色《いろ》を正《ただ》して*諫《いさ》むるや《よ》*う、この一段《いちだん》のことは素《も》と生《う》まれながらなる弱《よわ》き心《こころ》より出《い》でしなれば、今更《いまさら》に言《い》はんも甲斐《かい》なし。とはいへ《え》、学識《がくしき》あり、才能《さいのう》あるものが、いつまでか一少女《いちおとめ》の情《じょう》にかかづ《ず》らひ《い》て、目的《もくてき》なき生活《なりわい》をなすべき。今《いま》は天方伯《あまがたはく》もただ独逸語《ドイツご》を利用《りよう》せんの心《こころ》のみなり。おのれもまた伯《はく》が当時《とうじ》の免官《めんかん》の理由《りゆう》を知《し》れるが故《ゆえ》に、強《し》ひ《い》てその*成心《まえぎめ》を動《うご》かさんとはせず、伯《はく》が心中《しんちゅう》にて*曲庇者《きょくひしゃ》なりなんど思《おも》はれんは、朋友《ほうゆう》に利《り》なく、おのれに損《そん》あればなり。人《ひと》を薦《すす》むるはまづ《ず》その能《のう》を示《しめ》すに*若《し》かず。これを示《しめ》して伯《はく》の信用《しんよう》を求《もと》めよ。また彼少女《かのおとめ》と

**生路**　人生。▽ここでは、最後に会ってから今日までに起きたこと。

**轗軻数奇**　思い通りにならない不運。

**凡庸**　優れた点がなく平凡。

**色**　表情。

**諫むる**　いさめる。忠告する。過ちを指摘する。

**…やう**　…言うことには。▽後に引用が続く。

**成心**　私見。独自の考え。

**曲庇**　事実を曲げて庇護する。

**…に若かず**　…にこしたことはない。

の関係《かんけい》は、たとひ彼《かれ》に誠《まこと》ありとも、たとひ情交《じょうこう》は深《ふか》くなりぬとも、人材《じんざい》を知《し》りてのこひにあらず、慣習《かんしゅう》といふ一種《いっしゅ》の惰性《だせい》より生《しょう》じたる交《まじわり》なり。意《い》を決《けっ》して断《た》てと。これその言《こと》のおほむねなりき。大洋《たいよう》に舵《かじ》を失《うしな》ひしふな人《びと》が、遙《はる》かなる山《やま》を望《のぞ》む如《ごと》きは、相沢《あいざわ》が余《よ》に示《しめ》したる前途《ぜんと》の方針《ほうしん》なり。されどこの山《やま》は猶ほ《なお》重霧《ちょうむ》の間《あいだ》に在《あ》りて、いつ往《ゆ》きつかんも、否《いな》、果《は》たして往《ゆ》きつきぬとも、我《わ》が*中心《ちゅうしん》に満足《まんぞく》を与へ《あたえ》んも定《さだ》かならず。貧《まず》しきが中《なか》にも楽《たの》しきは今《いま》の生活《なりわい》、捨《す》て難《がた》きはエリスが愛《あい》。わが弱《よわ》き心《こころ》には思ひ《おもい》定《さだ》めん*よしなかりしが、しばらく友《とも》の言《げん》に従ひ《したがい》て、この情縁《じょうえん》を断《た》たんと約《やく》しき。余《よ》は守《まも》る所《ところ》を失は《うしなわ》じと思ひ《おもい》て、おのれに敵《てき》するものには抗抵《こうてい》すれども、友《とも》に対《たい》して否《いな》とはえ答へ《こたえ》ぬが常《つね》なり。

別《わか》れて出《い》づれば風面《かぜおもて》を打《う》てり。*二重《ふたえ》の玻璃窓《ガラスまど》をきびしく鎖《とざ》して、大《おお》いなる*陶炉《とうろ》に火《ひ》を焚《た》きたるホテルの食堂《しょくどう》を出《い》でしなれば、薄《うす》き外套《がいとう》を透《とお》る*午後四時《ごごよじ》の寒《さむ》さは殊《こと》さらに堪へ《たえ》難《がた》く、膚粟《はだえあわ》立《だ》つと共《とも》

**中心**　心中。思い。

**よしなかりしが**　到底できそうになかったが。

**二重の玻璃窓**　▽防寒のため、ガラス扉は外側・内側の二枚あった。📷12　現代は、一枚の窓枠に二枚のガラスが真空状態ではめ込まれている。

**陶炉**　陶製の暖炉。

**午後四時**　▽ドイツの冬は日が短く、午後四時は日没前。

🔍203

に、余《よ》は心《こころ》の中《なか》に一種《いっしゅ》の寒《さむ》さを覚《おぼ》えき。
翻訳《ほんやく》は一夜《いちや》になし果《は》てつ。カイゼルホオフ《カイゼルホーフ》へ通《かよう》ふことはこれよりようやく繁《しげ》くなりもて行《ゆ》く程《ほど》に、初《はじ》めは伯《はく》の言葉《ことば》も用事《ようじ》のみなりしが、後《のち》には近《ちか》ごろ故郷《ふるさと》にてありしことなどを挙《あ》げて余《よ》が意見《いけん》を問《と》ひ《い》、折《おり》に触《ふ》れては道中《どうちゅう》にて人々《ひとびと》の失錯《しっさく》ありしことどもを告《つ》げて打《う》*ち笑《わら》ひ《い》たまひ《い》き。
一月《ひとつき》ばかり過《す》ぎて、ある日《ひ》伯《はく》は突然《とつぜん》われに向《むか》ひ《い》て、「余《よ》は明旦《みょうたん》*、魯西亜《ロシア》に向《むか》ひ《い》て出発《しゅっぱつ》すべし。随《したが》ひ《い》て来《く》*べきか、」と問《と》ふ《う》。余《よ》は数日《すうじつ》間《かん》、かの公務《こうむ》に暇《いとま》なき相沢《あいざわ》を見《み》ざりしかば、この問《と》ひ《い》は不意《ふい》に余《よ》を驚《おどろ》かしつ。「いかで命《おおせ》に従《したが》は《わ》ざらむ《ん》。」余《よ》は我《わ》が恥《はじ》を表《あらわ》は《わ》さん。こ

📷12（上）二重窓
📷13（下）大いなる陶炉

**打ち笑ひ**　おかしそうに笑い。

**明旦**　明日の朝。翌朝。

**来べきか**　来ることができるか。

の答《こた》へ《え》はいち早《はや》く決断《けつだん》して言《い》ひ《い》しにあらず。余《よ》はおのれが信《しん》じて頼《たの》む心《こころ》を生《しょう》じたる人《ひと》に、*卒然《そつぜん》ものを問《と》は《わ》れたるときは、咄嗟《とっさ》の間《かん》、その答《こた》へ《え》の範囲《はんい》をよくも量《はか》らず、直《ただ》ちに*うべなふ《う》ことあり。さてうべなひ《い》し上《うえ》にて、そのなし難《がた》きに心《こころ》づきても、強《し》ひ《い》て当時《とうじ》の心虚《こころうつ》ろなりしを覆《おお》ひ《い》隠《かく》し、耐忍《たいにん》してこれを実行《じっこう》することしばしばなり。

この日《ひ》は翻訳《ほんやく》の代《しろ》に、旅費《りょひ》さへ《え》添《そ》へ《え》て賜《たま》は《わ》りしを持《も》て帰《かえ》りて、翻訳《やく》の代《しろ》をばエリスに預《あず》けつ。これにて魯西亜《ロシア》より帰《かえ》り来《こ》んまでの費《つい》えをば支《ささ》へ《え》つべし。彼《かれ》は医者《いしゃ》に見《み》せしに*常《つね》ならぬ身《み》なりといふ《う》。貧《ひん》血《けつ》の性《さが》なりしゆえ、幾月《いくつき》か*心《こころ》づかでありけん。座頭《ざがしら》よりは休《やす》むことのあまりに久《ひさ》しければ籍《せき》を除《のぞ》きぬと言《い》ひ《い》おこせつ。まだ一月《ひとつき》ばかりなるに、かく厳《きび》しきは故《ゆえ》あればなるべし。旅立《たびだち》の事《こと》にはいたく心《こころ》を悩《なや》ますとも見《み》えず。偽《いつわ》りなき我《わ》が心《こころ》を厚《あつ》く信《しん》じたれば。

鉄路《てつろ》にては遠《とお》くもあらぬ旅《たび》なれば、用意《ようい》とてもなし。身《み》に合《あ》は《わ》せて借《か》りたる黒《くろ》き礼服《れいふく》、新《あら》たに買《か》い求《もと》めたる*ゴタ板《ばん》の魯廷《ろてい》の貴族譜《きぞくふ》、

**卒然**　突然。だしぬけに。

**うべなふ**　承諾する。

**常ならぬ身**　身重。妊娠していること。

**心づかでありけん**　気づかないでいたのだろう。

**ゴタ板の魯廷の貴族譜**　ドイツ中部ゴタで出版されたロシア宮廷の貴族名鑑。🔍150 📷68

二三種《にさんしゅ》の辞書《じしょ》などを、小《しょう》カバンに入《い》れたるのみ。流石《さすが》に心細《こころぼそ》きことのみ多《おお》きこの程《ほど》なれば、出《い》で行《ゆ》く後《あと》に残《のこ》らんも物憂《ものう》かるべく、また停車場《ていしゃば》にて涙《なみだ》こぼしなどしたらんには影護《うしろめた》かるべければとて、翌《よく》朝早《あさはや》くエリスをば母《はは》につけて知《し》る人《ひと》がり出《いだ》しやりつ。余《よ》は旅装整《たびじたくととの》へて戸《と》を鎖《とざ》し、鍵《かぎ》をば入《い》り口《ぐち》に住《す》む靴屋《くつや》の主人《しゅじん》に預《あず》けて出《い》でぬ。

魯国《ろこく》行《ゆ》きにつきては、何事《なにごと》をか叙《じょ》すべき。わが舌人《ぜつじん》たる任務《つとめ》はたちまちに余《よ》を拉《らっ》し去《さ》りて、青雲《せいうん》の上《うえ》に堕《おと》したり。余《よ》が大臣《だいじん》の一行《いっこう》に随《したが》ひて、ペエテルブルク《ペーテルブルク》に在《あ》りし間《かん》に余《よ》を囲《い》繞《にょう》せしは、巴里《パリ》絶頂《ぜっちょう》の驕奢《きょうしゃ》を、氷《ひょう》雪《せつ》の裡《うち》に移《うつ》したる王城《おうじょう》の粧飾《そうしょく》、ことさらに黄蠟《おうろう》の燭《しょく》を幾《いく》つ共《とも》なく点《とも》

📷14　カミン

**物憂かる**　物寂しい。

**影護かる**　気がとがめる。

**知る人がり**　知人の許へ。

**舌人**　通訳。

**青雲の上**　高貴な世界。

**ペエテルブルク**　サンクトペテルブルク。▽ロシア帝国の首都。

**囲繞**　取り囲むこと。

**驕奢**　贅沢。豪華さ。

**黄蠟**　ミツロウ。▽蜜蜂の巣から精製したロウソク。黄色く、灯すと甘い香りが漂う高級品。

したるに、*幾星《いくせい》の勲章《くんしょう》、*幾枝《いくし》のエポレツト《エポレット》が映射《えいしゃ》する光《ひかり》、*彫鏤《ちょうる》の工《たくみ》を尽《つ》くしたる*カミンの火《ひ》に寒《さむ》さを忘《わす》れて使ふ《つかう》宮女《きゅうじょ》の扇《おうぎ》の閃《ひらめ》きなどにて、この間《かん》仏蘭西語《フランスご》を最《もっと》も円滑《えんかつ》に使ふ《つかう》ものはわれなるがゆえに、賓《ひん》主《しゅ》の間《かん》に周旋《しゅうせん》して事《こと》を弁《べん》ずるものもまた多《おお》くは余《よ》なりき。

この間《かん》余《よ》はエリスを忘《わす》れざりき、否《いな》、彼《かれ》は日毎《ひごと》に書《ふみ》を寄《よ》せしかばえ忘《わす》れざりき。余《よ》が立《た》ちし日《ひ》には、いつになく独《ひと》りにて灯火《ともしび》に向は《むかわ》ん事《こと》の心憂《こころう》さに、知《し》る人《ひと》の許《もと》にて夜《よる》に入《い》るまでもの語《かた》りし、疲《つか》るるを待《ま》ちて家《いえ》に還《かえ》り、直《ただ》ちに*いねつ。次《つぎ》の朝《あした》目醒《めざ》めし時《とき》は、なお独《ひと》り後《あと》に残《のこ》りしことを夢《ゆめ》にはあらずやと思ひ《おもい》ぬ。起《お》き出《い》でし時《とき》の心《こころ》細《ぼそ》さ、かかる思ひ《おもい》をば、生計《たつき》に苦《くるし》みて、けふ《きょう》の日《ひ》の食《しょく》なかりし折《おり》にもせざりき。これ彼《かれ》が第一《だいいち》の書《ふみ》の略《あらまし》なり。

また程《ほど》経《へ》てのふみはすこぶる思ひ《おもい》せまりて書《か》きたる如《ごと》くなりき。文《ふみ》をば否《いな》といふ《う》字《じ》にて起《おこ》したり。否《いな》、君《きみ》を思ふ《おもう》心《こころ》の深《ふか》き底《そこい》をば今《いま》ぞ知《し》りぬる。君《きみ》は故里《ふるさと》に頼《たの》もしき*族《うから》なしとのたまへ《え》ば、この地《ち》に善《よ》き

**幾星の勲章**　いくつもの勲章。▽ロシア帝国の勲章は星がモチーフになっていることから、「幾星」。

**幾枝のエポレット**　いくつもの肩章。▽肩の部分が長いことから、「幾枝」。 4

**彫鏤の工を尽くしたるカミン**　146　14

**カミン**　壁にはめ込むように設えられた暖炉。

**いねつ**　眠ってしまった。

**族**　親族。家系。

世渡《よわたり》の*たつきあらば、留《とどま》りたまは《わ》ぬことやはある。また我《わ》が愛《あい》もて繋《つな》ぎ留《と》めでは止《や》まじ。それもかなは《わ》で東《ひんがし》に帰《かえ》りたまは《わ》んとならば、親《おや》と共《とも》に行《ゆ》かんはやすけれど、かほどに多《おお》き路用《ろよう》をいづ《ず》くよりか得《え》ん。いかなる業《わざ》をなしてもこの地《ち》に留《とど》まりて、君《きみ》が世《よ》に出《い》でたまは《わ》ん日《ひ》をこそ待《ま》ためと常《つね》には思《おも》ひ《い》しが、しばしの旅《たび》とて立《た》ち出《い》でたまひ《い》しよりこの二十日《はつか》ばかり、別離《べつり》の思《おも》ひ《い》は*日《ひ》にけに茂《しげ》りゆくのみ。袂《たもと》を分《わ》かつはただ一瞬《いっしゅん》の苦艱《くげん》なりと思《おも》ひ《い》しは迷《まよ》ひ《い》なりけり。我《わ》が身《み》の常《つね》ならぬがようやくに*しるくなれる、それさへ《え》あるに、たとひ《い》いかなることありとも、我《われ》をば*努《ゆめ》な棄《す》てたまひ《い》そ。母《はは》とはいたく争《あらそ》ひ《い》ぬ。されど我《わ》が身《み》の過《す》ぎし頃《ころ》には似《に》で思《おも》ひ《い》定《さだ》めたるを見《み》て*心《こころ》折《お》れぬ。わが東《ひんがし》に行《ゆ》かん日《ひ》には、*ステッチン《ステッチン》*わたりの農家《のうか》に、遠《とお》き縁者《えんじゃ》あるに、身《み》を寄《よ》せんとぞいふ《う》なる。書《か》きおくりたまひ《い》し如《ごと》く、大臣《だいじん》の君《きみ》に重《おも》く用《もち》ゐ《い》られたまは《わ》ば、我《わ》が路用《ろよう》の金《かね》は兎《と》も角《かく》もなりなん。今《いま》はひたすら君《きみ》がベルリンにかへ《え》りたまは《わ》ん日《ひ》を待《ま》つのみ。

**たつき**　手段。手がかり。

**日にけに**　日増しに。

**しるくなれる**　目立つようになる。著しくなる。

**努**　けして。

**心折れぬ**　譲歩した。

**ステッチン**　シュチェチン。▽ベルリンから北東へ一四〇km。現ポーランド。当時はドイツの一都市。

**わたり**　あたり。

嗚呼《ああ》、余《よ》はこの書《ふみ》を見《み》て初《はじ》めて我《わ》が地位《ちい》を明視《めいし》し得《え》たり。恥《は》づ《ず》かしきはわが鈍《にぶ》き心《こころ》なり。余《よ》は我《わ》が身《み》一《ひと》つの進退《しんたい》につきても、また我《わ》が身《み》に係《かかわ》らぬ他人《ひと》の事《こと》につきても、決断《けつだん》ありと自《みずか》ら心《こころ》に誇《ほこ》りしが、この決断《けつだん》は順境《じゅんきょう》にのみありて、逆境《ぎゃっきょう》にはあらず。我《われ》と人《ひと》との関係《かんけい》を照《しょう》さんとするときは、頼《たの》みし胸中《きょうちゅう》の鏡《かがみ》は曇《くも》りたり。

大臣《だいじん》は既《すで》に我《われ》に*厚《あつ》し。されどわが近眼《ちかめ》は唯《た》だおのれが尽《つ》くしたる職分《しょくぶん》をのみ見《み》き。余《よ》はこれに未来《みらい》の望《のぞ》みを繋《つな》ぐことには、神《かみ》も知《し》るらむ、絶《た》えて想到《おもいいた》らざりき。されど今《いま》ここに心《こころ》づきて、我《わ》が心《こころ》はなほ《お》*冷然《れいぜん》たりしか。先《さき》に友《とも》の勧《すす》めしときは、大臣《だいじん》の信用《しんよう》は*屋上《やね》の鳥《とり》の如《ごと》くなりしが、今《いま》はややこれを得《え》たるかと思《おも》は《わ》るるに、相沢《あいざわ》がこの頃《ころ》の言葉《ことば》の端《はし》に、本国《ほんごく》に帰《かえ》りて後《のち》も共《とも》にかくてあらば云々《しかじか》といひ《い》しは、大臣《だいじん》のかく宣《のたま》ひ《い》しを、友《とも》ながらも公事《おおやけごと》なれば明《あき》らかには告《つ》げざりしか。今更《いまさら》おもへ《え》ば、余《よ》が軽卒《けいそつ》にも彼《かれ》に向《むか》ひ《い》てエリスとの関係《かんけい》を絶《た》たんといひ《い》しを、早《はや》く大臣《だいじん》に告《つ》げやしけん。

**厚し**　信頼されている。

**冷然**　冷静な心。

**屋上の鳥**　▽手の届かない存在の譬え。

嗚呼《ああ》、独逸《ドイツ》に来《こ》し初《はじ》めに、自《みずか》ら我《わ》が本領《ほんりょう》を悟《さと》りきと思《おも》ひ《い》て、また器械的人物《きかいてきじんぶつ》とはならじと誓《ちか》ひ《い》しが、こは足《あし》を縛《ばく》して放《はな》たれし鳥《とり》のしばし羽《はね》を動《うご》かして自由《じゆう》を得《え》たりと誇《ほこ》りしにはあらずや。足《あし》の糸《いと》は解《と》くに*由《よし》なし。先《さき》にこれを繰《あやつ》りしは、我《わ》が某《なにがし》省《しょう》の官長《かんちょう》にて、今《いま》はこの糸《いと》、*あなあは《わ》れ、天方伯《あまがたはく》の手中《しゅちゅう》に在《あ》り。余《よ》が大臣《だいじん》の一行《いっこう》と共《とも》にベルリンに帰《かえ》りしは、*あたかもこれ*新年《しんねん》の旦《あした》なりき。*停車場《ていしゃば》に別《わか》れを告《つ》げて、我《わ》が家《や》をさして車《くるま》を駆《か》りつ。ここにては今《いま》も*除夜《じょや》に眠《ねむ》らず、元旦《がんたん》に眠《ねむ》るが習《なら》ひ《い》なれば、*万戸《ばんこ》寂然《せきぜん》たり。寒《さむ》さは強《つよ》く、路上《ろじょう》の雪《ゆき》は*稜角《りょうかく》ある氷片《ひょうへん》となりて、晴《は》れたる日《ひ》に映《えい》じ、きらきらと輝《かがや》けり。車《くるま》はクロステル街《がい》に曲《まが》りて、家《いえ》の入口《いりぐち》に駐《とど》まりぬ。この時窓《ときまど》を開《ひら》く音《おと》せしが、車《くるま》よりは見《み》えず。*馭丁《ぎょてい》にカバン持《も》たせて梯《はしご》を登《のぼ》らんとする程《ほど》に、エリスの梯《はしご》を駈《か》け下《お》りるに会《あ》ひ《い》ぬ。彼《かれ》が一声《ひとこえ》叫《さけ》びて我《わ》が首《くび》を抱《いだ》きしを見《み》て馭丁《ぎょてい》は呆《あき》れたる面《おも》もちにて、何《なに》やらむ《ん》髭《ひげ》の内《うち》にて言《い》ひ《い》しが聞《き》こえず。「善《よ》くぞ帰《かえ》り来《き》たまひ《い》し。帰《かえ》り来《き》たまはは《わ》

**由なし**　手段がない。

**あなあはれ**　ああ、なんたることか。

**あたかも**　ちょうど。

**新年の旦**　元旦の朝。▽ここでは一八八九年（明治二十二年）の新年。

**停車場**　駅。▽ロシアからの列車はシュレージエン駅（現ベルリン東駅）に発着した。

**除夜に眠らず**　▽大晦日を賑やかに過ごし、カウントダウンで新年を迎える。🔍150

**万戸寂然**　どの家もひっそりと静まり返っている。

**稜角**　尖った角。🔍153　📷69

**馭丁**　馬車の御者。

ずば我《わ》が命《いのち》は絶《た》えなんを。」

　我《わ》が心《こころ》はこの時《とき》までも定《さだ》まらず、故郷《ふるさと》を思《おも》ふ念《ねん》と栄達《えいたつ》を求《もと》むる心《こころ》とは、時《とき》として愛情《あいじょう》を圧《あつ》せんとせしが、ただこの一刹那《いっせつな》*、低徊踟躕《ていかいちちゅう》*の思《おも》ひは去《さ》りて、余《よ》は彼《かれ》を抱《いだ》き、彼《かれ》の頭《こうべ》は我《わ》が肩《かた》に倚《よ》りて、彼《かれ》が喜《よろこ》びの涙《なみだ》ははらはらと肩《かた》の上《うえ》に落《お》ちぬ。

「幾階《いくかい》か持《も》ちて行《ゆ》くべき。」と鑼《どら》*の如《ごと》く叫《さけ》びし馭丁《ぎょてい》は、いち早《はや》く登《のぼ》りて梯《はしご》の上《うえ》に立《た》てり。

　戸《と》の外《そと》に出迎《でむか》へしエリスが母《はは》に、馭丁《ぎょてい》を労ひたまへ《え》と銀貨《ぎんか》をわたして、余《よ》は手《て》を取《と》りて引《ひ》くエリスに伴《ともな》はれ、急《いそ》ぎて室《へや》に入《い》りぬ。一瞥《いちべつ》*して余《よ》は驚《おどろ》きぬ、机《つくえ》の上《うえ》には白《しろ》き木綿《もめん》、白《しろ》きレエス《レース》などを堆《うずたか》く積《つ》み上《あ》げたれば。

　エリスは打《う》*ち笑《え》みつつこれを指《さ》して、「何《なん》とか見《み》たまふ《う》、この心《こころ》がまへ《え》を。」といひ《い》つつ一《ひと》つの木綿《もめん》ぎれを取《と》り上《あ》ぐるを見《み》れば襁褓《むつき》*なりき。「わが心《こころ》の楽《たの》しさを思《おも》ひたまへ《え》。産《う》まれん子《こ》は君《きみ》に似《に》て黒《くろ》

一刹那　瞬間に。

低徊踟躕　逡巡。

鑼　金属製の盆状の巨大な打楽器。▽太く低く濁った声のこと。

一瞥　▽ちらりと見ること。

打ち笑みつつ　ほほえみながら。

襁褓　おむつ。

き瞳子《ひとみ》をや持《も》ちたらん。この瞳子《ひとみ》。嗚呼《ああ》、夢《ゆめ》にのみ見《み》しは君《きみ》が黒《くろ》き瞳子《ひとみ》なり。産《う》まれたらん日《ひ》には君《きみ》が正《ただ》しき心《こころ》にて、よも*あだし名《な》をばなのらせたまは《わ》じ。」彼《かれ》は頭《こうべ》を垂《た》れたり。「幼《いとけな》しと笑《わら》ひたまは《わ》んが、*寺《てら》に入《い》らん日《ひ》はいかに嬉《うれ》しからまし。」見上《みあ》げたる目《まみ》には涙《なみだ》満ちたり。

二三日《にさんにち》の間《かん》は大臣《だいじん》をも、たびの疲《つか》れやおは《わ》さんとて敢《あ》へ《え》て訪《とぶ》らは《わ》ず、家《いえ》にのみ籠《こも》り居《お》りしが、ある日《ひ》の夕暮《ゆうぐ》れ使《つか》ひ《い》して招《まね》かれぬ。行《ゆ》きてみれば*待遇殊《たいぐうこと》にめでたく、魯西亜《ロシア》行《ゆき》の労《ろう》を問《と》ひ慰《いなぐさ》めて後《のち》、われと共《とも》に東《ひんがし》にかへ《え》る心《こころ》なきか、君《きみ》が学問《がくもん》こそわが測《はか》り知《し》る所《ところ》ならね、語学《ごがく》のみにて*世《よ》の用《よう》には足《た》りなむ、滞留《たいりゅう》の余《あま》りに久《ひさ》しければ、様々《さまざま》の*係累《けいるい》もやあらんと、相沢《あいざわ》に問《と》ひ《い》しに、さることなしと聞《き》きて*落《お》ち居《い》たりと宣《のたま》ふ《う》。その*気色《けしき》*辞《いな》むべくもあらず。*あなやと思《おも》ひ《い》しが、流石《さすが》に相沢《あいざわ》の言《こと》を偽《いつわ》りなりともいひ難《いがた》きに、もしこの手《て》にしも縋《すが》らずば、本国《ほんごく》をも失《うしな》ひ《い》、名誉《めいよ》を引《ひ》きかへ《え》さん道《みち》をも絶《た》ち、身《み》は

**あだし名**　実体の無い名。父と異なる姓。

**寺に入らん日**　教会に行く日。教会で洗礼を受ける日。▽当時は通常、生後一～二か月で洗礼を受けた。

**待遇殊にめでたく**　破格のもてなしぶりで。

**世の用には足りなむ**　世に充分役立つだろう。

**係累**　人間関係のしがらみ。扶養家族。

**落ち居たり**　安心した。

**気色**　様子。雰囲気。

**辞む**　辞する。断る。否定する。

**あなや**　あれぇ。▽驚いた時に発する語。

この広漠《こうばく》たる欧洲大都《おうしゅうたいと》の人《ひと》の海《うみ》に葬《ほうむ》られんかと思《おも》ふ《う》念《ねん》、心頭《しんとう》を衝《つ》いて起《お》これり。嗚呼《ああ》、なんらの*特操《とくそう》なき心《こころ》ぞ、「*承《うけたまわ》はり侍《はべ》り」と答《こた》へ《え》たるは。

*黒《くろ》がねの額《ぬか》はありとも、帰《かえ》りてエリスに何《なん》とかいは《わ》ん。ホテルを出《い》でしときの我《わ》が心《こころ》の錯乱《さくらん》は、例《たと》へ《え》んに物《もの》なかりき。余《よ》は道《みち》の東西《とうざい》をも分《わ》かず、思《おも》ひ《い》に沈《しず》みて行《ゆ》くほどに、行《ゆ》きあふ《う》馬車《ばしゃ》の駆丁《ぎょてい》に幾度《いくたび》か吐《しっ》せられ、驚《おどろ》きて飛《と》びのきつ。しばらくしてふとあたりを見《み》れば、獣苑《じゅうえん》の傍《かたえ》に出《い》でたり。倒《たお》るる如《ごと》くに路《みち》の辺《ほと》りの腰掛《こしかけ》に倚《よ》りて、灼《や》くが如《ごと》く熱《ねつ》し、*椎《つち》にて打《う》たるる如《ごと》く響《ひび》く頭《こうべ》を*榻背《とうはい》に持《も》たせ、死《し》したる如《ごと》きさまにて幾時《いくとき》をか過《す》ごしけん。激《はげ》しき寒《さむ》さ骨《ほね》に徹《てっ》すと覚《おぼ》えて醒《さ》めし時《とき》は、夜《よる》に入《い》りて雪《ゆき》はしげく降《ふ》り、帽《ぼう》の庇《ひさし》、外套《がいとう》の肩《かた》には*一寸許《いっすんばかり》も積《つも》りたりき。

もはや十一時《じゅういちじ》をや過《す》ぎけん、*モハビット《モハピット》、*カルル街通《がいがよ》ひ《い》の*鉄道馬車《てつどうばしゃ》の*軌道《きどう》も雪《ゆき》に埋《うず》もれ、*ブランデンブルゲル門《もん》の畔《ほとり》の瓦斯灯《ガスとう》は寂《さび》し

**特操**　節操。固く守り変わらない志。
**承はり侍り**　承知いたしました。
**黒がねの額**　鉄のように固く厚かましい顔。
**椎**　木槌。ハンマー。
**榻背**　ベンチの背もたれ。
**一寸**　▽約三・〇三センチ。
**モハビット**　モアビート。▽ティアガルテン（獣苑）の北側に広がる区。
**カルル街**　カール通り。▽ティアガルテン（獣苑）の北東部分から東に伸びる通り。
**鉄道馬車**　路面電車の前身。
🔍100
**軌道**　線路。
**ブランデンブルゲル門**　ブランデンブルク門。🔍108・112
📷5・45

き光《ひかり》を放《はな》ちたり。立《た》ち上《あ》がらんとするに足《あし》の凍《こご》えたれば、両手《りょうて》にて擦《さす》りて、ようやく歩《あゆ》み得《う》るほどにはなりぬ。

足《あし》の運《はこ》びのはかどらねば、クロステル街《がい》まで来《こ》しときは、*半夜《はんや》をや過《す》ぎたりけん。ここまで来《こ》し道《みち》をばいかに歩《あゆ》みしか知《し》らず。一月《いちがつ》上旬《じょうじゅん》の夜《よる》なれば、ウンテル、デン、リンデンの酒家《しゅか》、茶店《ちゃみせ》はなほ《お》人《ひと》の出入《でい》り盛《さか》りにて賑《にぎわ》はしかりしならめど、*ふつに覚《おぼ》えず。我《わ》が脳《のう》中《ちゅう》にはただただ我《われ》は免《ゆる》すべからぬ罪人《つみびと》なりと思《おも》ふ心《こころ》のみ満《み》ち満《み》ちたりき。

四階《よんかい》の屋根裏《やねうら》には、エリスはまだ寝《い》ねずと覚《お》ぼしく、*炯然《けいぜん》たる一《いっ》星《せい》の火《ひ》、暗《くら》き空《そら》にすかせば、明《あき》らかに見《み》ゆるが、降《ふ》りしきる*鷺《さぎ》の如《ごと》き雪片《せっぺん》に、たちまち覆《おお》はれ、たちまちまた現《あらわ》れて、風《かぜ》にもてあそばるるに似《に》たり。戸口《とぐち》に入《い》りしより疲《つか》れを覚《おぼ》えて、身《み》の節《ふし》の痛《いた》み堪《た》へ《え》難《がた》ければ、這《は》ふ如《ごと》くに梯《はしご》を登《のぼ》りつ。庖厨《ほうちゅう》を過《す》ぎ、室《へや》の戸《と》を開《ひら》きて入《い》りしに、机《つくえ》に寄《よ》りて襁褓《むつき》縫《ぬ》ひ《い》たりしエリスは振《ふ》り返《かえ》へりて、「あ」

**半夜**　深夜。

**ふつに**　まったく。少しも。

**炯然**　明るく輝く。

**鷺の如き雪片**　鷺の白い羽根のような雪の結晶。▽鷺には「雪客《せっかく》」という異名がある。

と叫《さけ》びぬ。「*いかにかしたまひし。おん身《み》の姿《すがた》は。」

驚《おどろ》きしも宜《うべ》なりけり、*蒼然《そうぜん》として死人《しにん》に等《ひと》しき我《わ》が面色《めんしょく》、帽《ぼう》をばいつの間《ま》にか失《うしな》ひ《い》、髪《かみ》は*蓬《おど》ろと乱《みだ》れて、幾度《いくたび》か道《みち》にてつまずき倒《たお》れしことなれば、衣《ころも》は泥《どろ》まじりの雪《ゆき》に汚《よご》れ、ところどころは裂《さ》けたれば。

余《よ》は答《こた》へ《え》んとすれど声《こえ》出《い》でず、膝《ひざ》のしきりに*戦《おのの》かれて立《た》つに堪《た》へ《え》ねば、椅子《いす》を握《つか》まんとせしまでは覚《おぼ》えしが、そのままに地《ち》に倒《たお》れぬ。

*人事《じんじ》を知《し》るほどになりしは数週《すしゅう》の後《のち》なりき。熱《ねつ》激《はげ》しくてうわ言《ごと》のみ言《い》ひ《い》しを、エリスが*懇《ねんご》ろに*みとるほどに、ある日《ひ》相沢《あいざわ》は尋《たず》ね来《き》て、余《よ》がかれに隠《かく》したる顛末《もとすえ》を*審《つば》らに知《し》りて、大臣《だいじん》には病《やまい》の事《こと》のみ告《つ》げ、よきやうに繕《つくろ》ひ《い》おきしなり。余《よ》は初《はじ》めて、病床《びょうしょう》に*侍《じ》するエリスを見《み》て、その変《か》わりたる姿《すがた》に驚《おどろ》きぬ。彼《かれ》はこの数週《すしゅう》のうちにいたく痩《や》せて、血走《ちばし》りし目《め》は窪《くぼ》み、灰色《はいいろ》の頬《ほお》は落《お》ちたり。相沢《あいざわ》の助《たす》けにて日々《ひび》の生計《たつき》には窮《きゅう》せざりしが、この恩人《おんじん》は彼《かれ》を精神的《せいしんてき》に殺《ころ》しし

**いかにかしたまひし**　どうなさったのですか。

**蒼然**　青ざめて。

**蓬ろと乱れ**　ぼうぼうに乱れ。

**戦かれて**　がくがく震えて。

**人事を知る**　意識が回復する。

**懇に**　手厚く。

**みとる**　看病する。

**審らに**　くわしく。

**侍する**　そばにいる。

なり。

後《のち》に聞《き》けば彼《かれ》は相沢《あいざわ》に会《あ》ひ《い》しとき、余《よ》が相沢《あいざわ》に与《あた》へ《え》し約束《やくそく》を聞《き》き、またかの夕《ゆう》べ大臣《だいじん》に聞《き》こえ上《あ》げし一諾《いちだく》を知《し》り、にわかに座《ざ》より躍《おど》り上《あ》がり、面色《めんしょく》さながら土《つち》の如《ごと》く、「我《わ》が*豊太郎《とよたろう》ぬし、かくまでに我《われ》をば欺《あざむ》きたまひ《い》しか」と叫《さけ》び、その場《ば》に倒《たお》れぬ。相沢《あいざわ》は母《はは》を呼《よ》びて共《とも》に助《たす》けて床《とこ》に伏《ふ》させしに、しばらくして醒《さ》めしときは、目《め》は直視《ちょくし》したるままにて傍《かたえ》の人《ひと》をも見知《みし》らず、我《わ》が名《な》を呼《よ》びていたく罵《ののし》り、髪《かみ》をむしり、蒲団《ふとん》を嚙《か》みなどし、またにわかに*心《こころ》づきたる様《さま》にて物《もの》を探《さぐ》り求《もと》めたり。母《はは》の取《と》りて与《あた》ふ《う》るものをばことごとく擲《なげう》ちしが、机《つくえ》の上《うえ》なりし襁褓《むつき》を与《あた》へ《え》たるとき、探《さぐ》りみて顔《かお》に押《お》しあて、涙《なみだ》を流《なが》して泣《な》きぬ。

これよりは騒《さわ》ぐことはなけれど、精神《せいしん》の作用《さよう》はほとんど全《まった》く廃《はい》して、その痴《ち》なること赤児《あかご》の如《ごと》くなり。医《い》に見《み》せしに、過劇《かげき》なる心労《しんろう》にて急《きゅう》に起《お》こりし*パラノイアといふ《う》病《やまい》なれば、治癒《ちゆ》の見込《みこ》みなしと

**豊太郎ぬし**　豊太郎さま。

**心づきたる**　気がついた。

**パラノイア**　▽精神病のひとつ。偏執的になり妄想を見るなどする。

いふ。*ダルドルフの*癲狂院《てんきょういん》に入《い》れむ《ん》とせしに、泣《な》き叫《さけ》びて聞《き》かず、後《のち》にはかの襁褓《むつき》一《ひと》つを身《み》につけて、幾度《いくたび》か出《い》だしては見《み》、見《み》ては欷歔《ききょ》す。余《よ》が病床《びょうしょう》をば離《はな》れねど、これさへ《え》心《こころ》ありてにはあらずと見《み》ゆ。ただを《お》りを《お》り思《おも》ひ出《い》だしたるや《よ》うに「薬《くすり》を、薬《くすり》を」といふ《う》のみ。

余《よ》が病《やまい》は*全《まった》く癒《い》えぬ。エリスが生《い》ける屍《しかばね》を抱《いだ》きて千行《ちすじ》の涙《なみだ》を注《そそ》ぎしは幾度《いくたび》ぞ。大臣《だいじん》に随《したが》ひて帰東《きとう》の途《と》に上《のぼ》りしときは、相沢《あいざわ》と議《はか》りてエリスが母《はは》に微《かす》かなる生計《たつき》を営《いとな》むに足《た》るほどの資本《しほん》を与《あた》へ《え》、あは《わ》れなる狂女《きょうじょ》の胎内《たいない》に遺《のこ》しし子《こ》の生《う》まれむ《ん》を《お》りの事《こと》をも頼《たの》みおきぬ。

嗚呼《ああ》、相沢謙吉《あいざわけんきち》が如《ごと》き良友《りょうゆう》は世《よ》にまた得《え》がたかるべし。されど我《わ》が脳裡《のうり》に一点《いってん》の彼《かれ》を憎《にく》むこころ今日《こんにち》までも残《のこ》れりけり。

**ダルドルフ**　ベルリン郊外北西方向にあった村。現材は市内ライニケンドルフ区内。

**癲狂院**　精神科病院。

**全く癒えぬ**　すっかり治った。完治した。

［第１章］

# 「舞姫」のこころがまえ

――読む前に知っておくのも悪くない――

「舞姫」は森鷗外自身の体験を元に書かれたものですが、私小説ではありません。いくつもの創作部分が織り込まれ、純文学作品として完成しています。
「舞姫」は、無心で読み進める楽しみ方のほかに、時代背景や作者のことを前もって少し知っておき、物語をよりリアルに味わうこともできます。この章ではそれにふさわしい情報ばかりを集めました。ネタバレなしです。

## 主人公と著者はこんなに似ている！

主人公の名は太田豊太郎。著者は「森鷗外」だが、本名は「森林太郎」という。「森鷗外」という作家名が定着したのは後年のことで、初めて「舞姫」が発表されたときのペンネームは「鷗外森林太郎」だった。

太田豊太郎と森林太郎。

田が豊かな「太田豊太郎」と、「木」が豊かな「森林太郎」。

両者は名前だけでなく、その生い立ちも多くの類似点がある。太字が似ている部分。

余《よ》は幼《おさな》き比《ころ》より厳《きび》しき庭《にわ》の訓《おしえ》を受《う》けし甲斐《かい》に、父《ちち》をば早《はや》く喪《うしな》ひ《い》つれど、学《がく》問《もん》の荒《すさ》み衰《おとろ》ふ《う》ることなく、旧藩《きゅうはん》の学館《がっかん》にありし日《ひ》も、東京《とうきょう》に出《い》でて予備校《よびこう》に通《かよ》ひ《い》しときも、大学法学部《だいがくほうがくぶ》に入《い》りし後《のち》も、太田豊太郎《おおたとよたろう》といふ《う》名《な》はいつも一《いっ》級《きゅう》の首《はじめ》にしるされたりしに、一人子《ひとりご》の我《われ》を力《ちから》になして世《よ》を渡《わた》る母《はは》の心《こころ》は慰《なぐさ》みけらし。十九《じゅうく》の歳《とし》には学士《がくし》の称《しょう》を受《う》けて、大学《だいがく》の立《た》ちてよりその頃《ころ》までにまたなき名誉《めいよ》なりと人《ひと》にも言《い》は《わ》れ、某《なにがし》 省《しょう》に出仕《しゅっし》して、故郷《ふるさと》なる母《はは》を都《みやこ》に呼《よ》び迎《むか》へ《え》、楽《たの》しき年《とし》を送《おく》ること三《み》とせばかり、官長《かんちょう》の覚《おぼ》え殊《こと》なりしかば、洋《よう》行《こう》して一課《いっか》の事務《じむ》を取《と》り調《しら》べよとの命《めい》を受《う》け、我《わ》が名《な》を成《な》さむも、我《わ》が家《いえ》を興《おこ》さむも、今《いま》ぞとおもふ《う》心《こころ》の勇《いさ》み立《た》ちて、五十《ごじゅう》を越《こ》えし母《はは》に別《わか》るるをもさまで悲《かな》しとは思《おも》わず、遥々《はるばる》と家《いえ》を離《はな》れてベルリンの都《みやこ》に来《き》ぬ。

○幼い頃から厳しい家庭教育を受けた

島根県津和野藩主、亀井家の御典医《ごてんい》（専属医師）を務める森家の第十四代目、長男として生まれた鷗外は、大変厳しい教育を受けて育った。幼少時の鷗外の学問を熱心に見守り支えたのが母峰子で、五歳で漢籍の素読を学び始め、論語や孟子など四書五経を次々と覚え、さらに左伝、史記などを読破し、オランダ語を学び、周りからは神童と呼ばれた。📖11・16・17・18

### ○成績は常にトップクラス

年齢を隠しての異例の若さでの大学進学であったため（後述）、当初は苦労したようだが、年を追うごとに成績は伸び、トップクラスに属するようになった。📖11

| 鷗外の席次 | | |
|---|---|---|
| 1874年（明治7年）11月 | 二等予科 | 34位 |
| 1875年（明治8年）11月 | 一等予科 | 22位 |
| 1876年（明治9年）11月 | 本科一年生 | 16位 |
| 1877年（明治10年）11月 | 四等本科修了 | 4位 |
| 1878年（明治11年）11月 | 三等本科修了 | 4位 |
| 1881年（明治14年）9月発表 | 卒業試験 | 8位 |

### ○母の心も慰められた

鷗外にかかりきりになる母親に対して、鷗外も十二分以上の努力と成果で応える子だったので、母子の結びつきは強かった。

## ○十九の歳で大学を卒業

鷗外も豊太郎同様、十九歳で大学を卒業した（「学士の称号」は大学卒業時に受ける学位）。

鷗外は一八六二年二月十七日に島根県津和野町で生まれた。十歳の時に父親と上京し、親戚の勧めでドイツ語を学び、翌年には家族全員が津和野から移住してきた。母親はその年、秀才であった鷗外を早々に大学に上げようと、十四歳以上が入学資格である第一大学区医学校（現・東京大学医学部）予科に鷗外の年齢をごまかして申請し、入学させた。母親は二歳若く書いたつもりだったが、当時は「数え年」で数える習慣であったため、実際の林太郎はわずか十一歳だった。翌年に授業が始まり、二年の過程を無事こなして十三歳で本科に進み、一八八一年に十九歳での卒業を果たした。ちなみに当時は、年齢規定はさほど厳格ではな

**15　上京したころの鷗外 10 歳**
1872 年秋、浅草の写真館にて。

く、実際とは異なる年齢を書いて申請した生徒は他にもいた。しかし若さを隠しての入学は鷗外だけだった。📷15 📖11・16・17・18

**○類い稀な名誉であると他人から評価を受けた**

鷗外の優秀さは在学中から注目されていたが、実際に東京大学医学部を十九歳の若さで好成績をもって卒業したのだから当然のことだろう。この驚異的な最年少記録は現在も破られていない。

**○某省に入省**

鷗外は陸軍省に入省した。📖11・16・17・18・52

**○楽しい月日を送ること三年ばかり**

鷗外も大学卒業からドイツへ出発するまでは三年の期間があった。

**○西洋へ出向いてある実務を取り調べるよう命を受けた**

鷗外も陸軍省から軍医としての実務を取り調べるよう命を受け渡独した。

軍医としての留学で、衛生学を修め陸軍の医事を調査することが任務だった。📖53

## ○名声をなすのも、家名を上げるのも、今こそと思う心が勇み立って

代々、津和野藩主・亀井家に仕える御典医だった鷗外の家柄（森家）は、廃藩置県などの事情もあり、一家で東京に移住し、一からの出発に踏み切った。そのことから同様の思いが森家の中にもあったと思われる。

## ○はるばる家を離れて大都市ベルリンにやってきた

当時のドイツにおける日本国在外公館はベルリンの公使館のみであったため、ドイツのどの町に派遣される留学生も、まずはベルリンに到着し公使館に挨拶に出向いた。そのことから鷗外もまた、初めて辿り着いた町がベルリンだった。

豊太郎はそのままベルリンに滞在し続ける設定だが、鷗外の留学地は四都市にまたがる。最初の十日間をベルリンに滞在し今後の準備を終えたのち、ライプツィッヒ、ドレスデン、ミュンヘンと移動し、ベルリンは留学期間の最後の滞在地だった。🔍151・248 📖52・54

逆に、事実と異なる点は次の通り。

◇父親は早くに亡くなっておらず、いたって健在。

◇鷗外は一人っ子ではなく、四人兄妹《きょうだい》の長兄。

◇森家は鷗外の学生時代に東京に移住しており、鷗外の実家は東京・北千住にあった。

◇母親は五十を超えるどころか、まだ三十七歳の若さ。

◇豊太郎はベルリンのみに留学するが、鷗外は四都市に滞在した。151・248

## 鷗外の夢と憧れ

余《よ》は模糊《もこ》たる功名《こうみょう》の念《ねん》と、検束《けんそく》に慣《な》れたる勉強力《べんきょうりょく》とを持《も》ちて、忽《たちま》ちこの欧羅巴《ヨーロッパ》の新大《しんたい》都《と》の中央《ちゅうおう》に立《た》てり。

これは、ドイツに到着した豊太郎が見渡したベルリンの街の様子を描いた一節の冒頭部分。念願の地に降り立った心情が見事なまでに描き出されている。

この箇所は、筆者鷗外の思いそのものと言える。

十歳でドイツ語を学びはじめ、大学では日々ドイツ人教授陣によるドイツ語でのネイティブな授業を受けて育った鷗外にとって、ドイツへの憧れは相当なもので、大学卒業後はドイツへ留学することを夢見ていた。

当時は文部省による国費留学制度があり、卒業試験の結果が三位以内に入ることができればその対象となるとされていた。神童と呼ばれるほどの天性と日頃の勤勉さによって資質を十分に備えていた鷗外にとって、それはさほどの問題ではないはずだった。

　ところが卒業試験を目前に肋膜炎を患い入院し、なんとか退院できたものの、下宿の隣家で発生した火災で鷗外の部屋も類焼してしまい、これまで書き溜めていたノートの多くを焼失した。そのため十分な準備をもって試験に臨むことができなかった鷗外の成績は八位に留まり、留学の夢は儚くも散ってしまう。

　卒業後は実家にこもり、父が経営する診療所を手伝うだけの日々だったが、これを案じた親戚筋の勧めで陸軍省に入省し、のちに軍医としてドイツへ留学することになった。📖11・16・17・18

　鷗外がどれほどの強い思いでドイツ行きを望んでいたのかを窺い知ることができる興味深いエピソードも残っている。

自身の履歴の覚書として記した「自紀材料」📖52の中に、「橋本綱常氏を訪ひて欧州に随行せんと乞ふ。聴かれず」（一八八三年三月二十六日条）と記されているが、この詳細を知ると心を打たれる。

　当時の軍医総監・橋本綱常《つなつね》が、プロイセン国陸軍衛生制度の実地調査のためにベルリンへ向かうことになったと小耳にはさんだ鷗外は、その随行員に加えてもらえないかと、橋本の個人宅に直談判に出かけているのだ。

このときの様子を、当時、橋本家の玄関番を務めていた、のちの橋本の門下生・野崎甲子郎が次のように回想している。


明治十七年一月、先生が大山陸軍卿に従ひ、欧州に派遣を命ぜられての旅装準備中、或日の朝、先生出勤の為め玄関まで出られた時、一青年軍医が引見を求めた。

「今、出勤時間が迫ってゐる。若しお待ちになるなら……今日は直き帰ります。」

「ハア、左様ですか、暫くお待ち致します。」

で、先生は出勤され、来客は診察室兼用の応接室に通し、茶菓などを出しておいた。先生は中々帰らぬ。昼となって昼食を出す。客は黙して考へてゐる。先生の方へ問合せやうにも、其頃は電話が無い。四時—五時となるが、客は帰るとはいはぬ。家人は何度も茶を出して様子を見る。辛抱の良い人と蔭口をいふ。七時頃になって「お帰り」といふ車夫の声が聞へた。取敢へず先生に客のことを話すと、驚いて、

「オー、左様であったか、ワシはすっかり忘れて、手術があったので第二医院へ廻った。」

と云ひ乍ら応接間に入り、

「ヤア、誠に済まなかった、約束を忘れて第二医院に行って、何ともお気の毒で。」

「どういたしまして。」

「ソレで何の御用で。」

「実は今日お願ひの儀があって、今度貴官御渡欧と承り、就いては何分の御詮議を以て小官に随行を。」

「ハア、ソレは随行員もきまり、又ワシの自由には行かない。」

「其の御配慮に預り度く。」

「ソレはイカン、橋本には出来ぬ。」

と、十時間余待っての嘆願も、つれなく拒絶され、客は悄然と帰去されたが、此の青年軍医は後の総監であり、医・文両学の博士としての文豪森鷗外先生の若い時であった。📖08

ドイツへ連れて行ってほしいという、たった一言を言うために、橋本の帰りを一日中待ちわびて、ようやく切り出したら、たちまちのうちに断られてしまったという……鷗外の一途な思いが分かるだけに実に痛々しい。

このとき橋本は四十歳、鷗外二十三歳、野崎は十九歳だったという。

また、本件について、橋本の孫にあたる奥野信太郎が、祖母から聞いたこととして、次のように書き記している。📖10

祖父が欧州派遣を命ぜられ、いよいよ出発もまぢかくなった頃、留学希望の熱意に燃えていた当時の青年軍医鷗外は、ある朝出勤直前の祖父を来訪した。祖父は今日はしばらくすると一旦帰宅するからと鷗外を待たせて出掛けた。祖父は出勤先から第二病院の手術に廻り、自宅に鷗外の待っていることを綺麗に忘れ、帰宅したのは夜七時ごろになってしまった。ところが鷗外は十数時間待ち続け、やっと祖父に会って、欧州に随行して留学の便を得たいという希望を述べたが、随行員も内定し、もはや如何ともなり難い由を聞かされ、鷗外は悄然として引き取った。鷗外が祖父の帰りを待っていた時のことを、わたくしは祖母から聞いたのであった。なにしろ朝から晩までであったから、もちろん昼飯を出した。鷗外はそれを黙々として食い、そしてそのまま晩まで坐っていたのだという。それでも願望が叶ったならとにかく、その当がはづれたのであるから、当時の鷗外の失望たるや察するにあまりある。

奇しくも翌年、陸軍からの留学生として念願のドイツ留学を果たした鷗外がベルリンに到着したとき、橋本もまたこの視察で、ちょうどベルリンに滞在していた。

鷗外は、到着の翌日に留学仲間に誘われ橋本を投宿先に訪ね、面会を果たしている。

鷗外の日記には、目を合わすやいきなり、鷗外のお辞儀の仕方が野暮ったいと橋本から戒められたと記されている。その直後の会話はどのようなものだったのだろう。窓から差し込む秋口の柔らかい陽射しの中で、笑顔こぼれるやりとりがあったことだろう。

# 「舞姫」とその時代――ドイツ・ベルリン・日独関係

豊太郎も鷗外も、ドイツに到着したのは一八八四年。和暦では明治十七年のこと。二百年以上も続いた鎖国の時代に終わりを告げ、日本が諸外国との国交を持つようになったのは十九世紀に入ってから。

まずは一八五六年に五つの国々と修好条約が結ばれ（安政五カ国条約）、その六年後にあたる一八六一年一月二十四日に、江戸において（のちの東京）、徳川幕府（のちの日本）とプロイセン王国（のちのドイツ）の間で修好通商条約が交わされた。この条約の締結によって公式に日独の交流が始まった。この条約なくして日独間の交流も輸出入も文通も旅行も留学もありえない。

## ◆使節団

日独間で修好通商条約が交わされた翌年である一八六二年、文久遣欧使節団がヨーロッパに向けて出発した。これが開国後初のヨーロッパ公式訪問である。

日本人にとって初めての欧州訪問だが、来られる側にとっても同じこと。見たこともない異邦人集団の来訪はセンセーショナルな出来事で、どの国においても使節団の来訪は新聞で大き

く報じられ、その行く先々で大歓迎を受けた。📷16

このときのメンバーは各藩からの選抜で、その誰もが丁髷《ちょんまげ》に袴姿、長短二本の刀を腰に差した、廃藩の時代のラストサムライ。総勢三十八士。若き福沢諭吉も通訳として参加していた。📷17

一行はベルリンにも数週間滞在し、使節団員の日々のスケジュールが連日新聞で報じられるほどのフィーバーぶりで、使節団の行く先々では常に人だかりができた。投宿先のジャンダルメン・マルクト広場に面したホテル・ド・ブランドブールでは、街の様子を眺めようと使節団員が窓辺に立つと、ベルリンっ子が鈴なりになって窓を見上げていたという。

当時の一連の遣欧使節団の中で最も知られている「岩倉使節団」がヨーロッパを訪問したのは、それから十一年経った一八七三年のこと。この頃になると、日本人も欧米文化に馴れ、団員のほとんどが断髪、スーツ姿での訪問だった。

### ◆「舞姫」と外国文学

鷗外がドイツに留学したのは一八八四年。

日独修好通商条約の締結から二十三年、日本初の欧州視察から二十二年、岩倉使節団の欧州視察から十一年経った頃。そして鷗外は四年の滞在ののち帰国し、「舞姫」は一八九〇年一月に雑誌上に発表された。

**16　文久遣欧使節団のプロイセン王謁見**
1862年7月21日、ベルリン王宮「白亜の間」にて行われた日本使節団歓迎式典。

**17　福沢諭吉も使節のひとり**
右から2人目。

先人らによって、ヨーロッパで見聞きした機械技術や、軍事、事物、習慣が日本に伝えられ、「演説」や「西洋」、「自由」などの言葉が福沢諭吉によってもたらされたことは知られているが、鷗外留学時代はまだまだ未開の分野も多かった。文学もそのひとつ。

「舞姫」は、外国文学の輸入もまだそれほどの数に達していない時代に、何の前ぶれもなく突然文壇に姿を現した。それは翻訳ものではなく、日本人の手によって日本語で書かれた外国の地での物語。西洋の薫りも芳しく、その上、日本人が主人公。それも西洋に行った日本人と、現地の女性との悲恋の物語。それまでの日本になかった「愛」という概念を、身をもって体験し、現実との狭間で苦悩しながら「愛」を捨てた日本男児の姿を描いた作品であり、そこに表現された未知の事物を指す表現の多くは、日本の読者には見たことも聞いたこともない世界。その新鮮さ、斬新さは衝撃的だった。

高雅な文体で描かれた「舞姫」の世界は、当時の文学界に大きな影響を与え、のちに「舞姫論争」と呼ばれる文学論争まで巻き起こっている。

### ◆その時代のドイツ

この頃のドイツはどのような状態だったのか。

一八六〇年代まではまだ「ドイツ」という国はなく、王国や公国など大小さまざまな国々が領邦として存在し、ベルリンはプロイセン王国の首都だった。そして一八七一年にプロイセンを中心とした連邦制国家「ドイツ帝国」が成立し、ベルリンはドイツ帝国の首都となった。

これは自然の成り行きではなく、軍事力によるもの。一八六二年にプロイセンは、デンマークの統治下にあったシュレスヴィヒ公国およびホルシュタイン公国を獲得すべく、オーストリアと同盟して戦争を起こし、これに勝利し両国をオーストリアとの共同管理とした。ところが一八六六年にはプロイセンとオーストリアが対立することになり、普《ふ》墺《おう》戦争が勃発し、これが治まったのちの一八七〇年に起きたプロイセンとフランスの間の普《ふ》仏《ふつ》戦争の真っ最中に、戦地であるフランスで強行的に皇帝戴冠式が行われ、オーストリアを除外した「ドイツ帝国」が誕生した。

プロイセンはこの三つの戦争に勝利している。

福沢諭吉は、この頃のプロイセン軍の強さを様々な著書に記している。たとえば『福翁自伝』📖03には、「当時はフランスの第三世ナポレオンが欧州第一の政治家ともてはやされてエライ勢力であったが、隣国の普魯士《プロシア》も日の出の新進国で油断はならぬ。墺太利《オーストリー》との戦争、また、アルサス、ローレンスの事なども国交際の問題としていずれ後年には云々の変乱が生ずるであろうなんということは朝野《ちょうや》政通《せいつう》の預言する所で私の日記帳にもチョイチョイ記してある」と書き、『西洋事情外篇（一）』📖01には、「おおよそ古来国勢のにわかに強大となりしものは普魯士《プロシャ》に如くものなし。方今《ほうこん》普魯士国《プロシャこく》は人口二千万に近く、欧羅巴《ヨーロッパ》諸国の内にて一大強国と言うべしに、その国祖先の由緒を尋れば今より百年以前はブランデンブルクの一諸侯にて人口僅に二百万人を支配したりしものなり」と、また、『世界国尽《くにづくし》』📖02においては、「北に出づれば『普魯士国《プロシアこく》』、人口一千八百万、民の教えの行き届き貴賤男女の差別なく文字を知らざる者はなし。文修まりて武備起り、兵士三十一万人、旭の昇る勢いに四方《よも》の隣の国々も恐れて靡《なび》くばかりなり」と綴っている。

文久遣欧使節団がベルリンを訪れたときはまだ「プロイセン王国」の時代で、岩倉使節団の訪問時には「ドイツ帝国」の首都に変わっていた。そしてその十一年後に鷗外／豊太郎はベルリンにたどり着いた。

ドイツでは一八五〇年ごろから機械工業が発達しはじめ、戦争の勝利は追い風となり、普仏戦争の後は急激な高度成長を遂げていた。

## ◆その時代のベルリン

現在のベルリンは、面積約八九一平方キロメートル。東京二十三区より一回り大きいといったところ。これが十二区に分けられ、現在の人口は三七五万人を超える（二〇二一年）。ところが鷗外の留学時代のベルリンは、現在とまったく異なり、現在のごく一部にすぎなかった。

図📷18のように、太線で示した、ミッテ、ティアガルテン、ヴェディング、プレンツラウアーベルク、フリードリッヒスハイン、クロイツベルクの六つの区が当時のベルリン市のすべてであり、その周辺には現在のベルリン市の各区が「隣町」としてひしめくように並んでいた。それらがひとつにまとまり現在の規模である「大都市ベルリン」となったのは、一九二〇年のこと。

鷗外がベルリンに住み始めた一八八七年には、この六つの区に一般市民が1,389,024人、軍人が24,408人の合計1,413,432人の人々が暮らしていた。

18　ベルリン市の規模比較

| 年号 | 市民 | 軍人 | 合計 |
|---|---|---|---|
| Im Jahre | Civil-Bevölkerung | Militär-Bevölkerung | Gesammt-Bevölkerung |
| 1855 | 411 804 | 20 881 | 432 685 |
| 1858 | 468 912 | 19 676 | 488 588 |
| 1861 | 524 945 | 22 626 | 547 571 |
| 1864 | 609 733 | 23 546 | 633 279 |
| 1867 | 680 459 | 21 978 | 702 437 |
| 1871 | 804 400 | 21 941 | 826 341 |
| 1875 | 947 353 | 19 505 | 966 858 |
| 1880 | 1 102 037 | 20 293 | 1 122 330 |
| 1881 | 1 136 089 | 20 293 | 1 156 382 |
| 1882 | 1 171 780 | 20 293 | 1 192 073 |
| 1883 | 1 205 791 | 20 587 | 1 226 378 |
| 1884 | 1 243 162 | 20 034 | 1 263 196 |
| 1885 | 1 295 052 | 20 574 | 1 315 626 |
| 1886 | 1 342 448 | 20 010 | 1 362 465 |
| 1887 | 1 389 024 | 24 408 | 1 414 046 |
| 1888 | 1 449 635 | 20 595 | 1 470 230 |
| 1889 | 1 505 466 | 20 595 | 1 526 061 |
| 1890 | 1 559 934 | 19 596 | 1 579 530 |

（ベルリン市住所帳1892年版）

📷19　ベルリン市の人口

表（📷19）は、一八六七年〜八九年のベルリン市の人口を表したもの。

現在の約八九一平方キロメートルの面積に約三七五万人の人口（4208人/$km^2$）に対し、当時の六十平方キロメートルという小さな面積に一四一万人（23500人/$km^2$）もの人口は、かなり過密な状態である。また、人口を一般市民と軍人と分けて数えるのも奇妙な感じがする。しかしこの表は軍事資料ではなく、当時のタウンページに記載されていた。📖66

「数字とデータ／“Zahlen《ツァール》 und《ウント》 Fakten《ファクテン》”」はドイツ人が好んで口にする言葉。現在のドイツでも各州に統計局が置かれ、人口に、商業、産業、失業者数、交通事故の発生件数に、車の台数、ビールやジャガイモなどの消費量から、畜産物や家畜に留まらず、飼い犬の数や公園や路上に植わっている木に至るまで……あらゆる事柄の数を数え、比較し、統計を取り、連日のように発表されて、テレビや新聞を賑わせている。

このドイツ人の集計好きは筋金入りで、鷗外の留学時代も現在同様、前年の統計結果がタウンページの中に特集ページとして組まれるほどだった。

表に一八六七年と一八七一年が取り上げられているのは、普墺戦争および普仏戦争終戦の年に当たるため。軍事力の維持は当時のドイツにとって重要な課題であった。そのため、定住している一般市民と、駐屯地として滞在している軍人の人口は分けて表記させていた。

かねてよりの機械工業の発達に加え、プロイセン王国は三つの戦争に連勝し、ドイツ帝国への格上げを果たし、軍事力を誇りながらも、そのすぐ後にやってきた高度成長で、首都ベルリンは急激に発展した。

鷗外が留学した時代のベルリンはその真っただ中で、職を求めて地方からやってくる人々で町は飽和状態となっていた。

### ◆鷗外の生活エリアと古《アルト》ベルリン

現在の規模よりずっと小さいベルリンにおいて、鷗外が生活エリアはそれよりさらに小さかった。図（📷18）の⬚部分がそれにあたる（それはすなわち口絵地図の範囲）。

この中に、鷗外が暮らした三つの下宿も、最初の頃に通った衛生研究所も、鉄道駅も、公使館も、主要なホテルも、繁華街も……鷗外が日常的に必要とする場所はすべて含まれている。

現在の航空地図などと見比べると、ブランデンブルク門からシュプレー川の手前までの町の様子はさほど変わらないが、川の東側に広がるエリアはずいぶん異なる。現在は、広い空間に聖マリア教会がぽつりと残り、その横にテレビ塔が見え、周辺には広大な空間が広がっている。この一帯は、第二次世界大戦の爆撃が激しくなる前までは、住宅が密集する界隈だった。

口絵［2］の⬚枠で囲まれた二か所はベルリン発祥の地。

十二世紀末ごろにシュプレー川を挟んで存在した「ケルン」と「ベルリン」と呼ばれる二つの小さな村が、町になり、合併し、成長を遂げた。この地名は市民の記憶に残り、今日でもこの界隈は、「古《アルト》ベルリン」、「古《アルト》ケルン」と呼ばれている。87

鷗外の留学時代、「古《アルト》ベルリン」地区は老朽し、人口過多が問題になる中、貧困層が集中するようになり、一部屋に大家族が暮らしたり、眠るためだけにベッドを貸すといった賃貸情報も出回る究極の雑居地区になっていた。疫病による死産や乳児の死亡率も高く、一八六〇年に始まった新たな都市計画がようやく実行に移る頃で、鷗外はちょうど、この地区の新旧が入れ替わる時期を体験した。

［第2章］

# ドンドン知りたい「舞姫」のナカミ

――その時代を深く味わう――

「舞姫」の文中に見られる日ごろ聞き慣れない言葉については、原文の注欄に注釈が記されています。ここでは何気ない描写の背景にあるものを解説していきます。

## 舞姫《まいひめ》 ――舞姫

タイトルの「舞姫」はバレリーナのこと。

一八九七年十一月三日に発行された雑誌『新著月刊』第八号の「時文欄」に「鷗外漁史が『うたかたの記』『舞姫』『文づかひ』の由来及び逸話」と題し、インタビューに応えた鷗外の言葉として次のように記されている。

> 小芝居の舞妓と云ふものは、巴里の方で云ふ「ドミモンド」即ち上等の私娼《ちごく》の類が多い、一躰舞姫といふ字は「バレチウヅ」の譯で、「バレット」と云ふ踊を、をどる女のことです、或る人が某雑誌へ英譯して My dance of lady（我が舞踏の貴婦人）とかいてあツたが、詰り意味が分からなかツたものと見える 📖57

鷗外は「舞妓」と「舞姫」は別のもので、漢字できちんと書き分けており、「舞姫」は「バレット」という踊りを踊る女性のこと、つまりBallett／バレエを踊る女性、バレリーナのことだとしている。

舞踏ダンサーでもないとわざわざ付け加えているので、バレリーナのみを指す。

## 石炭《せきたん》をばはや積《つ》み果《は》てつ　――石炭はもう積み終わってしまった

当時の長距離航路は蒸気船で、石炭を燃料に走る。有名なタイタニック号は最新技術を駆使し、贅を尽くして造られた当時の世界最大級の豪華客船で、就航したのは一九一二年のこと。豊太郎の帰国は一八八九年であり、乗った船はそれよりもずっと小さい。

寄港は乗客の乗り降りもあるが、何といっても重要なのは、燃料と食料の積み込み作業。石炭はむき出しのままで、鎖で釣り上げ運び込まれるので目にも触れやすく、音も響く。

おそらく豊太郎は甲板に立ち、下船する旅仲間を見送っていたのだろう。石炭を積み込む様子が目に留まり、作業が終わったことを知る。寄港の主な目的のほうが先に終わり、本来なら出航できるところが、乗客はホテルに泊まるために街へ出かけてしまったという、アンバランスな情景を描いた表現といえる。

## 中等室《ちゅうとうしつ》の卓《つくえ》のほとり　――二等サロンのテーブルの周り

船内は一～三等に等級分けされ、船室／キャビンをはじめ共同で利用する食堂やサロンなども、等級ごとに分けられている。一等および二等は個室で、三等は大部屋。等級によって室内の装飾や調度品が異なる。船室は寝室など乗客が専有するプライベートスペースだが、食堂やサロンは同じ等級の乗船客たちが共同で利用する。📖22

「サロンのテーブル」と書かれているので、それは食堂の食卓ではなく、リビングルームに置かれたテーブルであることが分かる。カード遊びのための椅子とテーブルだったかもしれないし、ソファーと低めのテーブルであったかもしれない。

鷗外は往復とも一等船客だったが、豊太郎は二等船客だった。これは、大臣に随行しての帰国という設定のためだろう。

## 洋行《ようこう》　――ヨーロッパへの渡航

当時は西洋への渡航を「洋行」と言った。当時は船便しかなく、片道だけで四十～五十日かかり、費用も膨大であることから、渡航自体が大変珍しく、国を代表する者や富裕層に限られていた。ヨーロッパへ出かけるときの「洋行」に対して、帰国することを「帰朝」と言った。

## セイゴンの港《みなと》　——サイゴンの港

20　サイゴンの港

21　サイゴン市内の様子

現在のベトナム・ホーチミン市。大型船は重量がある分、水深も必要となり、港によっては桟橋に横づけすることが難しいところもある。そういった場合、蒸気船は沖合に停泊し、小型船が往復して乗船客を陸へと運ぶ。しかしサイゴン港（20）は岸壁に直接横付けすることができ、停泊中に下船し町に出かけるのも容易だった。

「舞姫」では豊太郎は船に残る設定だが、鷗外は往復とも下船し市内に出かけている。けれども明らかな違いがある。

ヨーロッパを目指した一八八四年は、九月七日に到着し、九日未明に船が出航するまでの三日間について、日記「航西日記」に、実に六一八文字の漢字（日記は漢文で書かれている）を駆使して町の様子を詳しく綴っているが、帰国した一八八八年は日記「還東日乗」には、たった三行、

二十五日。泊于塞昆。入市逢雨。夜苦蚊。
二十六日。停在塞昆。
二十七日。朝。発塞昆。

と記されているだけ。その様子は、「舞姫」に描かれている豊太郎の心情に似ている。

## ブリンヂイシイ《ブリンディージー》の港《みなと》を出《い》でてより、早《はや》や二十日《はつか》あまりを経《へ》ぬ

### ――ブリンディジ港を出港してから、すでに二十日あまりが経過した

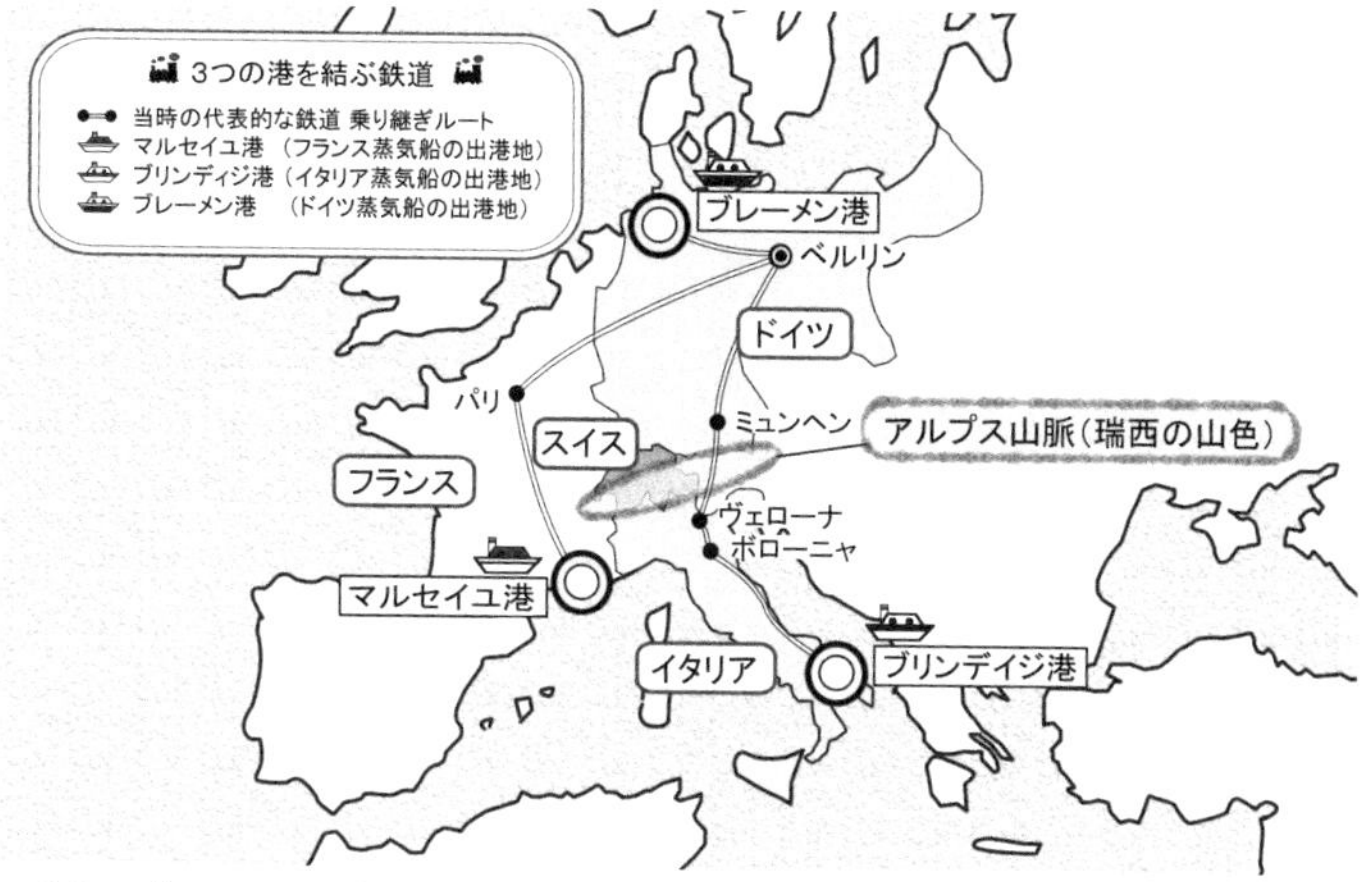


22　ブリンディジ港とイタリアとスイス

ブリンディジはイタリアの港町。ブーツの形をした半島のヒールの部分。アドリア海に面している。

鷗外の乗った船はフランスの会社の運航する蒸気船で、フランスのマルセイユがターミナル港（始発／終着）であり、日本への航路はブリンディジに寄港しない。また、小説の設定上、ブリンディジ港にも寄港すると考えた場合、ベルリンからマルセイユに向かう鉄路においても、マルセイユからブリンディジまでの航路でも、スイスの山並みを見ることができないため、話が成立しない。「ブリンディジ港を出港してから」という表現を見ても、ここは、ブリンディジ港を始発とするイタリア船に乗ったという設定であることが理解できる。ベルリンから鉄路でイタリアに向かった場合、車窓からアルプス山脈を眺めることになり、ベネチアの港から出たことにせず、ブリンディジにしたことで、その中継地でイタリアの古い遺跡を見ることにもなる。

実際には、当時、日本行きのイタリア船は就航されておらず、小説として描くための技法の一つと考えられる。

鷗外が乗った船の日程から算出すると、ブリンディジからサイゴンまでは二十三日の旅程になり、「二十日あまり」は、綿密に計算した上での日数であることが窺える。

## 瑞西《スイス》の山色《さんしょく》をも見《み》せず、伊太利《イタリア》の古蹟《こせき》にも心《こころ》を留《とど》めさせず

### ――スイスの山並みも目に入らせず、イタリアの遺跡にも関心を向けさせず

スイスの山並みはアルプス山脈のこと。前述のとおり、船上から見ることはできないので、ベルリンからイタリアに向かう列車の車窓から見た景色として書かれたことになる。

山並みと古い遺跡の二つの景観が取り上げられているのは、鷗外が実際の体験に基づくのかもしれない。マルセイユに向かう船の中で記した日記「航西日記」には、十月四日条にスエズ運河を抜けて、ヨーロッパ大陸の始まるところに到着したと書かれ、翌日には山脈を眺めた様子が克明に綴られている。

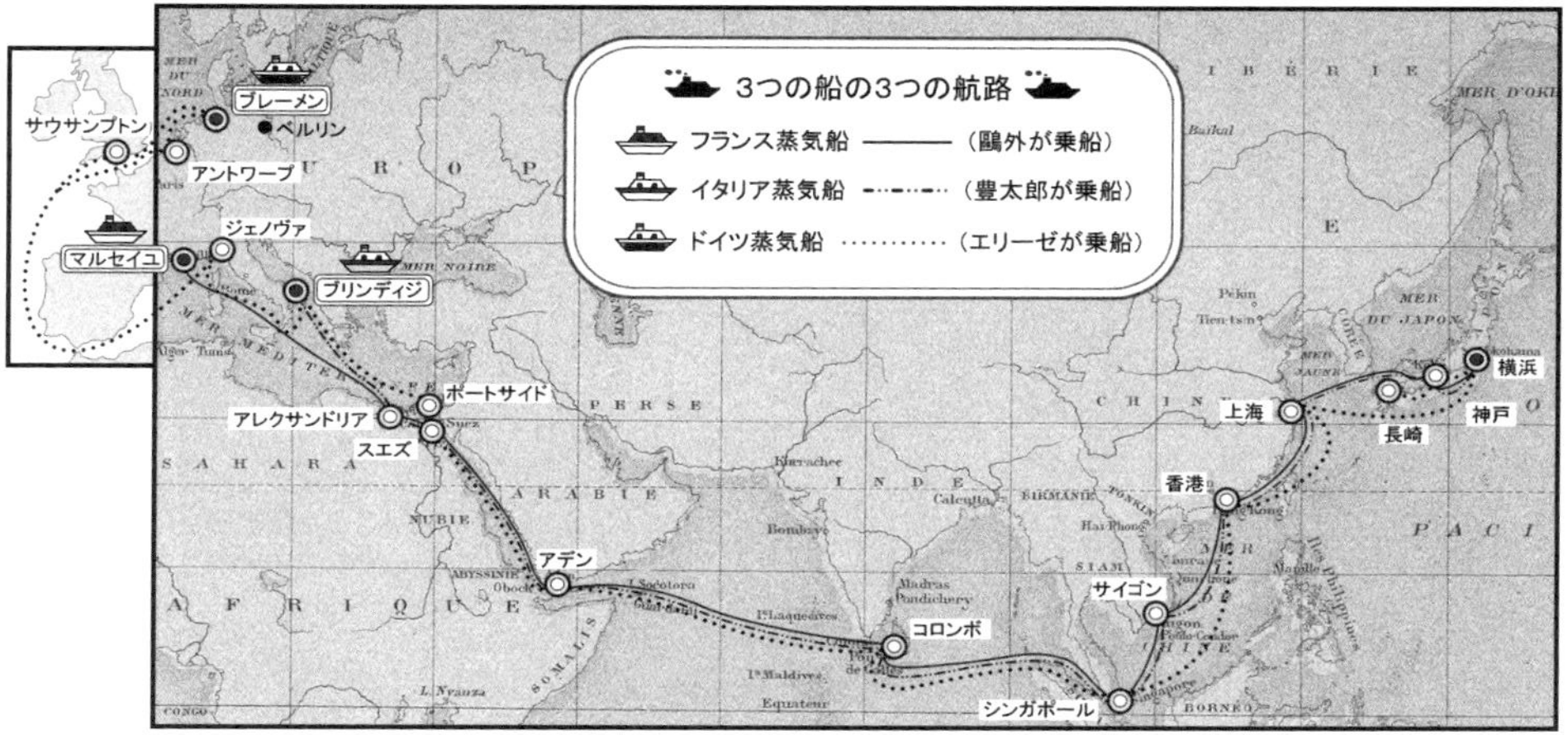


マルセイユ → アレクサンドリア → スエズ → アデン → コロンボ → シンガポール → サイゴン → 香港 → 上海 → 長崎 → 横浜

ブリンディジ → アレクサンドリア → スエズ → アデン → コロンボ → シンガポール → サイゴン → 香港 → 上海 → 長崎 → 横浜

ブレーメン→ アントワープ（またはサウサンプトン） → ジェノヴァ → ブリンディジ → ポートサイド → スエズ → アデン → コロンボ → シンガポール → 香港 → 上海→横浜→神戸→長崎

＊それぞれ船マークの場所が出港地。

＊イタリア蒸気船の日本航路は存在しない。鷗外による架空の設定。

＊天方伯一行のモデル山縣有朋一行はアメリカ経由で帰国したため、この航路を使っていない。

23　三つの船の三つの航路

初五日。風波起。舟蕩揺不止。望伊太利山脈。雖少草木。而皺紋緻密。稍帯生氣。非亞刺伯死山之比也。漸近山麓。則見村落、田園、鐵路、橋梁。樹木亦繁茂。望葉多肜山。烟雲晦冥。不可明視。晩過細々里海峽。53

（現代語訳）十月五日。風吹き波荒く、船の揺れが止まらない。イタリアの山脈を望む。草木は少なく皺の模様が緻密に刻まれているがアラビアの枯れた山々に比べれば生気がある。山の麓に近づくと村里や田園、鉄道や橋が見える。木々も生い茂り、葉の多い山々を眺める。雲や霞がたちこめて、はっきりとは見えない。夜にシチリア島の海峡を渡った。

イタリアの山脈とは、カラーブリア州の山塊を指すのだろう。日記に書かれている通りの情景がイタリア本土の南の辺に延々と続いている。

また、シチリア島の海峡はイタリア本土との間の極端に狭い海峡。古代ギリシャの時代に貿易で栄えた港町メッシーナの間近を通り過ぎるので、港に沿って建て詰められた建築物や朽ちた遺跡がゆっくりと流れる様子を船上からも見ることができる。

## コーヒーブレイク

翌日の午後にサルデーニャ島の山脈を眺め、夜にコルシカ島との間を通過したときの様子を鷗外は興奮気味に日記に書き留めている。コルシカ島はナポレオンも生地であり、英雄への思いを馳せて、詩を二首も詠んでいる。この昂奮とは裏腹に、帰路は、恋人との恋愛の行く末について思い悩んでいたため、日記の記述は極端に少なく、こういった景色の描写は一切ない。

## この欧羅巴《ヨーロッパ》の新大都《しんたいと》　——このヨーロッパの新大都市

ベルリンは大変若い町。72

ヨーロッパの大都市といえば、ローマやパリ、ロンドン、バルセロナなどの名が挙げられるが、これらの町の誕生は、ローマやバルセロナは紀元前、ロンドンは一世紀、パリは三世紀頃と大変古い。いっぽうベルリンの町が誕生したのは十二世紀に入ってから。主人公太田豊太郎が初めてウンター・デン・リンデンに立ったときのベルリンは、市政六五〇年にも満たないという極端な若さだった。

シュプレー川を挟んで対岸にあった二つの村、「ケルン」と「ベルリン」がその歴史の始まり。村の発祥時期は定かではないが、最古のものとしては、一一八三年のものと思われる柏の板がかつてのケルン村だった場所から出土している。

一二三七年にケルンが、次いで一二四四年にベルリンが、それぞれ「市」として認められ、一二五〇年ごろに共同で市壁を築き、一三〇七年に同盟として市政を司ることになった。ベルリン市の面積のほうが大きかったことから市役所はベルリン側に設置され、議席数も土地面積で配分したためベルリンは十二議席、ケルンは六議席となり、一四三二年に両市は正式に統合した。

そういった背景から、当初は「ケルン＝ベルリン」と両の名を並べていたが、一七〇九年に「ベルリン市」に改名され、しかしながらケルン市のほうが発祥が早かったことから、その誕生年が採用され、「一二三七年に誕生した町ベルリン」と、矛盾した表記になっている。

## 大道髪《だいどうかみ》の如《ごと》きウンテル、デン、リンデン

——黒髪の如くまっすぐに伸びる大通り、ウンター・デン・リンデン

この「髪」は『源氏物語』に見られるような十二単をまとった平安時代の女性のロングヘアのことで、ウンター・デン・リンデンはその表現がピッタリくるほど、東西に太くまっすぐに伸びている。

「菩提樹下《ぼだいじゅか》」とあるように、「リンデン」は菩提樹の複数形で、「ウンター」は「～の下で」と

24　ベルリン 1888 年と現在

いう前置詞であるから、「ウンター・デン・リンデン」は、「菩提樹の樹々の下で」という意味になる。

実際に、この通りに植えられているのは菩提樹で、初夏に黄色い可憐な花が咲き始めるとドレス姿の貴婦人たちのような形に広がり、風のそよぎに合わせて舞踏会のように揺れ、なんともいえない甘い香りが辺りに漂う。ドイツ人に大変愛されている樹木である。

現在のこの大通りは、ブランデンブルク門から東へ延々と続き、ベルリンっ子でもどこまでが「ウンター・デン・リンデン」であるのか知らない人も少なくない。漠然とアレクサンダー広場まで二・三キロメートルを「ウンター・デン・リンデン」と捉えている人が多いが、通りの名称としての「ウンター・デン・リンデン」はブランデンブルク門からシュプレー川の手前、ドイツ歴史博物館の前までの一・四キロメートルで、これは「舞姫」の時代と変わらない。24

ウンター・デン・リンデンは、十六世紀から存在するが、繁華街になったのはドイツ帝国が誕生した一八七一年以降のこと。

一八五〇年代に始まった機械工業の発達によって人口は増加し続け、昔ながらの界隈がすでに飽和状態であったため、新しい店舗はウンター・デン・リンデンやフリードリッヒ通りなどベルリン発祥の地の周辺に進出するようになった。特にウンター・デン・リンデンは高級店が軒を連ね、当時のベルリンのもっとも賑やかで華やかな繁華街となり、このあとに続く描写は、当時の様子を見事なまでに描き出している。

一見、昔も今も変わらない通りだが、鷗外の留学時代（すなわち「舞姫」の時代）は少し異なる形状をしていた。

鷗外の留学仲間で、鷗外より一足先に帰国した萩原《はぎわら》三圭《さんけい》が、森家を訪ねて町の様子を話して聞かせたとき、ウンター・デン・リンデンの幅は二十間（約三十六メートル）以上あったとして、次のように語っている。

　七本もある通りの真中は広い散歩道、そこにフリイドリヒ大王の乗馬の像があります。次が騎馬道、そこには砂が敷き詰めてあって、その次に車道、歩道という順になっています。📖14

📷25　七本道のウンター・デン・リンデン
車道と馬道が分けられている、鷗外たち留学生が記憶する光景。

　その様子は、当時の写真にも見ることができる。この写真📷25は、片側の建物から大通りの真ん中にある遊歩道まで、通りの半分を撮ったものだが、建物から順に見ると、歩道があり、車道はアスファルト舗装と砂を敷いた騎馬道に分かれ、その横に遊歩道が見える。遊歩道の向かい側も同じ構造なので計七本であることが分かる。

　一八八八年に政府が製作した地図（口絵［2］）にも騎馬道と車道の間に菩提樹が並んでいる様子が描かれている。鷗外たち当時の留学生は、ウンター・デン・リンデンの景色をこのように捉えていたのだ。

99ページの写真35は、鷗外が帰国した数年後の様子（撮影は一九〇七年）。馬力からガソリンや電力の時代に移行したため、全面をアスファルト舗装に替えるべく、合間にあった並木がすべて伐採された。しかし騎馬道はまだそのまま残り、七本の通りであることが見ることができる。このあと騎馬道もアスファルト舗装され現在のような幅の広い「車道」となった。

## コーヒーブレイク

写真35をよく見ると、もうひとつ興味深い光景に気づく。ドイツの道路交通法は右側通行だが、写真では、北側の片側車線だけが写っているにもかかわらず、馬車が両方向に行き交っている。当時は南側の車道も同様だった。この頃はまだ道路交通法が確立されていなかったため、こういった光景は日常的で、事故も多発したという。プロイセンに道路交通法が導入されたのは一九〇九年。右側通行に定められたのはそれよりも後のこと。鷗外たち市民は、常にキョロキョロ確認しながら車道を横切らなければならなかった。

# まだ維廉《ヴィルヘルム》一世《いっせい》の街《まち》に臨《のぞ》める窓《まど》に倚《よ》りたまふ《う》頃《ころ》なりければ

――まだドイツ皇帝ヴィルヘルム一世が、街に面した窓にお立ちになられる時代であったから

ヴィルヘルム一世はドイツ帝国の初代皇帝。ウンター・デン・リンデンの東の先にフリードリヒ大王の騎馬像がそびえ、その南側に王の住まいである皇帝宮殿があった。

一階の角部屋が書斎になっており、この部屋の窓に立つと通りの向こうに王立大学（現フンボルト大学）、その右隣に衛兵所を見渡すことができ、ヴィルヘルム一世は、毎日定時に行われる衛兵交代式の行列の様子をこの書斎の窓から眺めることを日々の習慣にしていた。📷26

そしてその姿を一目見ようと民衆が集まり、連日この時刻には王宮殿の前に人垣ができた。

📷26　角窓に立つ皇帝

📷27　角窓に立つ皇帝
見守る市民

ヴィルヘルム一世崩御の追悼カード。最期の姿は1888年3月3日。

📷28　角窓から見た景色

皇帝が毎日見守った交代式。

ベデカー（1887年版）

〔45ページ〕

Die *Wache* zieht gewöhnlich $12^3/_4$ U. (zur Zeit der Felddienstübungen erst $2^3/_4$ U.) beim kais. Palais vorüber (vgl. S. 60).

和訳：衛兵隊は12時45分に（現在、演習は2時45分以降 ）皇帝宮殿付近を通過予定(60頁参照)。

〔60ページ〕

an. Von dem Eckfenster sieht er gewöhnlich der vorbeiziehenden Wache (s. S. 45) zu; aus grösster Nähe kann man seiner zwischen 2 und $2^1/_2$ U. ansichtig werden, wenn er über die Linden nach dem Thiergarten fährt. Im oberen Stockwerke die Zimmer der Kaiserin, sowie die Gesellschaftsräume.

和訳：皇帝は通常、角窓から交代する衛兵隊の様子をご覧になられる(45頁参照)。2時～2時半のウンター・デン・リンデンからティアガルテン方面への馬車移動の際に間近に拝顔できる可能性あり。最上階は后の部屋および談話室。

📷29　ベデガーの掲載ページ

このことからこの窓は「皇帝の角窓／Eckfenster《エック・フェンスター》」と呼び習わされ、皇帝が窓に立つ光景はベルリンの風物詩のひとつに数えられ、絵葉書に描かれ、ガイドブックにまで紹介された。📷27

晩年、老衰したヴィルヘルム一世に御典医が、「窓に立つという日課をおやめになりますように」と進言したところ、皇帝は、「ベデカーに私の日課が掲載されている以上、私は民衆の期待にそむくことは出来ない」と答えたと伝えられている。📷29

ベデカーは、当時最も人気のあったガイドブックで、実際に当時の「ベデカー」一八八七年版を見ると、45ページには、「衛兵隊は定刻十二時四十五分に王宮殿の前を通過する（60頁も参照）」と書かれ、60ページには、「歌劇場に面した一階部分が皇帝の住居で、在宅時には紫の旗が上がっている。皇帝は角窓から衛兵隊の行列見るのが習慣（45頁も参照）」と記されていた。

ヴィルヘルム一世が最後に角窓に立ったのは一八八八年三月三日。崩御したのはその六日後であるから、国民のために最期までその習慣をやり遂げたことになる。そして皇帝崩御を鷗外はベルリン市民としてつぶさに見ており、「舞姫」の時代設定でもある。

### コーヒーブレイク

鷗外の日記「独逸日記」（一八八八年三月八日条）に、「午後独逸帝病篤き報あり。全都騒然たり」と、また、九日条には、「独逸帝維廉第一世崩ず」と記されている。

ヴィルヘルム一世は長寿で九十歳まで生き、一八八八年三月九日に崩御した。

息子のフリードリッヒ三世が次期皇帝となるが、前年から喉頭癌を患っており、わずか九十九日間の在任をもって崩御。そのことからフリードリッヒ三世は「九十九日皇帝／99-Tage-Kaiser」と呼ばれ、息子ヴィルヘルム二世がその後を継いだ。

こうして一八八八年は一年間に三人の皇帝が在位した年となり、「三皇帝年／Dreikaiserjahr」と呼ばれ、ドイツ

1888年の三皇帝

カイザー・ヴィルヘルム1世　カイザー・フリードリッヒ3世　カイザー・ヴィルヘルム2世

📷30　1888年の三皇帝

にとっても特別な年とされている。📷30

ヒゲを横へと撫で付け、先をクルッと上に縒り上げるスタイルを「カイゼルひげ」という。「カイゼル」はカイザー、皇帝のこと。ドイツでは、当初は初代皇帝ヴィルヘルム一世の髭のスタイルにちなんで“Kaiser-Wilhelm-Bart《カイザー・ヴィルヘルム・バルト》（ヴィルヘルム皇帝の髭）”と呼ばれ、そのあとに続く皇帝たちも同様の髭スタイルにしていたことから、「カイゼル髭」、“Kaiserbart《カイザー・バルト》”と呼ばれるようになった。

このカイゼル髭はドイツに留学していた日本人たちに大きな影響を与え、日本でもカイゼル髭ブームが訪れた。この写真は一九〇〇年にベルリンで撮影されたもの。日本人のほとんどがカイゼル髭姿を見せている。📷31

第一次世界大戦時の、徳島の捕虜収容所でのドイツ兵との交流を描いた映画『バルトの楽園《がくえん》』の「バルト」はドイツ語で、髭のこと。捕虜となったドイツ人だけでなく、主人公の板東俘虜収容所所長・松江豊寿も立派なカイゼル髭を蓄えている。

📷31　**1900年ベルリンで記念撮影**　かつての萩のドイツ語教師ヒラー氏一家と留学生たち。

## 胸《むね》張《は》り肩《かた》聳《そび》えたる士《し》官《かん》、（中略）妍《みめよ》き少女《おとめ》の巴《パ》里《リ》まねびの粧《よそお》いしたる

――胸を張り肩章の付いた肩をそびやかせる士官たち（中略）、顔立ちの良い娘たちが、パリを真似た装いで飾り立てている

中略としているのは、先述の「まだ維廉一世の……」で始まる箇所。これはカッコ書きに相当する、当時の背景を補助的に解説した部分であるため、分けて先に記した。

「胸を張り」は自信を持っているときの態度。「肩をそびやかせる」は、肩を高く張って威勢を示めすという意味だが、もう一つの表現も込められており、士官（軍人）が肩に付けている肩章と呼ばれる装飾品のことを指している。この肩章が肩を高く張って威勢を示めす姿勢を物質的に手助けしており、この肩章は当時の軍人のシンボル的アイテムでもあった。鷗外は日露戦争出征時の思いを綴った歌集『うた日記』を出しており、その中の「扣鈕《ぼたん》」という作品の中に、留学中に知り合い友となった士官が登場する。この詩は、戦地で身に着けていたカフスボタンの片方を失ったことに気がつくという内容で、ベルリンで買い求めたものであったことから留学の日々を思い起こし、「えぽれつと　かがやきし友」と旧友の面影に想いを馳せる。これは「肩章を輝かせていた友」という意味であり、鷗外は陸軍省から派遣された医学生であったため軍医学を学び、軍関係の友人も多かった。

32　パリまねび
ウンター・デン・リンデンは特に華やか。

33　1887年の流行
パリのファッションはベルリンっ子にとっても憧れ。

34　ベルリンの若き士官たち
（コラージュ画像）

いっぽう、「妍《みめよ》き少女《おとめ》の巴里《パリ》まねびの粧《よそおい》したる」は、現代訳にすると「顔立ちの良い娘たちが、パリを真似た身なりでいる」という意味で、当時のヨーロッパのオシャレの中心も現代と変わらずパリだった。特にベルリンでは国を追われたユグノー派（キリスト教プロテスタント）の人々を受け入れた歴史があり、フランス人コミュニティーも発達し、町にはフランス文化を反映した華やかさがあった。32

エポレットで肩をいからせた礼装の士官と、パリの装いの女性を対比させたこの一節は、この時代のベルリンの町の様子を巧妙にとらえた表現と言える。

35　ベルリン初のアスファルト舗装　この頃はまだ、右手に砂を敷いた馬道も。

## 車道《しゃどう》の土瀝青《どれきせい》

――車道のアスファルト

土瀝青《どれきせい》とはアスファルトのこと。

ウンター・デン・リンデンの車道は石畳ではなくアスファルト舗装であるため馬車が静かに行き交ったという。

ヨーロッパの石畳、石造りの町並みでは蹄の音が反響しやすく、明け方や深夜に馬車が通ると、屋内にいてもはっきりと聞こえるほどの音量で鳴り響く。

鷗外は、ベルリン滞在の一年半の間に二度引っ越し三つの下宿を体験した。

二つ目の下宿は古《アルト》ベルリン地区にあり、低所得層が密集して暮らす雑居地区に属するが、鷗外が入居したアパートは、その一帯が新たな都市計画によって再建築されたため、表の通りもアスファルト舗装になった。

鷗外は、次の新居は新築で部屋が大きく、「前街は土歴《ママ》青を敷き、車行轟なく、夜間往来稀なれば、読書の妨となることもなし」と書いている。アパートの前の道路はアスファルト舗装で馬車の行き交う音もせず、夜は往来も少なく読書が妨げられることもないという意味で、大変満足している様子が窺える。📖54

## 音《おと》もせで走《はし》るいろいろの馬車《ばしゃ》 ——音も立てずに走るさまざまな馬車

音がしないのはアスファルト舗装がなされているため。

鷗外が留学していた時代のベルリンは、地下鉄はまだ開通していなかったが、そのほかの市内交通は網羅されていた。しかしガソリンや電力による乗り物はまだ普及しておらず、すべてを馬力に頼っていた。その交通には次のようなものがあった。

【馬車鉄道】Pferdebahn／プフェアデ・バーン📷37
路面電車の前身で、道路に敷かれた線路の上の車体を一〜二頭の馬が引いて走る。

📷36　音も立てずに走るさまざまな馬車

　一八六四年に、当時はまだ隣町だったシャルロッテンブルク市までを結ぶ便が開通されたのを皮切りに、鷗外の留学時代には延べ三十二路線が運行されていた。「舞姫」文中にも、「モハビット、カルル街通ひの鉄道馬車」と登場する。

　乗車料金は最低十ペニヒ（マルクの補助通貨。百ペニヒで一マルク）で、距離によって加算された。📖68

【乗合馬車】Pferdeomnibus／プフェアデ・オムニブス📷38

　バスの前身。路上の車体を一〜二頭の馬が引いて走る。

　当時は、市内および近隣都市を結ぶ十八路線が運行されていた。

ウンター・デン・リンデンを通る路線とし

ては、ブランデンブルク門の北西方向にあるMoabit／モアビートとAlexanderplatz／アレクサンダー・プラッツを結ぶ便があった。当時のウンター・デン・リンデンは王城の手前で終わっていたので、南側に回り込んでケーニヒ通りを進んだ。

　乗車料金は、距離によって十～二十ペニヒ。二階建て車両もあり、上階の利用は男性に限られ、料金は一律十ペニヒだった。📖68

**【辻馬車】Droschke／ドロシュケ** 📷39

　タクシーの前身。二人または四人乗り用の車体を馬が引く。「舞姫」文中にも「ドロシュケ」や「車」として登場する。「エリスが母の呼びし一等ドロシュケ」の一節があるように、ドロシュケには一等、二等のランク付けがあった。

　一等の車体にはエレガントなデザインが施され、革張りの座席には鋲が打たれ、馬も二等より毛並みが良かった。御者の衣装にも違いがあり、車体に取り付けられているオイルランプも、二等は小さめでシェード部分の鉄枠が青色に、一等は大き

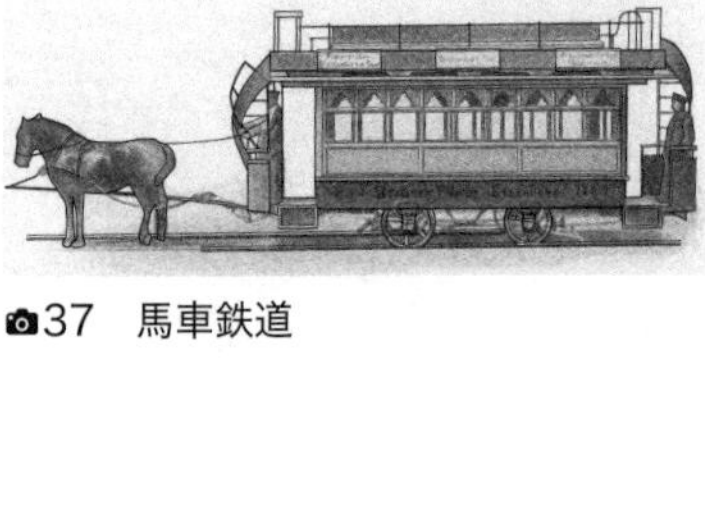

📷37　馬車鉄道

📷38　乗合馬車

めのランプで鉄は白色に塗装されていた。
運賃は、二等は初乗り（十五分まで）が六十ペニヒで、その後は十五分毎に四十ペニヒが加算される。一等は、初乗りが一マルク、加算料金は五十ペニヒだった。

【市内鉄道】Stadtbahn／シュタット・バーン📷40
すべてが馬力の時代にこれだけは例外で、長距離列車の鉄道駅を共有する格好で蒸気機関車が走った。ベルリン市内および近郊の市町村を結んだ近距離線および、リングバーンと呼ばれる環状線の二種があった。
鷗外は、初めて市内の蒸気機関車に乗ったときのことを、日記（「独逸日記」一八八六年二月二十二日条）に書き記している。

**コーヒーブレイク**

東京JR山手線は、ベルリンの市内鉄道の環状線「リングバーン」をモデルに、ドイツから招かれた技

📷39　辻馬車

📷40　市内鉄道

師によって設計された。そのため山手線の有楽町から新橋あたりでは、高架の形状が大変よく似ていることを現在も見ることができる。

ベルリン市内は馬力だったが、一八八一年に電機メーカー・シーメンス社が、ベルリン近郊の町リヒターフェルデ（現在はベルリン市内南西部に所在する区）にて、世界初の電気路面電車を走らせることに成功している。📷41

一八八六年にはマンハイムで、カール・ベンツが自動車を完成させ、世界で初めて特許を取得した。ドイツ帝国特許局許可番号三七四三五番。この時の自動車はガスを燃料としており、妻ベルタも協力し改良が重ねられ、一八八八年に自動車の販売が始まった。ベンツの名は今日では世界を代表する高級自動車としても知られ

📷41　世界初の市電

グロース・リヒターフェルデ駅／ハウプト・カデッテン・アンシュタルト駅間の2.45 kmを10分で結んだ。

📷42　世界初のガソリン車

特許を取った自動車に乗る81歳のカール・ベンツ。

ている。 42

電力やガソリンによる乗り物が開発され、一八九五年にはベルリン市内でも市電が走りはじめ、一九〇二年には地下鉄が開通し、一九〇五年にはウンター・デン・リンデンを走っていた乗合馬車もガソリンで走るバスに替わり、馬力の時代の幕を閉じた。

鷗外の留学時代、すなわち「舞姫」に描かれたベルリンは、新たな都市計画で町の外観が変わり始めた時であり、初代皇帝崩御の年でもあり、ひとつの歴史の最後の一ページでもあった。

## 雲《くも》に聳《そび》ゆる楼閣《ろうかく》　——雲にそびえる高層建築

当時は三階建てもまだ多く、新築でも五階建てであったから「高層ビル」とは言い難いが、ベルリンの都心部は、ワンブロック分、隣の建物との間に隙間を作らず建て詰めるため、巨大で威圧感がある。日本にはその頃、石造りの大型建造物はまだ存在しない時代であったから、鷗外にとってはことさら大きく感じられたことだろう。

後年に書かれたエッセイ「妄想」に、「Wolkenkratzer《ヴォルケンクラッツァー》」という言葉が出てくる。直訳する

**43　都心の街並み**
日本から着いたばかりのカルチャーショックは強かったに違いない。

と「雲を引っ掻く者」という意味で、高層ビルを指した言い回し。雲に触れるほどとなるとスカイツリーのような高さをイメージするが、当時の人たちにとっては五階建てでも雲を引っ掻くほどの高さだった。

「雲にそびえる建物のすこし途切れた所」は、ウンター・デン・リンデンの西の端、ブランデンブルク門の前の空間のこと。

44　地から吹き上がるフォンテーネ噴水　「噴井の水」の表現がピッタリ。

晴《は》れたる空《そら》に夕立《ゆうだち》の音《おと》を聞《き》かせて漲《みなぎ》り落《お》つる噴井《ふんせい》の水《みず》

――晴れ渡る空に夕立の音を立てながら、溢れんばかりに流れ落ちる噴水の水

ブランデンブルク門前、パリ広場にある噴水のこと。一八七七～八〇年にヘルマン・メヒティヒが手掛け、門の両脇に二基、シンメトリーに設置された。

四角い花壇の中に丸い台が設えられ、そこが噴水になっているが、華やかな彫刻などは一切無く、地面から天空に向かって大量の水が勢いよく吹き上げられる。

第二次世界大戦の空爆で破損し、冷戦

時代は東ベルリン側に位置し、塞がれたままだったが、東西ドイツ再統一以降に復元され、現在も当時と同じように、夏になると盛大に水しぶきを上げている。

## ブランデンブルク門《もん》 ――ブランデンブルク門

「遠く望めばブランデンブルク門を隔てて」と、門が主役になっていない。
ブランデンブルク門はベルリンの象徴的存在だが、これは「ベルリンの壁」の歴史に起因し、鷗外の時代は捉え方が少々異なっていた。

【鷗外の時代】

ブランデンブルク門は、十八世紀前半に築かれた市壁（通称「関税の壁」）の関所のひとつ。「関税の壁」設置当初は、ブランデンブルク門も他の関所同様、小ぶりな石造の門にすぎなかったが、プロイセン王国の首都ベルリンの正面玄関として国賓を招くに相応しい門にすべく十八世紀末ごろに、現在の雄大で豪華な門に建て替えられた。

鉄道は「関税の壁」設置後に発達していったため、鉄道駅はどれも町の外側にあった。例えば初めて欧州を訪問した文久遣欧使節団の面々は、オランダからデュッセルドルフ／ケルンを

45　ブランデンブルク門　真ん中の通路は幅広で王族専用。

経由してポツダム駅（現在のポツダム広場駅）に到着した。一行は駅構内の国賓用の控の間にいざなわれ、身なりを整えのちに、迎えに来た豪華な特別馬車に乗り込むと、馬車は目の前にあった関所の前を通り過ぎ、ブランデンブルク門から市内へと入場し、市内のホテルへと向かった。

この「関税の壁」は、使節団ベルリン訪問の数年後に解体され、ブランデンブルク門だけがそのまま残り、町の歴史を物語る観光名所の一つとなった。

鷗外留学当時である一八八七年版ベデカーのガイドブックには次のように書かれている。

> ブランデンブルク門は一七八九～九三年に建築家カール・ゴットハルト・ラングハウスによって砂岩を用いて建造された。ア

テネのアクロポリスの入り口であるプロピュライアをモチーフにし、門の上の像を含んだ全高は二十六メートル、幅は六十二・五メートル。柱の間は五つの通路になっているが、中央部分だけは幅が広く五・六メートルの幅があるが王族の馬車のみが通行を許されている。その他の通路の幅は三・八メートル。

門の上の像は、シャドウによる四頭立て馬車に勝利の女神ヴィクトリアが乗っており、像銅製で六メートル以上の高さがある。一八〇七年にフランス軍によってパリへと持ち去られたが一八一四年に返還され、その際に、鷲の下に鉄十字紋章が付いた杖が飾られた。

門の両脇の神殿のような建物は、パリ広場側から見て右手にはテレグラフ局と気送管ポスト局、左手には門番の詰め所がある。

【現代】

門の歴史や形状は前述の通りだが、現在のブランデンブルク門はベルリンの町のシンボルとなり、市政をはじめベルリンを代表する団体や機関が門をデザインしたロゴを使っている。

これは、ドイツが東西に分裂した時代、冷戦時代、「ベルリンの壁」があった時代に、この門が二重構造だった壁に挟まれ、壁が存在した二八年間、誰も門をくぐることができなかったという特殊な歴史による。このほかにもアパートの建物そのものが壁として使われたベルナウ通りや、米軍が管理した国境チェックポイント・チャーリー、泳ぎ切れば亡命することができた連邦議会堂裏のシュプレー川など、壁の歴史を物語る場所は多々あるが、米レーガン大統領が西ベルリン側のブランデンブルク門の前でゴルバチョフ書記長に壁開放を呼びかける演説を行うなど、世界からの注目度が高く、ベルリンの壁崩壊ニュースで常に東西ベルリンの象徴として報じられ、そのイメージが定着した。

なお、門の上のヴィクトリアは、四頭立ての車に乗っていることから、ラテン語の「四つの」を意味する「quadri《クヴァドリ》」に由来し、「Qquadriga《クヴァドリーガ》」と呼ばれている。

## コーヒーブレイク

ベルリンの「壁」というと「ベルリンの壁」を思い浮かべるが、それ以前にも壁は存在し、「ベルリンの壁」は四つ目の壁。

初代：市壁　十三世紀中頃～一六八一年
二代目：星型要塞　一六八三年～一七三四年
三代目：関税の壁　一七三六年～一八六七年
四代目：ベルリンの壁　一九六一年～一九八九年

しかし、「ベルリンの壁」とそれ以前の三つ

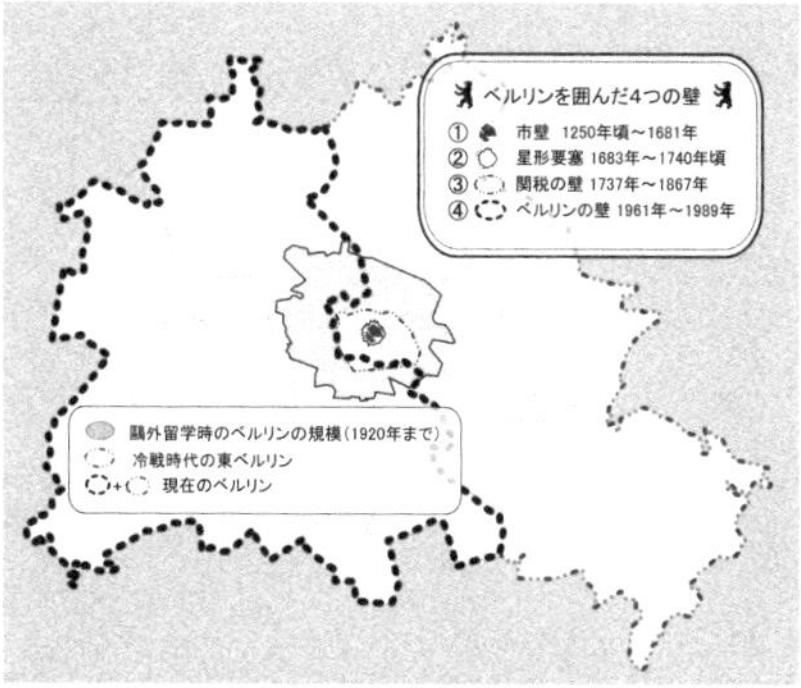


46　ベルリンと四つの壁の歴史

の壁の大きな違いがある。

先の三つは自身の町を守ることを目的に、自らの意思で自身の町を囲った壁だが、「ベルリンの壁」は東ドイツから市民が逃げ出さないよう、西ベルリンに無断で西ベルリンを囲った壁だった。西ベルリンはドイツ連邦共和国（西ドイツ）の都市でありながら、ドイツ民主共和国（東ドイツ）の真ん中に位置し、東ドイツ市民は西ベルリンに足を踏み入れるだけですぐさま亡命することができた。そのため、西ベルリンは二十八年間、「陸の孤島」として冷戦時代を過ごすことになった。

## ブランデンブルク門《もん》とブランデンブルゲル門《もん》

「舞姫」には「ブランデンブルク門」が、文中に二回登場する。ひとつはこの箇所で、もうひとつは、天方伯に帰国を打診された豊太郎が快諾してしまい、後悔の念に駆られ町を徘徊する描写の中。

前者には「ブランデンブルク門」、後者では「ブランデンブルゲル門」と、「ブルク」の部分に違いが見られる。ドイツ語ではBrandenburger Tor（当時は"Thor"と"h"が付いていた）と書き、「ブランデンブルガー・トアー」と発音する。「門」以外をそのまま残すなら「ブランデンブルガー門」であり、南ドイツではRの発音がハッキリしていることから、昔はRの発音をラ行で書き表すことが多く、その場合は「ブランデンブルゲル門」となる。つまりどちらの表現も正しい。

強いて言えば、「ウンター・デン・リンデン」を「ウンテル・デン・リンデン」、「クロスター」を「クロステル」と、長音符にラ行の文字を宛てているのだから、「ブランデンブルゲル門」のほうが「舞姫」の時代に相応しいと言える。

なぜ二つの書き方に使い分けられているのかは謎である。

「舞姫」は、一八九〇年一月に雑誌『国民乃友』上に発表されたのち、他の誌面にも掲載され、全集にも収録された。鷗外は存命中、発表のたびに手直しを行っていることから、初めて掲載された「舞姫」と、現代の私たちが読む「舞姫」には表現に若干の違いがある。

これを順に追うと、生原稿である「草稿」や、初出の『国民乃友』誌、また、同年十月に掲載された『国民小説』誌においても、どちらの門も「ブランデンブルゲル門」と書かれていた。

前者が「ブランデンブルク門」に変わったのは、一八九二年に発刊された鷗外作品の全集『美奈和集』において。以来、二つの綴りが共存する状態が続いている。

後述するが、他にも一か所、変更されたために誤解を招く箇所がある。どれも鷗外存命中のことであるから、鷗外自身も認めたと考えるしかないが、故意になされたと思えないだけに少々残念。158

# 半天《はんてん》に浮《うか》び出《い》でたる凱旋塔《がいせんとう》の神女《しんにょ》の像《ぞう》

## ――中空に浮かび出ている戦勝記念塔の女神の像

凱旋塔は戦勝記念塔のこと。先端部に黄金色に輝く女性の姿が見える。これは古代ローマ神話に登場する勝利の女神ヴィクトリアで、ブランデンブルク門の上と同じ女神。

現在はベルリン市内の中心部に広がる広大な森、「ティアガルテン」の中に位置するが、これはナチ時代にヒトラーが構想した「世界首都ゲルマニア」計画の一環として、一九三八年から翌年にかけて、この場所へと移築されたもので、鷗外の留学時代には、帝国（現：連邦）議事会堂の向かい側の広場に建っていた（「ティアガルテン」は区の名称でもあるため、以降、森を指す場合は「ティアガルテンの森」とする）。🔍186

塔内部は空洞で細い螺旋階段が付いており、これを登りつめるとヴィクトリアの足元の展望台にたどり着く。そこから眼下に広がる景色を楽しむことができるのは昔も今も変わらない。

もともとこの塔は、対デンマーク（ドイツ・デンマーク戦争、一八六四年）、オーストリア（普墺戦争、一八六六年）、フランス（普仏戦争、一八七〇～七一年）の三つの戦いの勝利を記念して建てられた。そのため柱に並ぶ金の飾りは大砲を模したもので三段だったが、移築の際に一段増えて四段となった。

一段増えた現在の戦勝記念塔は全高六六・八九メートルを誇り、螺旋階段を二八五段上ったところ、地上五〇・六六メートルの位置に展望台があるが、当時のベデカーによると、全高六一・五メートル、展望台までの高さは四十六メートルだった。

今日、この塔はドイツ語で「Siegessäule《ジーゲスゾイレ》（「勝利の柱」の意）」として知られ、「戦勝記念塔」と訳されているが、鷗外の留学時代は「Siegesdenkmal《ジーゲス・デンクマル》（「勝利の碑」の意）」と呼ばれ、鷗外は「凱旋塔」と訳していた。

**47　半天に浮び出でたる女神の像**
「舞姫」の描写さながらの戦勝記念塔。

**48　戦勝記念塔 1938 年移築以前**
現在より一段低い。

戦勝記念塔のヴィクトリアは、身長八・三二メートル、体重は三十五トン、靴のサイズ九十二センチメートル。左手に鉄十字の指物《さしもの》を持ち、右手には勝利を意味する月桂樹の葉の編み込んだ冠を掲げ、ヘルメットの上にワシが留まっている。

全身にまとう金箔は純金の二十四カラット。延べ二百平方メートル、重さにして一・二キログラムになるという。

## コーヒーブレイク

ベルリンっ子は何にでもあだ名をつけることで有名。戦勝記念塔の上のヴィクトリアは、「Goldelse《ゴールドエルゼ》（黄金のエルゼ）」の愛称で親しまれている。

写真を撮るときなどに好んで取るVサインのポーズ。これは「勝利」を意味し、勝利の女神ヴィクトリア Viktoria の頭文字からきている。

鷗外はこの塔に上った日のことを「独逸日記」一八八七年四月十七日条に記している。

ライプツィッヒ、ドレスデン、ミュンヘンに順に滞在し、最後の滞在地であるベルリンに到着して三日目。留学仲間らと塔に上った。

獣苑《じゅうえん》 Thiergarten に至り、凱旋塔に登る。四方皆家人烟《じんえん》濛々《もうもう》、塔の西即ち苑なり。林木の芽を放つを見る。東皇の駕《が》将《まさ》に至らんとするを知るなり。📖54

現代語訳：ティアガルテンの森にやってきて戦勝記念塔に上った。四方どの家からも煙がもうもうと立ち上っている。塔の西側は森である。木々が芽吹いているのが見えた。まさに春が来ようとしていることに気づいた。

温暖化が進んだ今では想像もできないが、ドイツは「冬の国」で、冬の寒さは相当厳しかった。ドイツに滞在して三回目の冬の終わり。煙突の煙は部屋を温めるために暖炉に木をくべているからで、気温としてはまだまだ寒いが、新芽に春の訪れを知るという、ドイツに暮らす人々が春を待ち望む様子がよく表れている。息を切らしながらせん階段を上り詰め、白い息を吐きながら眼下の景色を見渡したことだろう。

## 共《とも》に麦酒《ビール》の杯《はい》をも挙《あ》げず、球突《たまつ》きの棒《ぼう》をも取《と》らぬ

――一緒にビールジョッキを掲げることもせず、ビリヤードのキューさえ手にしない

一緒にビールも飲まないしビリヤード遊びもしない、つまり「付き合いが悪い」ということ。当時は酒場やカフェでビールやワイン、また、コーヒーを愉しむのが都会での娯楽の一つで、鷗外の日記にもカフェの名がたびたび登場する。また、留学仲間の間でもビリヤードは好まれていたらしく、鷗外の「独逸日記」一八八五年五月二十九日条には、留学仲間の三浦の部屋で一日を過ごし、「夜バウエル茶店 Cafe Bauer に至る。三浦、加藤の球戯を作《な》すを観る」と記されている。

カフェ・バウアーは、当時のベルリンを代表する高級カフェ。一八七七年創業のウィーン風カフェで、ウンター・デン・リンデンとフリードリッヒ通りの角地という、ベルリンで最も賑やかだった交差点にあり、当時の絵葉書にもよく登場する。

日記にも鷗外はビリヤードに興じることなく眺めていただけと書かれていることから、この部分は豊太郎の性格に一致するが、実際の鷗外は友人も多く、留学仲間の溜まり場だったカフェにも好んで顔を出した。また、ミュンヘン滞在中には社交ダンスのレッスンまで受けている。

## コーヒーブレイク

鷗外は大のビール好きで、一八八六年の二十四歳の誕生日にはザクセン軍軍医部長ヴィルヘルム・ロートからビールジョッキをプレゼントされた。蓋に日付と名前が刻まれている。鷗外はこれを日本に持ち帰り書斎の棚に飾り生涯大切にしたという。現在は東京の森鷗外記念館に所蔵されている。

鷗外はミュンヘン滞在時代に、論文「ビールの利尿作用について」（Über die diuretische Wirkung des Biers）📖58をドイツの専門誌に寄稿している。

ビール他の飲料を飲んでは一定時間に尿がどれだけ排出されるかを調査していくというもので、被験者の筆頭が鷗外自身だったというのがユニーク。「被験者㈠、自身、日本人男性、二十六歳、衣服込みで五十五キログラム、まったくの健康」などと状態が記されている。このほか留学仲間の加藤照麿やドイツ人同僚にも協力を仰いでの研究だった。

ビールとは、麦を発酵させたアルコール飲料のこと。ビール作りの始まりは一万三千年もさかのぼるというから、人類の歴史と共に歩んできたと言っても過言ではない。ドイツでビールが盛んに作られるようになったのは中世の時代。当時は水道設備が整っておらず、飲料水の確保が大変であったことから、水に代わるものとしてビールが盛んに作られた。ドイツのビールのアルコール度数が低いのには、そういった歴史的背景もある。

劣悪なビールが多く出回った時代があり、当時からビール作りが盛んであったバイエルン州（当時はバイエルン公国）では、一五一六年四月二十三日、バイエルン公ヴィルヘルム四世によって「ビール純粋令」が制定された。これは、ビールは大麦、酵母、ホップ、水の四つのみを原料とするといったもので、以来、五〇〇年以上経つ今日でも、ドイツではビール純粋令に基づいたビール造りが行われている。

## 珈琲店《カフェ》に坐《ざ》して客《きやく》を延《ひ》く女《おみな》 ——カフェに腰掛け客を引く女

ベルリンには当時、売春宿のような風俗店が存在しなかったため、娼婦は路地に立つかカフェの中で客引きをしていた。

鷗外の自伝的小説「ヰタ・セクスアリス」に、カフェでの様子が描かれている。

「日本の留学生の集る処で、蟹屋《かにや》蟹屋《かにや》と云ったものだ。何遍行っても女に手を出さずにい

ると、或晩一番美しい女で、どうしても日本人と一しょには行かないというのが、是非金井君と一しょに行くと云う。」📖47

このカフェはブランデンブルク門からウンター・デン・リンデンを歩き始め、最初の角を北へ曲がってすぐのところにあった。

この「手を出す」は、一般女性をナンパすることではなく、売春目的で客を引くためにカフェに入り浸っている女性たちの誘いに応じるという意味で、「独逸日記」の一八八七年五月二十八日条にこのカフェにたむろする娼婦のことが記されている。

「午後加治と（中略）Café Krebs（中略）に至る。美人多し。云ふ笑婦なりと」

娼婦は「笑婦」や「淫婦」とも書いた。

また、「独逸日記」同年六月十五日条では、第二下宿に引っ越すことになった理由や新居の様子を記しているが、アパート周辺は昔ながらの古い建物が残る雑居地区で娼婦が立つことでも有名な小路も近くにあったことから、次のように記している。

「今の居は府の東隅所謂古伯林 Alt-Berlin に近く、あるいは悪漢淫婦の巣窟なりといふも

49　**鷗外第三下宿**　出窓（上部）が鷗外の部屋。

のあれど、交をこの隣に求むる意なければ、屑とするに足らず」

## 我《わ》がモンビシユウ《モンビジュー》街《がい》の僑居《きょうきょ》

### ――モンビジュー街の下宿

豊太郎の下宿は、「モンビジュー通り三番地」であると書かれている。

しかし、当時はまだこの通りは存在していなかった（一九〇五年に新設）。

のちにエリスが訪ねてくる部屋の描写が鷗外第三下宿に似ていることと、その住所が「グローセ・プレジテンテン通り」と非常に長い名前であること、また、そのすぐそばに「モンビジュー広場」があったことから、豊太郎の下宿のモデルは鷗外第三下宿で、簡単でかつ美しい名前を通りの名称に充てたと考えられている（モンビジューはフランス語で「珠玉」の意味）。

## 鎖《とざ》したる寺門《じもん》の扉《とびら》に倚《よ》りて、声《こえ》を呑《の》みつつ泣《な》くひとりの少女《おとめ》あるを見《み》たり

――閉ざされた教会の門の扉に寄りすがって、嗚咽をこらえながら涙に暮れるひとりの少女がいるのを見かけた

エリスが教会の門の扉に寄りかかって泣いていたのは、神にすがりたい気持ちから。

当時の人々は教会との結びつきが大変強く、市民は何らかの宗教の教会に所属していた。ベルリンでは市民の九割以上がキリスト教プロテスタント派の信者で、そのほかにカトリックやユダヤ教があり、イスラム教徒は大変少なかったためモスクは持たず小さな集会のみを開いていた。

日本では新年に神社を参拝し、結婚式は教会で挙げ、没すると寺の墓に入るということもあるが、ヨーロッパではそれはありえない。そのため寄りすがる教会は自身が信仰する宗教・宗派の持つ施設であり、それ以外ということはありえない。

50　寺門の扉

エリスが泣いていたのは、キリスト教プロテスタント教会だった（後述）。🔍188

プロテスタント教会では、礼拝時を除いて礼拝堂の扉は施錠されている。また、教会事務所や牧師館は礼拝堂に隣接しているとは限らず、平日や夕方以降は、教会の前の人通りが少ない。家を飛び出したエリスは、すがる思いで教会に駆け込もうとしたが、施錠され中に入れなかったため、鎖された門にすがるようにして泣いていた。

「閉ざされた教会の門の扉」とはすこし分かりにくい表現。これを、教会入り口の扉と捉えるか、入り口の手前にもう一つ門（フェンス）が付いていると解釈するか、研究者の間でも意見が分かれている。

「舞姫」の初の独訳（一九〇八年から翌年に

かけてベルリンで発行されていた月刊誌「Ost=Asien 東亜」に連載。留学生・宇佐美濃守《のうもり》が独訳し寄稿）において、「寺門」は「Kirchentor《キルヒェントア》」と訳されている。これは直訳で「教会門」であるから、的確な訳というか、鷗外はこの言葉を日本語に直訳し「寺門」としたのだろう。そして、この「キルヒェントア」という言葉も、石造りの大きな教会の入り口の大きな扉を指すこともあれば、敷地の入り口に門扉がある場合は、それを指すこともある。よって、その解釈はどちらも間違ってはいない。🔍188 📷50 📖59

## 父《ちち》は死《し》にたり。明日《あす》は葬《ほうむ》らではかなはぬに、家《いえ》に一銭《いっせん》の貯《たくわえ》へだになし

――明日には葬らなければならないのに、家には一銭の蓄えもない

葬儀のための資金がないと窮状を訴えるエリス。

葬式を出せないとなると遺体はどうなるのか。そのまま放置されるのか？　と不安になるが、その心配は不要。

プロイセン王国は一七九四年に「ラント法」と呼ばれる地方法を定め、その中には埋葬に関する規定も含まれており、埋葬にかかる代金を故人が支払えない場合は遺族が、遺族が無理な場合は管轄の役所が肩代わりするようにと定められていた。キリスト教古文書館担当者による

と、キリスト教墓地においては、貧富の差に関わらず死者は全員埋葬された記録が残っており、貧しさが故に埋葬されなかった例はないとのことだった。📖76

それらの状況から、ここでは「埋葬」そのものではなく、「葬式」という儀式を執り行うことができないと言っていることが分かる。

となると、葬儀代金捻出のために実の母親が一人娘に売春を強要したということになるが、鷗外の恋人だった女性の親が死去した事実もないので、物語を盛り上げるための演出と捉えるべきだろう。

鷗外はベルリン滞在中に実際に留学仲間の死を目の当たりにしている。日記に記されているのは死因と葬儀に参列したということだけだが、葬儀代金の捻出が大変だったなど見聞きすることがあったのかもしれない。📖54

### コーヒーブレイク

ドイツの現在の埋葬法では、当局からの特別な指示がない限り、遺体は死亡が確認されてから四十八時間以内は埋葬をしてはならないとされている。

この基準は「舞姫」の時代にもあったようで、当時の埋葬の記録には一定のパターンが見られる。葬儀は死亡の早くとも二日後、遅くとも三日後には行われていた。「舞姫」本文に「明日は葬らではかなはぬに」と、これ以上は置いておけない状況が示唆されていることから、エリスが教会の前で涙に暮れていたのは父親死去の二日後だったと考えることができる。

　なお、当局からの特別な指示とは疫病の感染防止などを指し、パンデミックが起きた際は、死後四十八時間以内に埋葬されることがある。📖17・18・19・75・76

---

「舞姫」の時代にはまだ火葬はなかった。プロイセンで火葬が許可されたのは一九一一年。初の火葬場が完成したのはその翌年。📖17・18・39

---

　ドイツでは家族墓として先祖代々墓所を守っていくのは珍しく、ほとんどの場合は個人墓。家族墓も個人墓もドイツでは賃貸契約形式で、二十年ほどの長さを基本とし、延長手続きがなされない場合は、契約満了になると墓石は取り除かれ、次の亡骸が埋葬される。歴史的著名人の墓石や、名誉市民に指定された故人の墓は地方自治体が負担し継続される。これらはキリスト教墓地であり、ユダヤ人墓地では誰でも永代、墓石が残る。📖17・18・39

## 寺《てら》の筋《すじ》向《むかい》ひなる大戸《おおど》を入《い》れば、欠《か》け損《そん》じたる石《いし》の梯《はしご》あり

### ——教会の筋向いにある大きな扉を入ると、欠けて壊れた石造りの階段があった

悲しみに暮れるエリスを、街路で涙を見せるのは良くないと案じ、自宅まで送り届ける豊太郎。エリスの向かった先は、教会の斜め前にあるアパートだった。

私たちが読み親しんでいる「舞姫」には、その建物に入ると角が欠けた石の階段があり、それを上って行ったとシンプルに書かれているが、草稿には、詳細にわたって描写されていた。

寺の筋向ひなる大戸を入れば、表家の後ろに煤にて黒みたる四階目にて取り囲まれたる中庭あり片隅には芥溜の箱あれど街の準には清らかなり石の梯を登ること三たび、とみれば腰を折りて潜るべき程の戸あり

要点をまとめると次のようになる。

○寺の筋向のアパートの大きな扉を入っていくと、

○奥に四階建ての建物に取り囲まれた、煤で黒ずんだ中庭がある。

○片隅にごみ箱はあるが街を基準にすると清潔な方である。

○石の階段を三つ登ると、腰を折って潜らなければ頭をぶつけてしまうのではないかというほどの低い戸があった。

中庭側の外壁が煤で黒ずむということは、この中庭がたいへん小さな空間であることが分かる。また、煤で黒ずむまでには相当な年月を要し、階段を三つ上るということは、四階部分に上がったことを指すが、このあと、そこが屋根裏に当たると書かれていることから、このアパートが三階建てであることが分かる。ベルリンでは、かねてより雑居地区における疫病の蔓延が問題になっており、一八六〇年に都市の再開発計画が始まり、現在のベルリンの旧市街に多

51　中庭の入り口
草稿の描写そのもの。

52　エリス宅と同じ高さの家屋
入り口横に地下への階段も。

53　古ベルリンの旧家屋の階段

く見られる、五階建てが軒を連ねるようになった。そういった状況から考えると、このアパートは再開発計画よりもずっと前の時代に建てられた旧家屋であったことが想像できる。

第4章に豊太郎とエリスの出会いの教会を考察するコーナーがあるが、51の写真は、最も条件が揃い最有力説とされる教会の斜め前に実際に存在した建物の中庭写真。ゴミ箱が置かれているところにも注目したい。188

## 少女《おとめ》は少《すこ》し訛《なま》りたる言葉《ことば》にて言ふ《いう》

### ——少女は少し下町訛りのある言葉使いでこう言った

その昔、ドイツではそれぞれの地方で方言が発達し、市民はその土地の方言で会話していた。言語が学問として研究されるようになったのは十六世紀に入ってからで、のちに「標準語」が規定された。

「舞姫」の時代、ベルリンでは庶民の多くはベルリン弁で会話していた。当時は、高等教育は財力のある家庭の子弟（それも高等学校に進学できたのは男子のみ）しか受けられなかったことから、おのずと標準語で会話するのは知識階級や富裕層に限られていた。

鷗外の場合は、外国語としてドイツ人教授からドイツ語を学んだので、最初から標準語が身ついており、自他ともに認める語学力の持ち主であったから、相手の話す言葉に訛りがあることをすぐさま聞き分けられたのだろう。

### コーヒーブレイク

祖国を追われたユグノー派（フランスにおけるキリスト教プロテスタント派）の人々が、十七世紀にはベルリンにも移住するようになり、一七〇〇年頃には人口の五分の一を占めるに至った。当初は地元民との衝突もあったものの、次第に華やかなフランス文化がもてはやされるようになり、フリードリヒ二世（のちのフリードリヒ大王）のフランス贔屓も影響し、上流階級ではフランス語も好んで用いられるようになった。

十八世紀頃にはユダヤ人人口も増え、ユダヤ人の間ではヘブライ語のほかに、イディッシュと呼ばれるドイツ語が混ざった独自の言語が発達した。📖18

大王没後も知識階級や社交界でフランス語をたしなむ風潮はそのまま残り、鷗外もベルリン滞在中にフランス語の個人レッスンを受けている。📖54

## ヰクトリア《ヴィクトリア》座《ざ》 ——ヴィクトリア劇場

かつてミュンツ通り二十番地に実在した。ウンター・デン・リンデンの延長線、鷗外の第二や第三の下宿からも遠くない場所。

この劇場は、ひとつのステージの両側に客席を配した、二つの劇場を合体させたような特殊構造の大規模施設で、当時のベルリンを代表する劇場のひとつだった。

客席は、ステージ北側は「夏劇場」、南側は「冬劇場」と名付けられ、前者客席は三階席までの延べ一二五〇席、後者は四階席までの延べ一四一三席を備えていた。📷53・54

図版はどちらもヴィクトリア劇場。📷54はオープン当時に描かれたもので、📷55は一八八五年に撮影されたもの。ミュンツ通りの門を入ると見えるのは冬劇場の入り口。北側の夏劇場の前には広大な庭園が広がっており、幕間を散策して過ごすこともできた。

一八五九年にオープンし、当初はバレエやオペラ、演劇など大作を上演していたが、鷗外の留学時代には建物の老朽化も進み、大衆向けのプログラムに変わり、鷗外帰国の四年後に閉館となった。

閉館の理由は老朽化ではなく、一八八四年頃から始まっていた都市開発で立ち退くことになったため。ブランデンブルク門から王城（現フンボルト・フォーラム。向かい側は現旧博物館）の手前までの大通り（ウンター・デン・リンデン）を延長させることになり、王宮殿の東側にかかっていた木製の歩道橋は大掛かりな石橋に架け替えられ、アレクサンダー広場横までジグザグに伸びていた路地は両側の建物を取り壊して大通りに替えられた。鷗外の滞在期はちょうどこれらの工事が行われていた真っ最中で、これらが完成したのち、大通りがさらに延長されることになり、この劇場も取り壊されることになった。🔍182

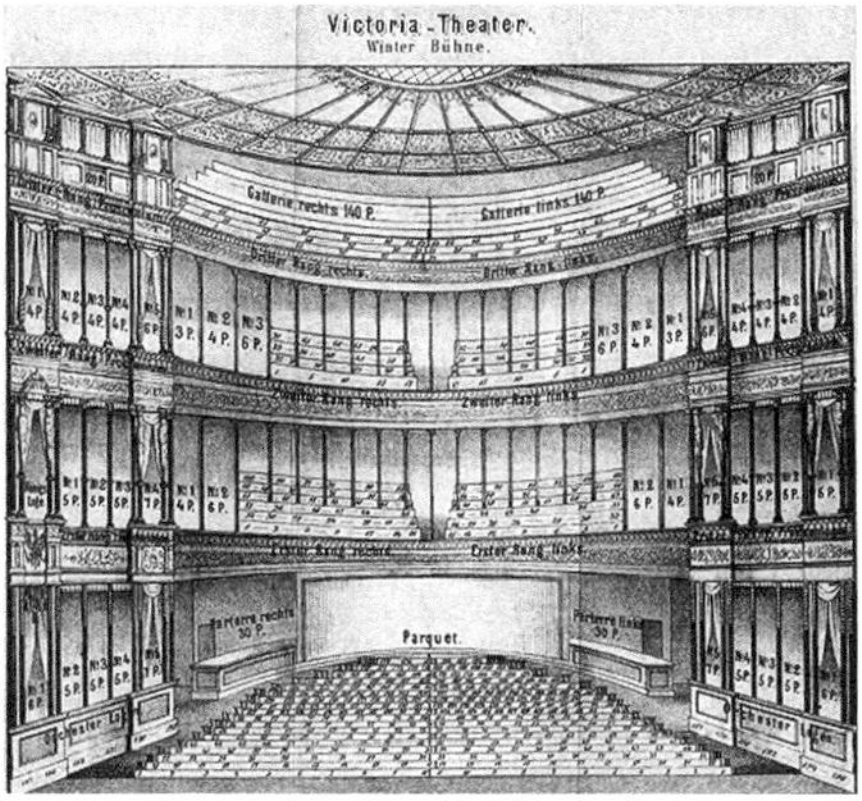


**53　ヴィクトリア劇場・冬劇場**
ひとつのステージの両側に夏冬の二つの客席ホール。

**54　ヴィクトリア劇場・落成当時**
1859年にオープンした巨大な劇場。

**55 ヴィクトリア劇場・取壊し前**
道路拡張工事のため1891年に閉業し解体。

ヴィクトリア劇場　設計図

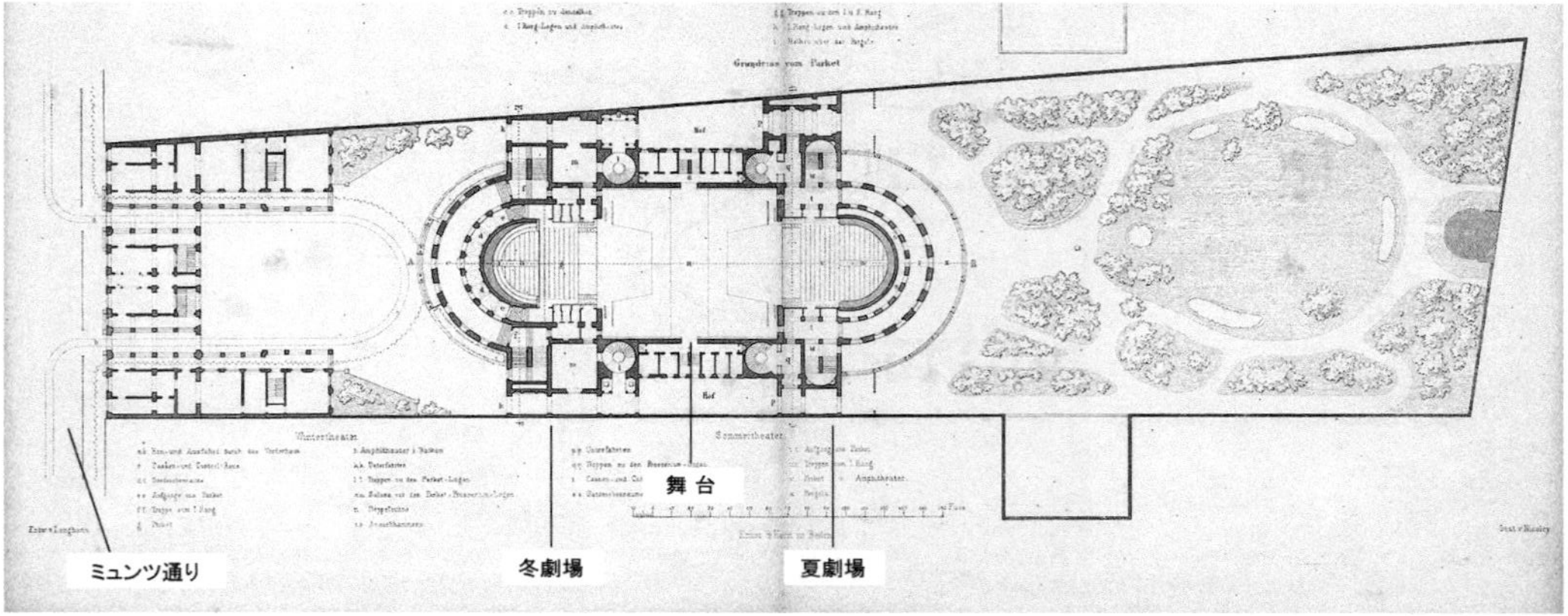


56　ヴィクトリア劇場・敷地　広大な敷地を持ち、夜間もガス灯や電灯で昼間のように明るかったという。

## コーヒーブレイク

　ヴィクトリア劇場は、「舞姫」のほかにも日本人との縁がある。

　日本からの初の公式欧州訪問であった文久遣欧使節団がベルリン滞在中に公式に招待された音楽会が開催されたのもこのヴィクトリア劇場だった。

オープンからわずか三年。どこもかもが新しく、その華やかさは相当なものだっただろう。

「総合プロイセン新聞」は一八六二年七月二十五日付で、オイレンブルク伯に案内された使節団の面々は劇場バルコニーで晩餐会を楽しみ、庭園には大きなカーブを描く幾千もの提灯が光の屋根となり、異国情緒溢れる素晴らしい輝きを放っていたと報じ、使節団の益《まし》頭《ず》駿《しゅん》次《じ》郎《ろう》は、庭園の様子を克明に描写し、ガラスの器に油を入れた明かり数千個が、遠近、至る所に灯され、その上、電灯が高く掲げられ、夜空よりも明るく輝いていたと興奮気味に日記に記している。

## 二《に》三《さん》マルクの銀《ぎん》貨《か》　——二、三マルクの銀貨

ドイツには銀色の硬貨が二種類あったが、「銀貨」と呼ばれる硬貨には、実際に銀が含まれていた。

一八七一年のドイツ帝国建国に伴い、それまで八つの王国に地域で使用されていた、マルクやターラー、グロッシェン、シリングなどの異なる通貨が統合された。

それによって、マルク（Mark）がドイツの公式通貨となり、補助通貨にはペニヒ

(Pfennig) が使われることになった（一マルク＝百ペニヒ）。
硬貨の材質は三種類あり、
　銀を含有する「銀貨」：五、二、一マルクおよび五十、二十ペニヒ
　ニッケルを含有する「ニッケル硬貨」：十、五ペニヒ
　銅を含有する「銅貨」：二、一ペニヒ
が製造され、銀貨には一マルクあたり五グラムの銀を含めるよう定められていた。
二、三マルクは、現在の日本円で数千円程度。

**コーヒーブレイク**

　ブレヒトの戯曲『三文オペラ』の三文は原題では三グロッシェン。プロイセン王国時代の通貨で、この呼び名だけはその後も残り、十ペニヒ硬貨を市民は「グロッシェン」と呼んでいた。今日でも十セントが「グロッシェン」と呼ばれることがある。

## 場《じょう》中《ちゅう》第《だい》二《に》の地《ち》位《い》を占《し》めたり

——今ではシーンによってはトップ・ツーの座を占めている

十五歳のときに募集に応募して踊り（バレエ）を学び、ヴィクトリア劇場に出演するようになり、シーンによってはトップ・ツーを務めたというエリス。

当時のヴィクトリア劇場では、第一ソロダンサー「I.Solotänzerin《エアステ・ソロテンツァリン》」、第二ソロダンサー「I I.Solotänzerin《ツヴァイテ・ソロテンツァリン》」、ダンサー「Corps de Ballet《コール・ド・バレエ》」のカテゴリに分けられ、それぞれ専属ダンサーが所属していた。📖21

現代では、カンパニーによって呼び方は異なるが、例えばベルリン国立バレエ団ではトップダンサーは「プリンシパル」や「プリマバレリーナ」、その下は「ソリスト」や「ファーストソリスト」と呼ばれる。

## 手《て》に入《い》るは卑《いや》しきコルポルタアジュ《コルポルタージュ》と唱ふ《うたう》る貸本屋《かしほんや》の小説《しょうせつ》のみ

——手に入るのは「コルポルタージュ」と呼ばれる貸本屋の低俗な小説くらい

エリート留学生の高尚な書物に囲まれての生活に対し、読書好きではあっても貧しさゆえにエリスが手にできたのはコルポルタージュ小説だけだったと、対比されている。

「Kolportage《コルポルタージュ》」の語源はフランス語で、「首にかけて運ぶ」という意味の「porter à col」から来ており、もともとは肩に商品を下げて売り歩く行商のことをそう呼んでいた。町から離れた

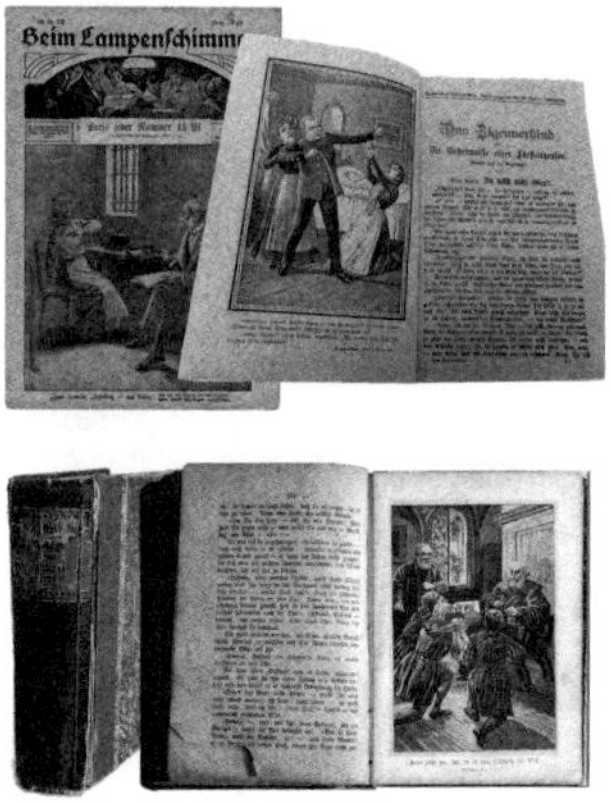

57　コルポルタージュ
上：冊子タイプ。
下：書籍タイプ。

農村部では特に重宝がられたという。

　行商が扱う商品は実に様々だったが、書籍やタブロイド紙などの印刷物を扱う者もおり、一八八〇年代以降ドイツではそこから発展した、「コルポルタージュ小説」と呼ばれる大衆誌が人気を博した。ドイツの辞書出版社DUDEN《ドゥーデン》の現代版では、「文学的な価値のない小説」と解説されている。

冊子というべき簡単な作りの雑誌で、当時のセンセーショナルな話題や冒険、恋愛などを絡めた連載小説が掲載され、買い取ることもできるが、貸本として返還することもでき、読み終われば次の号を借り……と、庶民の間でもてはやされ一九六〇年代まで続き、一九九〇年代頃までは青空市場などでコルポルタージュ小説に特化した貸本屋が出ているのが見られた。

## キヨオニヒ《ケーニヒ》街《がい》の間口《まぐち》せまく奥行《おくゆき》のみいと長《なが》き休息所《きゅうそくじょ》

——ケーニヒ通りにある、間口が狭くて奥行ばかりがやたらと長いカフェ当時のケーニヒ通りには、その描写に完全一致するカフェが一軒だけ存在した。その名はカフェ・グンペルト。二十四番地にあった。

当時の地図でも、ウナギの寝床のように細長い状態であったことがハッキリと見て取れる。カフェ・グンペルトは鷗外が帰国した二年後に二軒先の二十二番地の家屋を買い取り、一八九六年には間の二十三番地も買い上げ、大きなカフェへと生まれ変わっていった。古い絵葉書の中に、隣の店舗と合併したての頃に撮られた写真が使われたものがあり、店内の様子が窺える。間口が狭く奥行ばかりがやたらと長いカフェの店内には、片側の壁に夥しい数の新聞が掛かっている（後述）。58・59

### コーヒーブレイク

増築したカフェ・グンペルトは製菓工房を構え、自家製ケーキもふんだんに取り揃えるようになった。一九〇〇年頃からバウムクーヘンも焼いている。おそらくこれが市内で発売されたベルリン初のバウムクーヘン。60

60　小さな広告
バウムクーヘン

カフェ（喫茶店）はドイツ語で「Café《カフェ》」だが、自家製ケーキをふんだんに置く店を

58　カフェ・グンペルト

「間口せまく奥行のみいと長き休息所」。

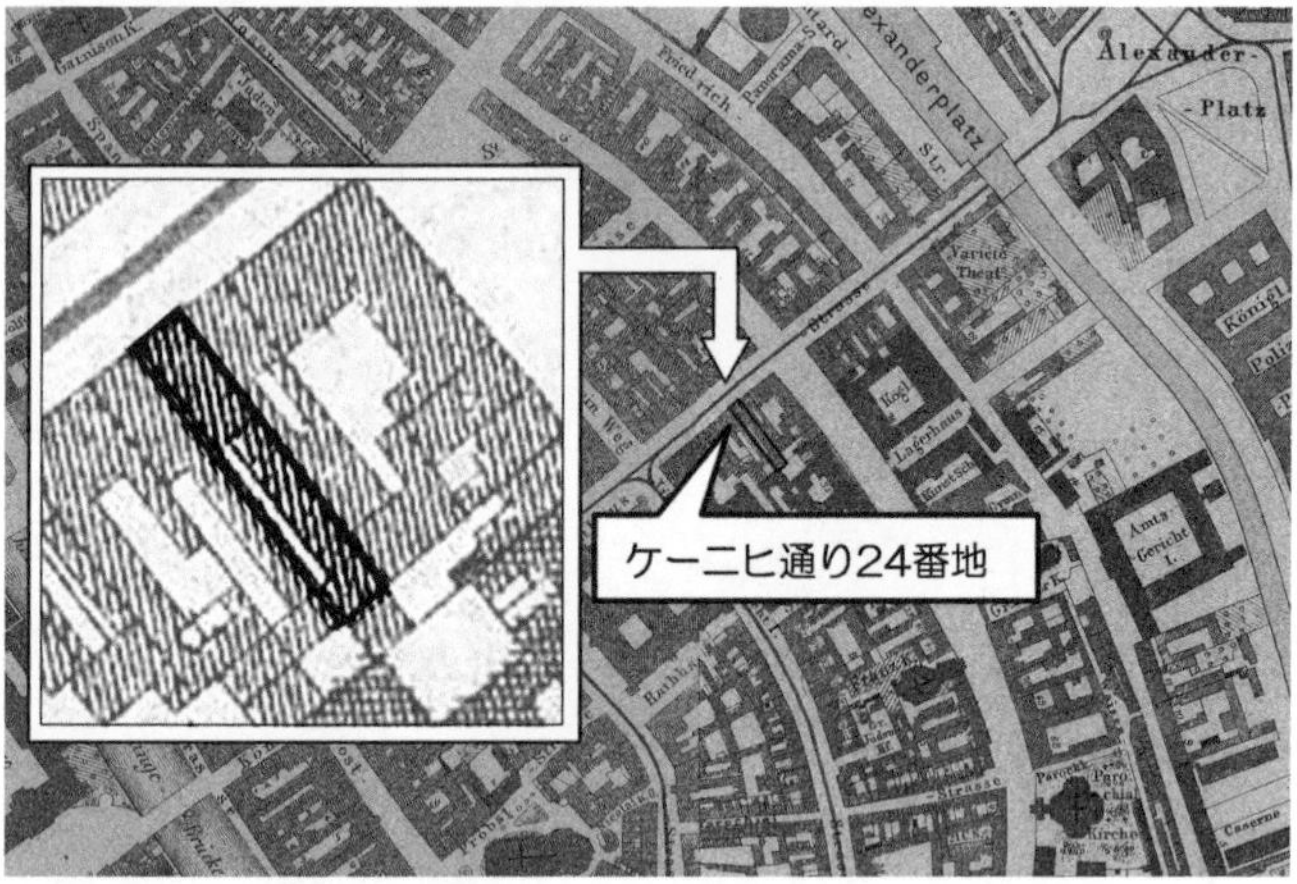


59　ケーニヒ通り 24 番地

実に細長い店内のカフェ・グンペルト。

「Konditorei Café《コンディトライ・カフェ》」とも呼ぶ。
鷗外はスイーツ好きで知られるが、ベルリンでも好んでコンディトライ・カフェに通っている。「蟹屋」と呼ばれ留学仲間のたまり場だったカフェ・クレプスや、日記に何度となく登場するカフェ・バウアー、また、カフェ・ヨスティーもコンディトライ・カフェだった。

## この切《き》り開《ひら》きたる引《ひ》き窓《まど》より光《ひかり》を取《と》れる室《へや》

——この開け放たれた引き窓から光を取り入れている部屋にて

カフェ店内は通常、照明に加え、ショーウインドーから射しこむ自然光で日中はかなり明るいが、このカフェは細長い造りであったため、奥に進むほど薄暗さが増していた。ところが、窓から明かりを取り込んだ明るい部屋があったという。それは、当時の地図を見るとよくわかる。📷59

一番奥の部屋が中庭に接しており、そこに窓が付いていたことを指す。

「引き窓」は、当時の住居に用いられている一般的な窓のことで、防寒のため二重構造になっており、ノブを回して手前に引いて開ける。カフェでも中庭に面した部屋では同様の窓が使われていた。

## 空《あ》きたる新聞《しんぶん》の細長《ほそなが》き板《いた》ぎれに挿《はさ》みたるを、幾種《いくいろ》となく掛《か》け連《つら》ねたるかたへの壁《かべ》

――ちょうど誰も読まずに空いている新聞が細長い板に挟まれて何種類も並べて掛けてある片方の壁

当時のカフェでは一人で過ごすときなど、コーヒーを飲みながら新聞を読む習慣があった。新聞は、新聞の縦の長さに取っ手部分を付けたような、専用の細長い木の板に挟み込み、コート用のポールスタンドや壁に並べて掛けてある。カフェの客はどれでも好きなものを選んで席に運び、読み終わるとまた元に戻す。📷61

現在でも昔と同じように新聞が読めるカフェがある。

カフェ・グンペルトの絵葉書には、国内外、約二五〇種の新聞を取り揃えているとの謳い文句が添えられている。この絵葉書は後年、カフェが大きくなってから作成されたものだが、鷗外の時代にも多種多様な新聞が置かれていたことが窺える。📷58・62

61　カフェの日常

ラジオやテレビの無い時代。新聞は貴重な情報源でもあった。

62　カフェ・グンペルトの絵葉書

「250種以上の新聞完備」とある。

# カイゼルホオフ《カイゼルホーフ》

## ——ホテル・カイザーホーフ

「カイゼルホオフ」はホテルの名称。現代の発音では「カイザーホーフ」。

「皇帝の屋敷／館」の意味を持つこのホテルは、当時のベルリンを代表する最高級ホテルだった。ワンブロック分、隣の家屋と隙間を空けず建て詰める建築方式のベルリン都心部の景観の中では珍しく、カイザーホーフは一戸建て。五階層を誇る巨大な建造物だった。一八七五年創業であるから、鷗外が実際に見たときはまだ新築の美しさも誇示していたことだろう。

　最新技術を駆使し、あらゆる贅を尽くしたホテルとして知られ、当時のガイドブック「ベデカー」（📖68）によると、客室は二三〇室。ベ

📷63　ホテル・カイザーホーフ

ルリンでは初めて室内にバスルームを構え、明かりは電灯で、エレベーターまで付いている。ホテル内に宅配のほか、郵便局や電報局、鉄道乗車券売り場まであった。また電話通信が普及し始めると、いち早く電話線を客室にまで引くこだわりようだった。残念ながら第二次世界大戦時の空襲で焼失し現存しない。63

鷗外はベルリンに到着した翌日に早速、ちょうどベルリンに滞在していた大山巌陸軍卿に面会すべくこのホテルを訪れている。また、「舞姫」の登場人物のモデルとなった山縣有朋と賀古鶴所も実際に使節団としてベルリンに滞在し、同ホテルに投宿した。

## コーヒーブレイク

ベルリンで電話通信が始まったのは一八八一年。同年七月には初の電話帳が発行された。しかしこの年の加入者数はわずか一八五軒。電話が部屋に完備されたとはいえ、初期は掛ける先があまりなかった……。

山縣有朋の欧州訪問は「山縣視察団」として知られ、賀古鶴所のほかにも随行員がいた。そのメンバーは、内務省から古市公威二等技師、中山寛六郎秘書官、荒川邦蔵参事官、また、陸軍省より小坂歩兵少佐、中村歩兵少佐、賀古一等軍医で、フランスに留学中だった都筑馨六《つづきけいろく》も現地で合流し、通訳を務めた。

欧州訪問の目的は、「国防と地方政治の実況視察」であり、一八八八年十二月二日に横浜を発ち、翌年十月二日に帰国。ベルリンには、三月十八日～五月十六日、および、六月十三日～二十八日の二度にわたって滞在し、投宿先はいずれもカイザーホーフだった。📖73

## 大《おお》いなる陶炉《とうろ》　彫鏤《ちょうる》の工《たくみ》を尽《つ》くしたるカミン

――大きな陶製の暖炉　彫刻装飾の贅を尽くした暖炉

前者は、豊太郎がベルリン訪問中の親友・相沢に会いに行ったときのホテル・カイザーホーフの食堂に設えられている暖炉で（🔍40）、後者は、天方大臣率いる使節団に随行し招かれたロシア宮廷の舞踏会会場のカミン（🔍43）。

日本では、薪や炭をくべて暖を取る設備をおしなべて「暖炉」と呼ぶが、ドイツでは暖炉とカミンの二種類に分かれる。

【暖炉】

陶炉や鉄炉など素材に違いがあっても、どれも単体として造られ、壁の手前に設置され、煙を外に出すための排気管が暖炉本体から壁の中の煙突へとつながっている。

　薪や炭をくべる焚口に扉が付いており、着火後はきちりと閉じるので炎が見えることはなく、暖炉本体から伝わる熱で部屋を暖める。📷13

【カミン】

　壁にはめ込むように造られており、薪をくべて火を起こし、直接的な熱で部屋を暖める。薪をくべる場所は暖炉の焚口よりも大きく、扉は付いておらず、燃え盛る炎が常に見えている。📷14

　カミンは大型で焚口に扉が付いていないことから、暖炉の前にある程度の空間が必要で、また、炎が見える様子が優雅であることから、大広間やサロン、応接室やリビングなどの社交の場に好んで用いられ、寝室などには、火の気

📷13(再掲)　大いなる陶炉　焚口は閉じるので炎は見えない。

📷14(再掲)　彫鏤の工を尽くしたカミン　炎を見ながら暖を取る。

の心配のない暖炉が使われる。

ところで、「舞姫」には、ホテル・カイザーホーフの食堂には大きな陶炉があり、ロシア宮廷の広間にはカミンがあると書かれているが、実際には逆である。

本書に挙げた暖炉とカミンは一般例だが、実際のカイザーホーフでは、先述のような社交のための空間にはカミンが設置されていた。

その様子は設計図に残っており、食堂の様子は古い絵葉書に残っているのみで少々分かりにくいが、奥の壁にカミンが見える。📷64・65

また、ロシアの宮殿には世界的にも有名な暖炉があり、それはカミンではなく陶炉。きらびやかな広間に堂々と置かれている。鷗外は「彫鏤の工を尽した」と描写したが、この暖炉は陶製で、たいへん煌びやかだが、施されているのは彫刻ではなく、細かい磁器のパーツと、その上に描いた繊細な模様だ。📷66・67

📷64　カイザーホーフ　設計図
サロンなど広間にはカミンが設えられていた。

カイザーホーフは鷗外も実際に利用したことがあるが、ロシアには行ったことがない。豊太郎の親友・相沢謙吉は、鷗外の親友・賀古鶴所《つるど》がモデルであり、賀古は「舞姫」の記述通り、天方伯のモデル山縣有朋に随行しベルリンを訪れ、ロシアへも出向いている。賀古からその豪華さを力説され、日本語ではどちらも「暖炉」と呼ぶことから、まさかそれが陶炉だったとは思いもよらず、大広間ならカミンに違いないとイメージしての描写だったのかもしれない。

**65　カイザーホーフ　食堂**
陶炉ではなくカミンが使われていた。

**66　ロシア・エカテリーナ宮殿　大広間**
豪華な陶炉が置かれている。

**67　絢爛を尽くした陶炉**
細かい絵付けが施されたパーツが複雑に組み合わさっている。

## ゴタ板《ばん》の魯廷《ろてい》の貴族譜《きぞくふ》

### ――ゴータ出版のロシア宮廷の貴族譜

ゴータはドイツ中部テューリンゲン州にある町の名前。十八世紀頃から出版業界の中心地となり、宮廷に関する情報が網羅された一連の書物はユストゥス・ペルテス出版が出していた。一般にGothaischer Hofkalender《ゴタイッシャー・ホーフカレンダー》、「ゴータの貴族譜」と呼ばれていたので、鷗外は「ゴータ板（版）の貴族譜」という和訳を充てたのだろう。

宮廷のほか、貴族や、伯爵、男爵といった爵位に分かれたシリーズもあり、系譜の正式名称や住所、親族とのつながりや、年間行事などといった情報がぎっしりと詰まった「虎の巻」のようなもので、毎年定期的に刊行されていた。

📷68　ゴタ板の貴族譜
様々な国のシリーズが刊行されていた。

## ここにては今《いま》も除夜《じょや》に眠《ねむ》らず、元旦《がんたん》に眠《ねむ》るが習《なら》ひなれば、万戸寂然《ばんこせきぜん》たり

### ――ここでは今も除夜に眠らず、元旦に眠る習慣なので、どこも静まり返っている

日本では、クリスマスを賑やかに祝い、大晦日の夜は静かに過ごすが、ヨーロッパではちょうど逆の過ごし方となる。クリスマスは家族や近しい親戚が集まり厳かに祝うが、大晦日は仲間内で集まったり、レストランや舞踏会場が企画するイベントに出かけ、夜通し飲んで踊って賑やかに過ごし、カウントダウンで新年を迎える。「今も」と書かれているのは、この習慣が古くからあると聞いたからだろう。その歴史は古代ローマに始まるという。
明け方近くにようやくお開きとなるので市民はみな疲れ果て、元旦は寝正月となる。この習慣は現在も続いている。

鷗外の日記でも、大晦日は毎年、賑やかに過ごす様子が窺える。

●一八八四年大晦日と翌日／翌年の元旦（ライプツィッヒ）

ここの習にては、この日の午前零時に元旦をいわう。われはこの時をば、水晶宮 Krystallpalast の舞踏席にて迎えぬ。おおよそ一堂に集えるもの、知るも知らぬも、「プロジット、ノイヤアル」Prosit Neujahr! と呼び、手を握りあうこととなり。📖54

●一八八五年大晦日と翌日／翌年の元旦（ドレスデン）

零時余大僧院街の旗亭アウセンドルフに在り。「ボオレ」Bowle 酒の杯を挙げて賀正 Prosit Neujahr! を呼ぶ。卓辺に座する者は両ヴィルケ、尉官ショオンブロオト、売人オットオ、ライン、主婦アウセンフォルフ氏、その親戚の少女アンナ（綽号ビムス）の六人なり。一時を過ぎて家に帰る。午前九時起きて珈琲を喫す。遥かに家人の雑煮膳の箸を挙ぐるを想うなり。昨夜は眠りしもの少なき故、万戸寂寥、全都の人尚夢寐の中に在り。

（注：綽号はあだ名のこと） 📖54

●一八八六年大晦日と翌日／翌年の元旦（ミュンヘン）
午前零時、加藤、岩佐、中浜及び浜田の四氏と英骨喜店 Café l'Anglais の舞踏会に在りて、「プンシュ」酒 Punsch の盃を挙げ、新年を祝す。二時帰りて眠りに就く。 📖54

●一八八七年大晦日と翌日／翌年の元旦（ベルリン）
友侶と除夜の宴を開く。 📖54

## コーヒーブレイク

ボウレやプンシュは、白ワインにジュースやフルーツなどを混ぜたもの。現代でも大晦日パーティーで好んで飲まれる。そのほか「年越しそば」のごとく、大晦日に欠かせない食べ物があり、ベルリンでは揚げドーナツを食べるのが習慣。

「Prosit Neujahr!《プロージット・ノイヤー》」は「新年おめでとう！」の意味だが、「Prosit《プロージット》」は本来、乾杯のときの掛け声なので、杯を掲げての挨拶で、「Frohes Neues Jahr!」《フローエス ノイエス・ヤー》が一般的。現代では省略して「Frohes!」《フローエス》という場合も多い。

ドイツでは十二月二十五日と二十六日は祝日で、クリスマスイヴ（十二月二十四日）の夕刻から二十六日の夜までの三日間、家族や親せきが集まって祝う。逆に正月の祝日は元旦のみで「三が日」がない。元旦は誰もが遊び疲れ二日酔いでダウンしているが、翌二日からいきなり「平日」となり、みな、何事もなかったかのように仕事に出かける。

## 路上《ろじょう》の雪《ゆき》は稜角《りょうかく》ある氷片《ひょうへん》となりて、晴《は》れたる日《ひ》に映《えい》じ、きらきらと輝《かがや》けり

——路上の雪は尖った角のある氷片となって、晴れ渡った空の陽の光に反射して、きらきらと輝いていた

近年は温暖化が進み状況が変わったが、以前のドイツは「冬の国」で、盛夏はあっても一、二週間ほどで、冬は長く厳しかった。

雪が降ると除雪車が来るが、車や人が多く行き交う通りだけ除雪が行われ、雪を道路の脇に寄せるだけであるため、雪の日が続くと路肩に雪が積み上がる。当時の様子を写真に見ることができる。📷69この写真はシュパンダウ通りを北西方向に向かって撮ったもので、突き当たりに見えているのがガルニゾン教会。鷗外第二下宿のすぐそば。鷗外にとっても見慣れた日常の光景。

📷69　路上の雪　奥に見えるのはガルニゾン教会。

### コーヒーブレイク

鷗外の上司・石黒忠悳《ただのり》の日記には、天候も記されており、それによると、一八八七年十二月三十日と大晦日の二日間は雪が降り、元旦から三が日は「晴れ」が続いた。「舞姫」に描かれている元旦は一八八九年のことで、一年ずれるが、鷗外が実際に見た光景が描写に活かされているのかもしれない。📖61

［第3章］

# 「舞姫」七不思議！

——思わずツッコミたくなる不思議描写を徹底解剖——

「舞姫」には思わずツッコミたくなる描写があります。時にはクスッと笑えるようなそのカラクリや当時の背景を見てみましょう。

### 七不思議 其の一

●ウンター・デン・リンデンから戦勝記念塔が本当に見える?

遠《とお》く望《のぞ》めばブランデンブルク門《もん》を隔《へだ》てて緑樹枝《りょくじゅえだ》をさし交《かわ》はしたる中《うち》より、半天《はんてん》に浮《うか》び出《い》でたる凱旋塔《がいせんとう》の神女《しんにょ》の像《ぞう》

──遥かに見渡せば、ブランデンブルク門を隔てて緑樹枝を交差させた間から中空に浮かび出ている戦勝記念塔の女神の像

うむ?　当時はウンター・デン・リンデンから戦勝記念塔は見えなかったはずですが?

……と、ついついツッコみたくなる（笑）

現在の戦勝記念塔は、ブランデンブルク門の向こう側に伸びる大通りの先に位置しており、ウンター・デン・リンデンから眺めると、たしかに門の向こうに、枝こそは交差していないものの、森の緑と戦勝記念塔を見ることができる。しかしそれはこの塔が一九三九年に現在の場

所に移築されたためで、鷗外の留学時代、戦勝記念塔は連邦議会堂の正面に建っており、ウンター・デン・リンデンのどの位置に立っても、ブランデンブルク門の横に連なる建物に遮られ、その姿を見ることはできなかった。

　ではどうしてこのような表現になったのか。

　歴代の「舞姫」を確認していくと、そのカラクリを発見することができる。

「舞姫」が初めて発表されたのは一八九〇年一月。『国民之友』誌に掲載された（📖41）。その後、他の雑誌にも再掲され、出版社各社から鷗外全集が刊行されるようになるとその中にも収録された。そして、鷗外の存命中は、掲載の機会があるたびに推敲が重ねられたため、初めて発表された「舞姫」と、現在普及している「舞姫」にはいくつかの異なる表現がある。

　現代の私たちが読み親しんでいるのは、岩波書店から出版された『鷗外全集』（一九七一年より順次発行）に収録されたものが基準となっており、それは一九一五年に刊行された『塵《ちり》泥《ひじ》』（📖44）に収められた「舞姫」を底本としている。

　そこでこの箇所を、現在残っている最も古い原稿である草稿と、初掲載の誌面に確認すると、現代の本文とは違っている箇所に気がつく。

　この両紙には、「緑樹」と、「枝」の間に、読点である「、」が打たれている。

　つまりこの箇所は、もともとは、ブランデンブルク門の向こうを眺めた「ひとつの光景」を描写しているのではなく、「遠く望むと、ブランデンブルク門の向こう側には青々とした樹木」

≪「緑樹」と「枝」の間の読点の有無≫

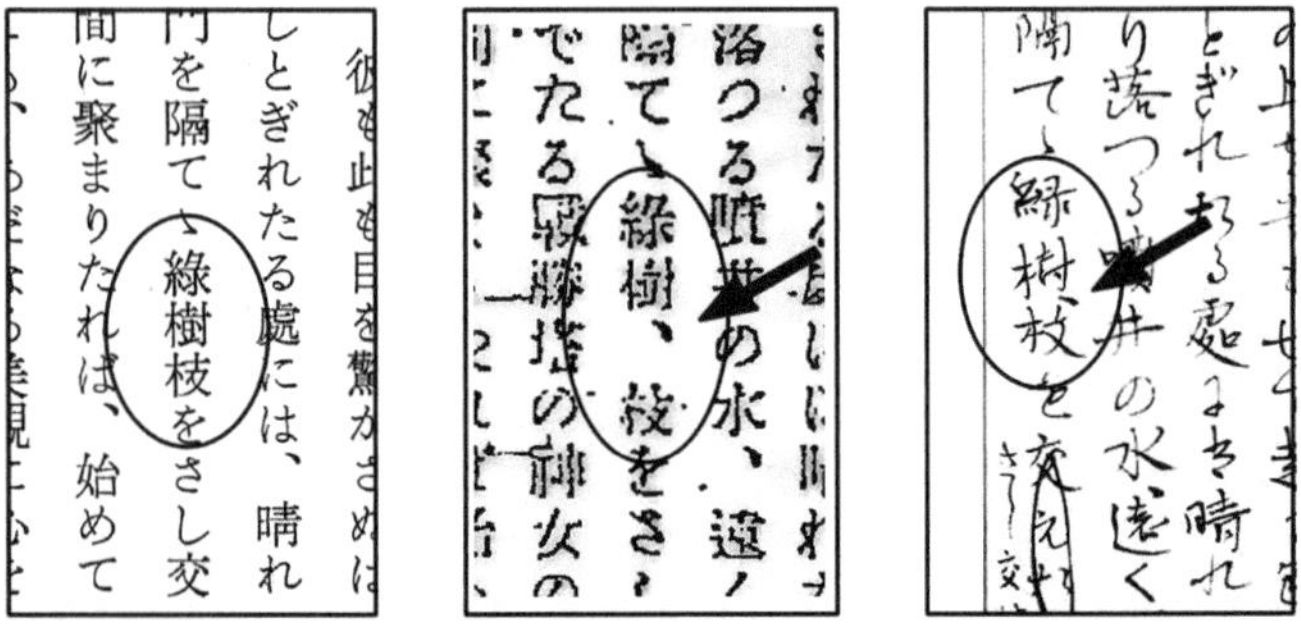


岩波書店
「森鷗外全集」
（1971年）

初掲載
「国民之友」
（1890年）

草稿

70 「緑樹」と「枝」の間の読点

が見えるということと、「枝の交差する間から、中空に浮かび出ている戦勝記念塔」が見えるという、二つの異なる情景が描かれていたのだ。70

当初付いていた読点が消えたのは、一八九二年に刊行された『美奈和集』（42）において。これがきっかけとなり、それ以降に発表されたものはすべて読点が欠けてしまっている。鷗外存命中のことであるから、鷗外も承知したことと取るべきか、鷗外も脱字に気づかないまま習慣となってしまったのか。真相は藪の中。113

## コーヒーブレイク

『美奈和集』では、この読点の欠落の他にも、二つの気になる箇所がある。

「ブランデンブルク門」と「ブラン

デンブルゲル門」項（🔍112）で触れている件もそうであるし、本文冒頭は本来、「船に残れるは余一人のみなれば」で改行されていたが、この全集以降は繋がってしまい、読んでいても違和感を抱く。これは、現在のように改行後の頭を一文字下げるという習慣がない時代の偶然がもたらしたことで、「間違い」とは言えないが、すこしの配慮があれば防げたのでは……と思ってしまう。

### ●合歓の木の葉は、触ると縮む？

**七不思議　其の二**

わが心《こころ》はかの合歓《ねむ》といふ《う》木《き》の葉《は》に似《に》て、物《もの》触《ふる》れば縮《ちぢ》みて避《さ》けんとす

——わが心は、あの合歓という木の葉に似て、なにかが触れれば縮んでそれを避けようとする

うむ？　合歓の木の葉って触ると縮みましたっけ？　そもそもあんな高いところにある葉をどうやって触るんですか？

……と、ついついツッコミたくなる（笑）

合歓の木は夜になると葉を閉じるが、日中に広がった葉を触っても閉じることはない。

ではどうしてこのような表現になったのか。

これは前述のように「舞姫」が書かれたのは、外国特有のものがまだ十分に伝わっていない時代のことで、外国での日常が日本語に置き換えられていく過程で生じた、ちょっとした「ズレ」と解釈することができるそうだ。

ドイツでは、意気地のない男のことを侮蔑して「あいつはミモザだ」と表現することがある。ミモザは春に黄色いフワフワとした小粒の玉のような愛らしい花をたくさん付け、少しの風にも怯えるかのように揺れる。その可憐な姿は、昔ながらの男性的なイメージからほど遠いからだ。またドイツでも、「ミモザの葉は触れるとすぐに葉を閉じる」と言われている。

ところが「舞姫」では、「ミモザ」が「合歓の木」にすり替わってしまった。これは一概に鷗外の誤訳と言いきれないものがある。

というのが、植物の本に「ミモザ」を見ると「オジギソウ」と出てくるが、これはピンク色の花であり、黄色であることはない。私たちが「ミモザ」と認識している黄色い花は、学術的には「ミモザ」ではなく、「フサアカシア」なのだ。

どちらも葉の形はとてもよく似ているが、ピンクの花を付ける「ミモザ（オジギソウ）」の葉は触るとたちまち葉を閉じるが、黄色い花を付ける「ミモザ（実は「フサアカシア」）」のほうの葉は触れても動じない。ドイツでも同様に「ミモザ」は植物学的には「オジギソウ」であり、「オジギソウ」のことを指して「ミモザの葉は触れると葉を閉じる」と言っているのだ。そして「ミモザ」は、マメ科「ネムノキ」亜科に属する。

つまり、欧州で言うところの「軟弱男」＝「ミモザ（しかし葉は触れても閉じない）」と、植物学的分類の「ミモザ」＝「オジギソウ（葉に触れると閉じる）」と、「ミモザ」の属性「ネムノキ」の、似て非なる三者が妙な展開を果たしてしまったということだ。

もし鷗外がすでにオジギソウを知っていたなら、ここは「お辞儀草《オジギソウ》」や「含羞草《オジギソウ》」などとされ、「合歓の木」が登場することもなかっただろうし、黄色い「ミモザ」の葉に実際に触れてみたことがあったとしたらその表現も変わったことだろう。

# ●スカーフを被っている彼女のうなじがなぜ見える？

七不思議
其の三

被《かぶ》りし巾《きれ》を洩《も》れたる髪《かみ》（中略）我《わ》が眼《まなこ》はこのうつむきたる少女《おとめ》の震《ふる》ふ項《うなじ》にのみ注《そそ》がれたり

——被っている布からこぼれ出ている髪（中略）わが視線は、俯いている少女の震えるうなじにのみ注がれていた

布を被っていたら少女のうなじは見えないハズですけど？

……と、ついついツッコみたくなる（笑）

どうしてこのような表現になったのか。

これは、現代の私たちが、ショールやストールなど丈の長い布地で頭から肩まですっぽりと覆れた状態をイメージしてしまったために起きた誤解。

たとえばグリム童話の「赤ずきんちゃん」も、「頭巾」という言葉からは、赤い三角頭巾が思い浮かぶが、絵本の中にはケープやマント姿で描かれているものも少なくない。

ところが「赤ずきんちゃん」の原題は“Rotkäppchen”《ロートケップヒェン》で、「赤いキャップ帽の女の子」の意

味をなし、被っているのは頭巾ではなく、つばの付いていない帽子である。しかしながら「赤ずきんちゃん」の発祥の地ドイツでも、統一されているわけではなく、一般的な絵本ではケープやマント姿が描かれ、物語のモデルとされるヘッセン州シュヴァルム地方では、男性用のワークキャップのつばを取ったような帽子の形とされ、お祭りでは、少女たちはそれから転じた小さな円柱の飾りを頭に乗せる。いずれも「頭巾」のイメージとは程遠い。

　さて、「舞姫」の「被りし巾」は、ショールやストールではなく、布製のボンネット帽子のことを指す。当時の女性は外出時に帽子を被る習慣があり、ファッション雑誌には華やかな装飾の帽子が掲載されているが、庶民の日常使いには布製など簡易なものも多かった。鷗外はこの描写を通して、この少女が下町の娘であることを表現している。📷71

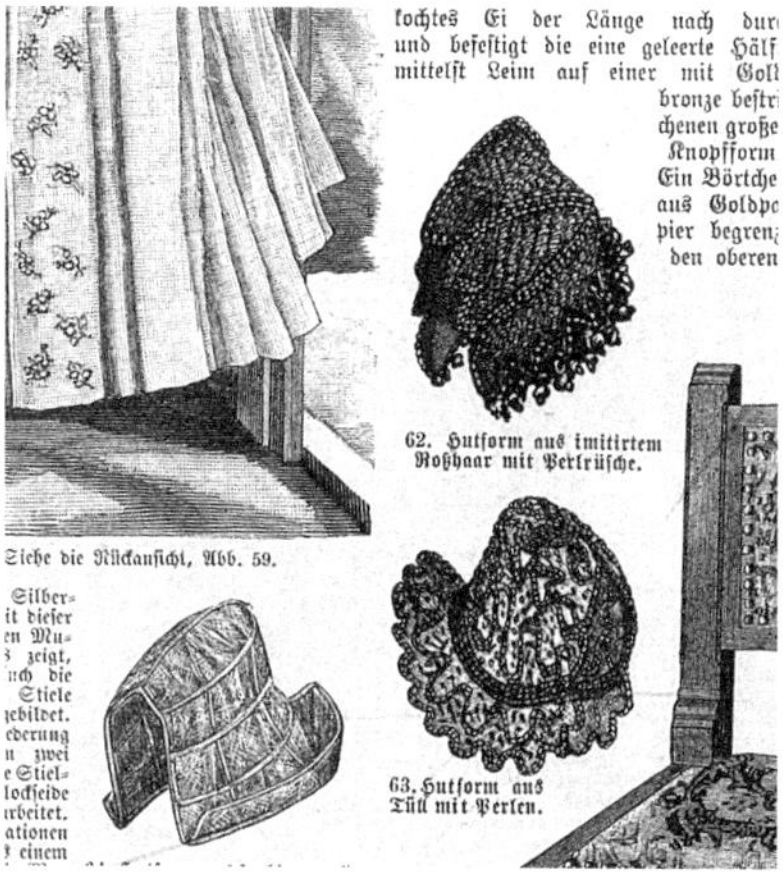


📷71　ファッション雑誌の布帽子

## コーヒーブレイク

　帽子は外出時に被るもので、帰宅すると上着よりも先に、まずは帽子を取り外す。ところがエリスは、動揺して家を飛び出したにもかかわらず帽子を被っている。帽子は一種の飾りで、被らなければ外出できないわけでもなく、動揺して飛び出したのにも関わらず、帽子は手に取ってから出かけたというのも、泣く前に被ったというのも不自然。豊太郎が訪ねたエリスの家には高価な花があったという状況から考えて（🔍170）、エリスが帰宅すると迎えに出た母親が、劇場長の訪問があったことを告げ、または、劇場長と入り口で出くわし（帽子を取っていないのであるから、その場合は家の中で会話することなく帰ってもらっているか、その訪問に動揺しすぎて帽子も取らずに家の中で会話を交わしたか）、これがきっかけで母親との間で意見の相違から口論となり、そのまま家を飛び出したという流れを想像することができる。

## 七不思議 其の四

### ●腰を曲げないと中に入れないほど低い扉で、内側の母親の顔がなぜ見える？

腰《こし》を折《お》りて潜《くぐ》るべき程《ほど》の戸《と》あり（中略）戸《と》をあららかに引《ひ》き開《あ》けしは（中略）貧苦《ひんく》の痕《あと》を額《ぬか》に印《お》せし面《おもて》の老媼《おうな》

――腰を折って潜らなければならないほどの低さの戸があった。（中略）戸を荒々しく引き開けたのは（中略）貧苦の形跡を額に刻み付けた老女

## 腰を曲げないと中に入れないほど低い扉なのになぜ内側に立っていた母親の顔が見えるんだ?!

……と、ついついツッコみたくなる（笑）

「腰を曲げてくぐる」と聞くと、茶道における茶室の「にじり口」をイメージしがち。この習慣は、茶室の中では人はみな平等という意味から、身分の違いも関係なく、刀を外し、頭を深く下げ身体を屈ませたまま入室するよう、入り口が極端に低く造られている。その高さは約二尺二寸、六十六センチメートルほどの高さしかなく、にじり口の前に立つと、部屋の中の様子はほとんど見えない。

いっぽう、エリスの家の扉はそこまでは低くない。屋根裏部分は本来、住まいとして使うために建てられていないため、扉は小さい簡素なもので、腰をかがめなければ上部に頭をぶつけてしまう……という程度の高さで、互いが見つめ合うには支障はなかった。91

●いきなり現れるオイルランプ、いつから持っていた？

七不思議 其の五

## ふと油灯《ランプ》の光《ひかり》に透《す》かして戸《と》を見《み》れば、エルンスト、ワイゲルト《ヴァイゲルト》と漆《うるし》もて書《か》き、下《した》に仕立物師《したてものし》と注《ちゅう》したり

――ふとオイルランプの光をかざして戸を見ると、エルンスト・ヴァイゲルトと漆で書かれ、その下に仕立物師と添えられていた

いきなり現れるオイルランプ！　いつから持ってたんだ?!

……と、ついついツッコみたくなる（笑）

当時の市民は常日頃からオイルランプを持ち歩いていたのか？　それともアパート内部にオイルランプが常備されていた？　もしそうなら、住人らはそれをどのように使ったのか。アパートの階段は建物内にあるため、日が暮れると真っ暗になる。出かけるときに夜の帰宅を想定してランプを階下に持って下り、戸口にでも掛けておくのだろうか。とすると戸口には住人の数だけランプが下がることになる。そんなに多くのランプを掛けるだけのスペースがアパートのエントランスにあったのだろうか？　また持って下りるのを忘れた場合はどうなるのだ？

他人のランプを拝借していったん帰宅し、また元の場所に戻しに降りる？　豊太郎のような訪問者はどうなるのだ？　物語ではエリスと共に入ってきたのだからエリスのランプを灯しながら一緒に上がってくることができただろうが、帰るときは？　エリスが階下まで送り届ける⁇……考えれば考えるほど謎は深まるばかり。

しかし真相はまったく違うところにある。

当時の人々はオイルランプを持ち歩かなかったし、階段の上り下りもランプに頼る必要もなかった。もちろん階段室に明かりが灯っていた訳でもない。

当時は、「五分間マッチ（5《フュンフ》 -Minuten《ミヌーテン》-Brenner《ブレンナー》）」と呼ばれる階段の上り下りに使う特殊マッチがあり、市民はこれを携帯していたのだ。📷72

晩年に鷗外が書いた、自らの人生を回想する小説「妄想」にもこのマッチが登場する。

さて自分の住む宿に帰り着く。宿と云つても、いくかまどもある大家の入口の戸を、邪魔になる大鍵で開けて、三階か四階へ、蠟マッチを擦り擦り登って行って、やうやうchambre《シャンブル》 garnie《ガルニィ》の前に来るのである。📖48

📷72　5分間マッチ
箱はロウソク立てとしても使えた。

「五分間マッチ」は、鷗外が「蠟マッチ」と書いたように、マッチの軸にロウが塗ってあり、見た目はロウソクだが頭の部分はマッチのごとく頭薬が付いている。小箱マッチと同じくらいの小さな箱に納まり、箱の側面に当てこすって着火する。ロウが塗られているため五分間ほど灯し続けることができる。箱に小さな穴が開いているので、そこにマッチを挿すと箱はロウソク立ての役割を果たし、この明かりを頼りに階段を上り下りした。

前述の萩原三圭もこのマッチについて、森家でこのように語っている。

> 珍しいのはヒュンフミニュテンブレンネル（五分間マッチ）といいまして、二寸ぐらいある蠟マッチのようなのが紙の箱に入っていているのを大抵持っています。
>
> 夜帰ったとき、真っ暗な階段を三階ぐらいまで上る間、灯りが持たなければなりませんから、とくに冬には日が短く、ちょっと南の方へ太陽が出るだけですから、昼間でも随分入用でした。
>
> それに便利なことは、このマッチは、何で擦っても直ぐに附くことです。📖14

ではなぜ鷗外は「舞姫」の中に「五分間マッチ」と書かず、オイルランプを用いたのか。

その背景を本人が語ったものは存在しないが、日本人にとって耳慣れないものを登場させ何文字も使って解説するよりも、誰にでもわかりやすい「油灯」で済ませたといったところだろう。

## コーヒーブレイク

画像の五分間マッチは、森鷗外生誕一二〇年、没後九〇年の記念年であった二〇一二年に鷗外の出身地、島根県津和野町にある森鷗外記念館に寄贈された。今ではもう手に入らない貴重な品。

鷗外留学時代のベルリンのアパートは、階段室では先述の通りだが、一八六〇年以降に建築された家屋の室内においては、市内全域にガス灯が網羅されていたことから、建物内にもガス管が引きこまれ、ガスの明かりを灯していた。それより古い家屋はロウソクやオイルランプを使用していた。一九〇〇年代に入ると建物内にも徐々に電線が引きこまれるようになり、一九二〇年代以降は電灯が広く普及していった。

電気が普及したのちも、「五分間マッチ」の余韻か、はたまたドイツ人の倹約精神からか、アパートの階段室の電灯には数分で自動消灯する仕組みが組み込まれ、現在でもそのまま使われている。そのため階段で立ち話をしていたり、のんびり階段を上がっていると途中で真っ暗になることがあり、消灯するたびにスイッチを探さなければならない。慣れないと、電灯と間違えて他人の部屋の呼び鈴を鳴らしてしまうことがあるので注意が必要。

## ●葬式の金がないのに高価な花束？　実は裕福なんじゃないか？

七不思議
其の六

### 陶瓶《とうへい》にはここに似合《につかわ》はしからぬ価高《あたいたか》き花束《はなたば》を生《い》けたり

――陶製の花瓶には、ここに似つかわしくない高価な花束が生けてあった

葬式の金がないって言っておきながら、なぜ高価な花束が部屋にあるのだ?!
実は裕福なんじゃないのか？

……と、ついついツッコみたくなる（笑）

しかしここは物語の流れから、少し想像力を働かせて、弔問に訪れたヴィクトリア劇場の支配人シャウムベルヒからの献花だったと理解したい。

ただ、誰に対して贈られたものなのかを考えると、そこに劇場長の意図の深さを感じずにいられなくなる。

ドイツでは当時も、花は男性から女性に贈るものとされ、逆はないし、男性から男性へもあ

りえない。劇場長という劇場代表者としての行為であるなら、葬儀会場に献花すべきで、なぜ個人宅に持ち込んだのだろう。

それどころか、エリスは豊太郎に、明日に迫った葬儀の支払いに困っており、頼れるはずだった劇場長に頼み込むと、助けるどころか売春を強要されたと訴えている。支援の意思もなく、葬儀に参列する様子もなく、しかしながら高価な花を贈ったということは、それは弔問というより、むしろエリスへのアプローチとしての意味合いのほうが強く、大切な家族を喪い悲しみに打ちひしがれている女性に対して非常識であり、セクハラ丸出しの高圧的な態度ともいえる（のちにエリスが解雇されるとき、豊太郎はこの件を示唆している）。

それはさておき、扉をバタリと閉められ暗がりで豊太郎が待っている間、エリスは母親に豊太郎と出会った経緯と借金を頼んでみたい意思を告げ、納得した母親も手伝って、エリスの部屋を整えるといった背景があったのだろう。

その際に、おそらく壁に沿って置かれていたはずの書き物机を部屋の中央までずらし、清潔なクロスを掛け、その上に本やアルバムを並べ花瓶を飾るということをしたと想像することができる。

●ホテルのドアボーイが宿泊者のルームナンバーを把握している？

七不思議
其の七

# 門者《かどもり》に秘書官《ひしょかん》相沢《あいざわ》が室《へや》の番号《ばんごう》を問《とい》ひて

——門番に秘書官相沢の部屋の番号を尋ねて

ドアボーイが宿泊者のルームナンバーを把握しているわけがないでしょ？

……と、ついついツッコみたくなる（笑）

通常であればおかしいが、不思議なことにカイザーホーフにおいては書いてある通りで合っている。

今日のホテルでは、エントランスを入ると大きなフロアがあり、そのいずれかの場所にレセプションカウンターが設けられていることが多いが、カイザーホーフでは、間取り図を見てもわかるように、フロアは小さめで、カウンターを設置する構造になっていなかった。

受付業務は、エントランスを入ってすぐ右手の守衛室／Portier《ポルティエ》に行われていた。

ポルティエは同時にドアボーイの意味でもあるから、鷗外が書いたとおり、「門者」に宿泊者の部屋番号を尋ねることになる。

73　ホテル・カイザーホーフ 正面玄関

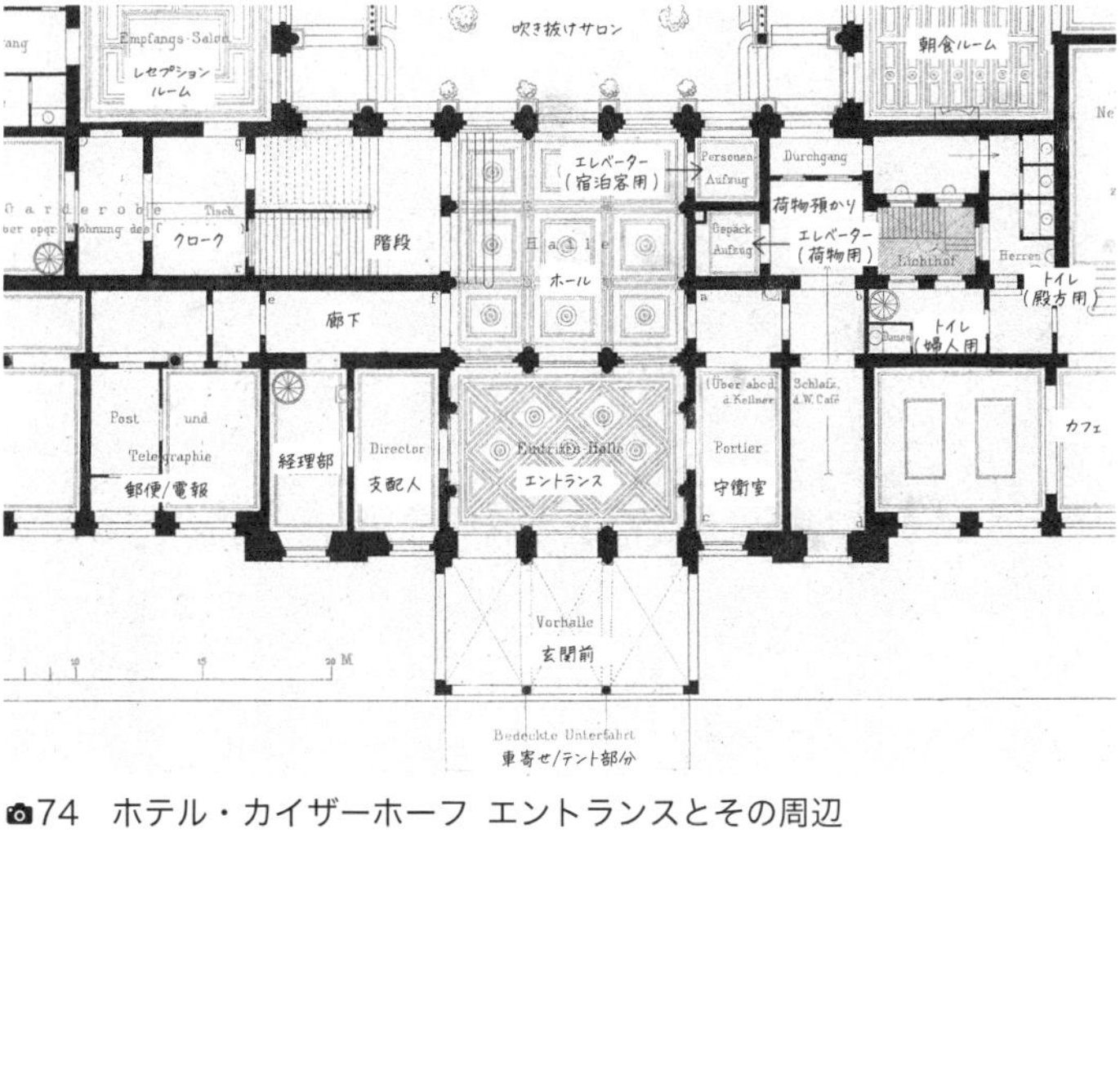


74　ホテル・カイザーホーフ エントランスとその周辺

また、守衛室の向かい側はホテル支配人のオフィスになっており、その奥に会計課が置かれている。

カイザーホーフでは、ドアボーイやベルマン、ポーターの手配や、宿泊手続きは守衛室側で、会計に関することは向かい側と、エントランス内で事務的な業務をうまく機能させていた。

ロビーの向こう側には吹き抜けガラス天井の大きなホールで、ティーサロンとして使われ、その奥にはレストランが広がっていた。

ホテル・カイザーホーフは町を代表する最高級ホテルで、利用客はみな富裕層。上客をエントランスで立ったまま待たせるという失礼がないような仕組みで従業員が立ち働いていた。

73・74

（ホテルに到着した豊太郎がホテル内を進みゆく描写は、第4章で。212）

［第4章］

# 「舞姫」ルーペ

——「舞姫」の世界をこんなふうにも楽しもう！——

これまで、「舞姫」文中に見られる日ごろ聞き慣れない言葉を読み解いたり、また、不思議な表現の謎に迫りました。本章では、興味深い描写を当時の情報を元にくまなく分析し、鷗外が頭の中に思い描いていた映像／画像に迫ります。ゲーム感覚でお楽しみください。

## 豊太郎が初めて見渡したベルリンの街

念願の地についに辿り着いた豊太郎。初めて町の中心に立って周りを見渡したときのこの描写には、どの言葉の合間にもいくつものバットマークが並んでいるかのような躍動感があり、字間から音まで溢れてきそうな、昂揚した気持ちがよく表れている。

「ヨーロッパの新大都」はベルリンのことであり、その「中央」とはウンター・デン・リンデンのこと。では太田豊太郎は、この全長一・四キロメートルほどの大通りの、いったいどの地点に立って、これらの景色を眺めたのだろう。

第3章其の一🔍156にて、ひとつの謎が解けたことから、一か所に立って見渡したのではないことが明らかになった。そこで、豊太郎の目に映った光景を記載順に情景ごとに分けて書き出すと次のようになる。（カッコ内はそれが見える場所）

Ⓐ　歩道を連れ立って歩く男女（全域）
Ⓑ　車道を走る様々なタイプの馬車（全域）
Ⓒ　ヴィルヘルム一世が寄りかかる窓／皇帝の角窓（王宮殿前）
Ⓓ　高層建築物の途切れたところに噴水（パリ広場）
Ⓔ　ブランデンブルク門の向こうに緑樹（パリ広場）
Ⓕ　交差した枝の中に浮かんで見える凱旋塔の神女の像（ティアガルテンの森の中）

ⒶとⒷ以外は特定の場所に立たなければ見ることができない。
こうして書き出して考察すると、あるルートを見出すことができる。
豊太郎の視線は、まずはウンター・デン・リンデンのある一か所に立って、周りをじっくりと見渡したのち、印象的な場所をウンター・デン・リンデンの東の端から順に、王宮殿前の歩道から見上げたⒸ皇帝の角窓、パリ広場まで来てⒹ噴水、パリ広場の真ん中から西を向いてⒺブランデンブルク門とその向こうに見える緑樹、そして、ブランデンブルク門の向こう側に出て、ティアガルテンの森の小路に立ち、遠くに浮かんで見えるⒻ戦勝記念塔を見る……と、順に辿っていることが分かる。その上、Ⓓ噴水の描写は、ウンター・デン・リンデンの高層建築物の前をしばらく歩いたのちに噴水に出くわすという「動き」まで含まれている。📷75
では、豊太郎が初めて立った場所はどこだろう。どの地点に立ち、ⒶとⒷの情景を眺めたのだろう。それをウンター・デン・リンデンの最も華やかな交差点であると考えるならば、その場所は☆1の箇所になる。いやこれは、鷗外自身の体験が反映されているだろうと考えるならば☆2になる（☕）。

それにしても、ベルリンに到着したばかりの豊太郎が知る由もない、女性の装いがパリの影響を受けたものだという見立てや、この時点ではまだ健在だった皇帝の崩御に関して、また、まだ歩いてもいないティアガルテンの森の中からの景色が描写されているのは不思議でもある。

これは、ベルリンに到着したばかりの豊太郎の視線で見せつつ、この物語そのものは、数年の滞在を終えた豊太郎が帰国する船の上で回想するという形で書かれているためだ。加えて言えば、鷗外が本作を執筆したのは帰国してから一年以上経ってから。小説「舞姫」は、実に三

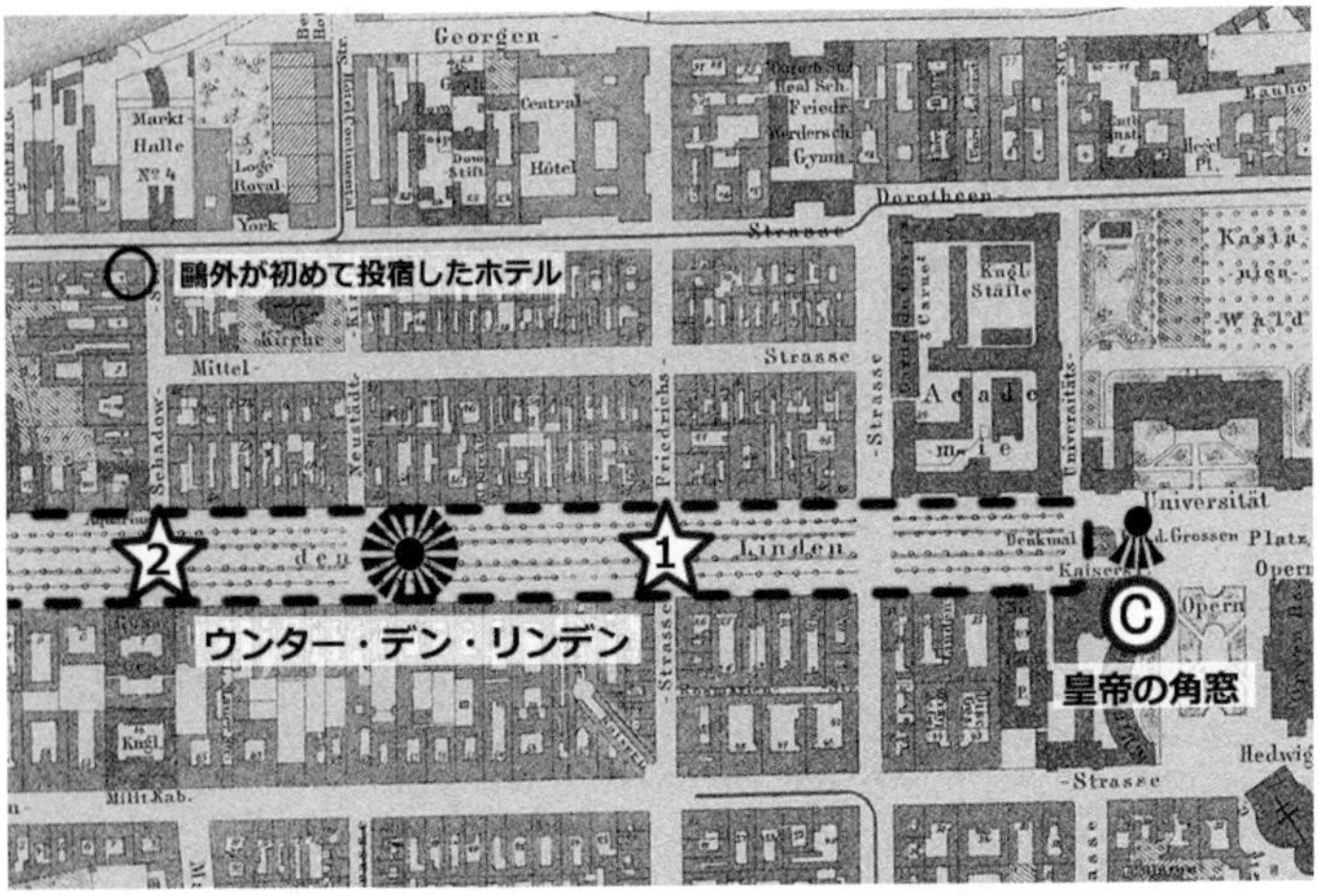

つの時代の視点から成り立っている。239

それは言い換えれば、帰国して、ものごとをしっかりと振り返るだけの時を過ごした鷗外が、一つの物語を作り上げるにあたり吟味した描写であるからこそ、その内容はどれも的確で、また、濃いものとなっていると言うことができる。101

### コーヒーブレイク

豊太郎が初めて立ったウンター・デン・リンデンの位置は、悲願のドイツ留学を果たした鷗外自身の記憶が色濃く反映されているに違いない……と考えるなら、その場所を以下の状況から推測することができる。

鷗外がベルリンに到着したのは一八八四年十月十一日の夜。

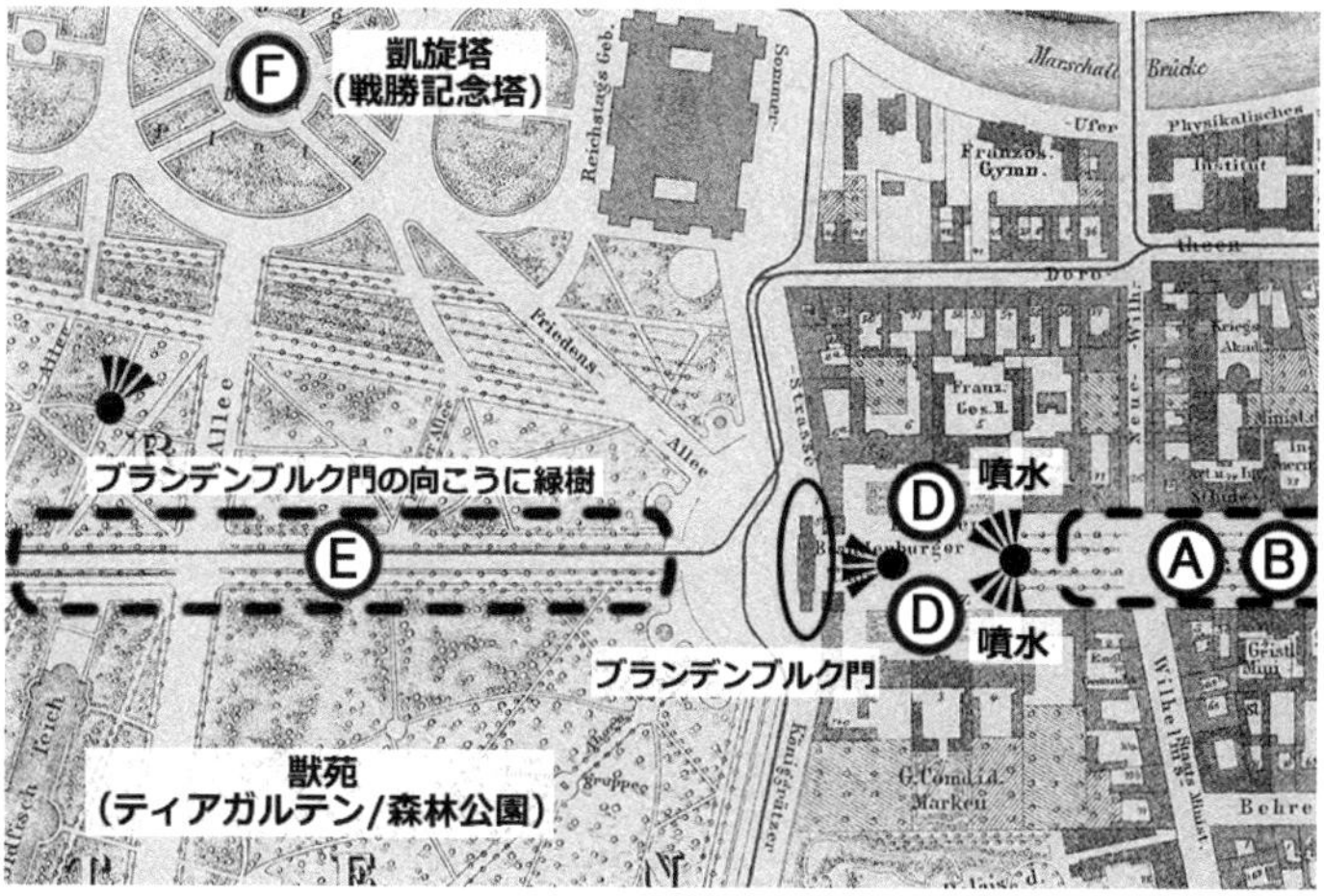


75　ウンター・デン・リンデンに立った豊太郎

日記には午後八時三十分にベルリンに到着したと書かれ（📖53）、当時の時刻表には、フリードリッヒ通り駅に午後八時二十五分到着と記されている。📖67 汽車を降り立ち、旅の荷物を荷物用馬車の停留場までポーターに運ばせ、ホテルへと向かう。普段の身軽な時よりもずいぶん時間もかかったことだろう。そしてこの日の日没は午後五時四十六分であるから、辺りはすっかり暗くなっている。

事前に予約されていた投宿先、Hotel garni zum Deutschen Kaiser《ホテル・ガルニ・ツム・ドイッチェン・カイザー》（📖53）はシャドウ通り四番地。駅もホテルもウンター・デン・リンデンの北側にあり、横切ることなくホテルに到着することになる。

同じ船に乗り合わせた留学生は鷗外を含めて十名。マルセイユで一泊してから七名が先発し、鷗外は数時間後に汽車に乗り込み、パリで二日過ごしたのちにベルリンに向かった。先発組とはベルリンで合流することになっていたが、まだ誰も到着しておらず、もうかなり遅い時刻でもあり、旅の荷をほどいたのちはそのまま休んだことだろう。

そして翌日。朝早くに佐藤三吉がやってきた。佐藤は先にベルリンで学ぶ留学仲間。ちょうどベルリンに滞在中である橋本常綱（🔍63）に挨拶に行こうと提案されたと日記に記されている。時間も早いことからまずは共にホテルで朝食を摂ったことが予想される。そして橋本の投宿するホテルへ向かう道すがら、ベルリン滞在の先輩である佐藤は、すぐ近くにあるベルリンを代表する大通り、ウンター・デン・リンデンを見せてやったことだろう。

シャドウ通りからウンター・デン・リンデンまでは歩いて一分もかからない。賑やかな街の色や音に包まれながら、この大通りの真ん中を貫く遊歩道まで進み行き、しっかりと地に足をつけ、遂にやってきたと喜びに胸をふくらませたに違いない。

## エリスと出会った日のウンター・デン・リンデンの交通手段

エリスとの運命の出会いを果たす日。

豊太郎は、ティアガルテンの森を散策したのち帰路についた。

ではこの日、豊太郎はウンター・デン・リンデンをどのような交通手段で通過したのだろう。徒歩か、あるいは乗り物を使ったのか。後者の場合は、何に乗って移動したのか。

本書で使用されている地図は一八八八年製作で、古《アルト》ベルリンにおける再開発／道路工事が完了した年でもあり、完了した状態が描かれているが（言い換えれば、完了したからこそ新地図が作製された）、鷗外は完成を見ることなく同年初夏に帰国し、「舞姫」も前年のベルリンが舞台で、それはすなわち工事の真っ最中であったため、「舞姫」の記述と地図の上には若干の差異がある。

当時のウンター・デン・リンデンは、王城の手前で終わっていた。その先には、以前は幅の狭い歩行者専用の木橋が架かり、これを渡ると小路ばかりが入り組んだ雑居地区が広がっていたが、一八八四年に再開発工事が始まり、立派な石橋に架け替えるため、一八八七年に木橋が撤去され、大掛かりな架橋工事が行われていた。しかし仮設橋が設けられていたので、徒歩で渡ることは可能だった。

ウンター・デン・リンデンから古《アルト》ベルリンに入るルートは三通りが挙げられる。直進して仮設の橋を歩いて渡るか、ひとつ北側の橋を渡るか、逆に南側の橋を利用するか。

検討材料としては、徒歩、馬車鉄道、辻馬車ドロシュケ、乗合馬車の四通りが挙げられる。それらを順に検証していきたい。（各乗り物の詳細については🔍100）

【徒歩の場合】

三通りのルートはあるが、北の橋を渡ると、本文に描かれているような雑居地区の古い佇まいを見ることなく帰宅してしまうので対象外。かといって南側の橋を使うとなると、徒歩で帰宅するにはかなりの遠回りとなるのでこれも不自然。

となると、ウンター・デン・リンデンを直進して仮設橋を渡るのが順当である。しかし、ウンター・デン・リンデンは一・四キロメートルもの長さがあり、その前に豊太郎はティアガルテンの森を散策している。そして、橋を渡ったのちも、下宿までさらに一キロメートルの道のりを歩くことになる。散策を終えた後にそれをするだろうかという疑問が生じる。

また本文には、「余《よ》はかの灯火《ともしび》の海《うみ》を渡《わた》り来《き》て、この狭《せま》く薄暗《うすぐら》き巷《こうじ》に入《い》り……」と書かれている。

繁華街の明かりが流れるように目に映る「動き」が感じられ、徒歩の速さではその情景を視覚的に捉えることができない。

それらの状況から、森での散策を終えた後は、何らかの乗り物に乗った可能性が高い。

【馬車鉄道】

ウンター・デン・リンデンを走る路線がなく、二ブロック北側の通りを走ることになるので、ここでは対象外。🕮68

【辻馬車ドロシュケ】

ドロシュケは今で言うタクシー。車窓から町の景色を眺めのはいかにも風情があるが、そのまま下宿まで乗ってしまうとエリスとの出会いがなくなるし、かといって、途中で降りて雑居地区を歩くのも不自然だから、ここでは対象外だろう。

【乗合馬車】

ウンター・デン・リンデンを通る路線としては、モアビートとアレクサンダー広場を結ぶ便があった。

モアビートはティアガルテンの森の北側にある区で、森に沿ってブランデンブルク門まで来て、門をくぐってウンター・デン・リンデンへと出てそのまま直進し、王城の手前を南に折れ、城に沿って東に回り込み、ケーニヒ通りをアレクサンダー広場まで走る。

……というわけで乗合馬車の可能性が高いように思われる。

乗合馬車に乗った場合は、ティアガルテンの森を散歩したのち、ブランデンブルク門の手前で乗合馬車に乗り込み、車窓から夕暮れのウンター・デン・リンデンの灯火の海を眺め、王城で下車して仮設橋を渡ったか、もしくは南に回り込み、シュロス広場を過ぎて橋を渡り、ケーニヒ通り／ハイリゲ・ガイスト通りの停留所で下車し、ハイリゲ・ガイスト通りを下宿方面へと、下町の光景を楽しみながら歩を進めたのだろう。

## コーヒーブレイク

豊太郎とエリスの出会いは、留学生活が始まった三年後と書かれ、文中の記述から換算すると、それは一八八七年にあたる。

76　豊太郎の帰宅ルート

これを鷗外の日記に見た場合、大変興味深い記述にぶつかる。

鷗外は生涯にわたって日記を付けており、ドイツ留学中の日常に関しては「独逸日記」と題して発表されている。これは当時書かれた日記から本人の手によって抜粋された「公表用」とも言えるもので、恋人に関する直接的な記述はすべて伏せられている。しかしところどころ、その存在を感じさせる箇所があり、この日記にただ一度だけ、ティアガルテンの森を散歩したという記述がみられる。それが奇しくも鷗外がドイツに到着しちょうど三年経った頃にあたる。


十四日。民顕府より来れる中浜東一郎と獣苑を散歩す。（一八八七年九月十四日付）📖54

鷗外は散策が大好きで遠足に出かけた様子もたびたび「独逸日記」に登場するが、ベルリン滞在期間中だけはその記述が見られない。ところがこのティアガルテンの森散策に関してだけさり気なく書き記されているので、鷗外の遊び心から仕込まれた暗号のようにも感じられる。

中浜は、ベルリン出発の出張に随行するため、滞在先のミュンヘンからやって来ていた。📖18

鷗外も出張メンバーの一人であり、翌々日の出発を前に、この日の午後はティアガルテンの森の北側にある上司宅にて行われた打ち合わせに参加している。📖61

この日は天気も良かったので、ミーティングを終えたあと二人で散策を楽しんだのだろう。この二人は大学の同期であり、中浜は鷗外に一年遅れてドイツに留学し、ミュンヘンでは共に研究生活を送っている。旧友であり留学仲間ともなった二人の久々の再会であるから楽しいひとときだったに違いない。

日記の記述と「舞姫」設定が一致するなら、散策の後、二人はブランデンブルク門の西側で別れ、中浜はホテルへ向かい、鷗外は帰宅すべく乗合馬車に乗り込んだのだろう。

「舞姫」には後日、礼を言いに来たエリスとの再会がきっかけで交際が始まったと書かれている。鷗外はこのあと出張に出かけている。もしもこの二つの事柄がリンクするなら、エリスが突然、豊太郎の下宿を訪ねて来たのは鷗外が出張から戻った十月九日以降ということになる。

# エリスとの出会いはどの教会？

ある日の夕方。豊太郎は帰宅途中に教会の前で涙に暮れるエリスに出会う。

現在のウンター・デン・リンデンの先は、何車線もの大通りが延び、北側には現代建築が軒を連ね、南側には広大な空間が広がっているが、当時は古い家屋が密集する雑居地区だった。「古《アルト》ベルリン」と呼ばれるこの界隈には路地も多く、洗濯物が下がる欄干や、ユダヤ人の老人が店先に佇む居酒屋なども、ごくありふれた風景のひとコマ。76

では、二人の出会った教会はどこに建っていたのだろう。

文中の描写の中でも重要なポイントは次の七つ。

当時「古《アルト》ベルリン」に存在した教会を順に検討してみよう。自己採点シートは190

Ⓐ ウンター・デン・リンデンを過ぎ、モンビシユウ街の下宿に帰るまでの間で立ち寄れそうな距離にある。

Ⓑ 狭く薄暗い界隈にある／ひなびた下町の風情がある。

Ⓒ 古い民家の向かいに位置する。

77　古ベルリン　教会マップ

Ⓓ凹字の形に引っ込んで建っている。
Ⓔ三百年の歴史がある。
Ⓕ恍惚とさせる魅力がある。
Ⓖ教会に門が付いている。
Ⓗその他

なお、解説部分は、前項の状況から、ウンター・デン・リンデンを乗合馬車で通過し、ケーニヒ通り／ハイリゲ・ガイスト通りの停留所で下車したことを前提にしている。また、教会は信仰の場であることから、寄りすがる教会と自身の所属する宗教宗派が異なることはありえないことも考慮のポイントに入れたい。

123

# 自己採点シート

| | Ⓐ | Ⓑ | Ⓒ | Ⓓ | Ⓔ | Ⓕ | Ⓖ | Ⓗ | 総合評価 |
|---|---|---|---|---|---|---|---|---|---|
| 1 | | | | | | | | | |
| 2 | | | | | | | | | |
| 3 | | | | | | | | | |
| 4 | | | | | | | | | |
| 5 | | | | | | | | | |
| 6 | | | | | | | | | |
| 7 | | | | | | | | | |
| 8 | | | | | | | | | |
| 自己採点結果　二人の出会いの場所はきっと ➡ | | | | | | | | | |

採点

| | | |
|---|---|---|
| ◎ | かなり当てはまる | 3点 |
| ○ | まあまあ当てはまる | 2点 |
| △ | 少しは当てはまる | 1点 |
| × | 当てはまらない | 0点 |
| ? | 不明 | 0点 |

## 1 ニコライ教会　Nikolaikirche

Nikolaikirchplatz, 10178 Berlin（現存）
古《アルト》ベルリン南部
キリスト教プロテスタント教会

78　ニコライ教会

ベルリン最古の教会。一二三〇年頃に完成。当初はバジリカ様式だったが、十三世紀末までに取り壊されゴシック様式に。一八七七年の大規模改築によって二つ屋根となる。

第二次世界大戦の戦火で一帯が焼け野原となり、戦後、教会周辺のみが再現され、古《アルト》ベルリンの風情が味わえる。教会も外壁だけが残った状態だったが再建され、現在は博物館となっている。

鷗外の留学時代は大規模改築から十年しか経っておらず、古めかしい幽玄さはなかっただろう。この教会もモンビシュウ街の下宿に帰るルートとしては方角が逆。教会までたどり着くと、その周辺に下町風情を十分に味わうことができるものの、ウンター・デン・リンデン方面から来ると、その前に教会に到着してしまう。しかしながら凹字に引き込んだ様子は窺える。

## ② パロヒアル教会　Parochialkirche

Klosterstraße 67, 10179 Berlin（現存）
古《アルト》ベルリン南東部
キリスト教プロテスタント教会

一七一四年に完成。第二次世界大戦時の空襲によって被災したが、現在は修復されキリスト教施設の一つとして使われている。

ここも帰宅経路としては遠回りではあるが、当時の絵葉書などで見ると、凹字に引き込んでいるように見える。④のクロースター教会同様、大通りに面しているが、パロヒアル通りを歩きながらこの通りへと出るならばⒷの雰囲気も味わえる。

79　パロヒアル教会

## ③ フランス教会　Französische Kirche

- Klosterstraße 44, 10179 Berlin（現存しない）
- 古《アルト》ベルリン南東部　パロヒアル教会のはす向かい
- ユグノー（フランス系プロテスタント）のための教会

80　フランス教会

　フランスのプロテスタントであるユグノー派の人々が母国を追われ、一六八五年にポツダムやベルリンでの移住許可が下りたことで市内での居住が始まった。人口増加に伴い礼拝堂を建てることになり一七二六年に完成。一七八五年にジャンダルメンマルクト広場にフランス大聖堂が完成し主要教会となり、一九二〇年代に民間業者に売却。一九四四年の空爆で焼失した。

ここも帰宅経路としては遠回り。

しかし教会の扉の前には門も付き、「鎖したる寺門の扉」に相応しい入り口をしている。

この教会に寄りすがっていたとなると…エリスはフランス人か。

## ④ クロースター教会　Klosterkirche

Klosterstraße 73a, 10179 Berlin（廃墟が記念碑として残っている）

古《アルト》ベルリン南東部　パロヒアル教会の北側

男子校校内の礼拝堂

フランス教会のはす向かい。鷗外が通った衛生学研究所もすぐそばだった。

十三世紀にフランシスコ会修道院が完成。通りの名称は修道院／クロースターに由来する。一五〇〇年頃に改築され、ルターの宗教改革によって修道会は一五三九年に解散。一五七四年にベルリンのエリート男子高等学校「ツム・グラウエン・クロスター」ギムナジウムがこの地に開校し、校庭に残ったこの教会は、学校付属の礼拝堂として使用された。

81　クロースター教会

　三百年の歴史があり、教会の手前にはエリスが寄りすがって涙するに適した門扉のような鉄柵が並んでいたが、凹字の形に引っ込んだ建ち方ではない。また、男子校敷地内の施設であり、部外者の出入りは不可能だった。帰宅経路としては方角が逆であり、この通りは道幅が広く、周辺は立派な建造物が建ち並び、下町の風情がなかった。

母親から売春を強要され口論の末、家を飛び出した泣き出した少女が、男子生徒が出入りする場所に近づくだろうか？

### コーヒーブレイク

当時はまだ女性の高等教育が認められておらず、男子校しか存在しなかった。プロイセン初の女子の高校進学はベルリンにあったルイーゼン・ギムナジウムで、一八九六年に六名の女子高生が高校卒業／大学入学資格試験に合格。ツム・グラウエン・クロスター高校が女子生徒の入学を認めたのは一九二三年。

## ⑤ 聖マリア教会　St. Marienkirche

- Karl-Liebknecht-Str. 8, 10178 Berlin（現存）
- 古《アルト》ベルリン北部
- キリスト教プロテスタント教会

古《アルト》ベルリンの中心より少し北。ウンター・デン・リンデンの延長線。

ニコライ教会に次ぐ古い教会。一二七〇年頃に建築が始まったとされている。レンガ造りの

82　聖マリア教会

ゴシック様式で、一三八〇年の町の大火で類焼し再建。一六六〇年代にバロック様式の塔が増築され、一七九〇年に新ゴシック様式に改築された。

鴎外第二下宿のすぐそばにあり、以前は住宅が教会を取り囲むように建っていたが、一八八四年に始まった都市開発のため、鴎外の留学中にその一辺が撤去され、ちょうど凹字の形に引っ込んだ形状となった。

## ⑥ ユダヤ寺院　Juden Tempel

- Rosenstraße 2, 10178 Berlin（現存しない。記念碑あり）
- 古《アルト》ベルリン北部　聖マリア教会の北西側
- ユダヤ教会シナゴーグ

一七一四年にユダヤ教の礼拝堂として建立。一八八六年に鴎外第三下宿北側に新シナゴーグが完成したのちは事務所として使われ、第二次世界大戦時に焼失。

83　ユダヤ寺院

「猶太教徒の翁が戸前に佇みたる居酒屋」と本文にあることからこの教会とのつながりが感じられるが、この礼拝堂はアパート家屋の中庭に位置し、通りからは一切見えなかった。

この教会に寄りすがっていたとなると…エリスはユダヤ人か。

さて。ここで一旦、自己採点のマトリクス表の結果を見てみたい。

どの教会が一番の推しだろう？

📷84　聖マリア教会前の大工事

道路拡張工事のため、教会前家屋は取り壊された。

以上のうち、③を除いた五つの教会は、二〇一〇年以前、鷗外研究においてもその存在が広く知られ、⑤聖マリア教会が最有力とされてきた。

ところが調査の結果、鷗外の滞在期間中の聖マリア教会周辺は、教会の四方を取り囲んでいた一辺が撤去され「引き込んだ」形状ではあったものの、道路拡張工事のために通りの向かい側の住宅もすべて取り壊され、一帯が広大な工事現場となっており、「舞姫」文中に描写された景観そのものが聖マリア教会前に存在していなかったことが明らかとなった。📷84 📖20

また、新たに二つの教会の存在が明らかになり、二〇一一年に発表された。📖17・18

ひとつは③フランス教会で、もうひとつは、次に挙げる⑦ガルニゾン教会。

ガルニゾン教会は、文中の描写に最も多く一致し、エリスのモデルとなった女性とも深く関わる教会だった。

## ⑦ガルニゾン教会　Garnisonkirche

- Litfaßpl. 1, 10178 Berlin（現存しない。記念碑あり）
- 古《アルト》ベルリン北西部　ユダヤ寺院の北西側
- キリスト教プロテスタント教会

一七〇三年に完成。一七二〇年の爆発事故で倒壊し二年後に再建。第二次世界大戦中の空襲で壊滅的な被害に遭い、一九六二年に撤去され現存しない。

「ガルニゾン」は「駐屯」を指す言葉。「衛戍《えいじゅ》」と書かれる場合もあるが同じ意味。駐屯中の軍人とその家族が通うために設置された教会。

三百年の歴史はないものの、ひなびた下町の風景を堪能しながら下宿に向かうまでのルートが完全に合致する。また、研究者を最も悩ませた、凹字の形に引っ込んで建つ形状に関しても、草稿には「引っ込んで」の前に「横に」と書かれており、この教会は、パズルのピースを

85　ガルニゾン教会

86　ガルニゾン教会入り口
鎖したる寺門の扉も。

はめ込んだかのように、横向きにピタリと引っ込んで建っていた。
また、鷗外第二下宿のすぐそばで、エリスのモデルである鷗外の実際の恋人の両親が結婚した教会であり、恋人の両親の住まいも近く、鷗外第三下宿の貸主の長年の生活エリアであったなど、この周辺は恋人との結びつきも強く、教会の斜め前五十九番地には、小さな中庭を持つアパートも存在した。

◆もうひとつの可能性① 本誌初公開情報。

## ⑧ ハイリヒ・ガイスト礼拝堂 Heilig-Geist-Kapelle

Spandauer Str. 1, 10178 Berlin（現存）

古《アルト》ベルリン北西部　ガルニゾン教会の南側

病院内の礼拝堂

ガルニゾン教会の発見は、「舞姫」エリスのモデル発見に並び、大きな功績のひとつに数えられているが、当時から気にかかる点がひとつあった。

87　ハイリヒ・ガイスト礼拝堂

豊太郎が教会にたどり着くまでの路地の風景描写のあとに「などに向ひて」と書かれている。これは、文中に描かれた光景を順に見ながら進み、それらの景色を眺めたのちに「振り返る」という動作が入っているのではないかという点だ。

ガルニゾン教会は路地の風景を味わった先にあり、路地から抜け出たところでドンとその姿が目に飛び込んでくる。鷗外が指す教会は、振り返った場所にあったのではないか。

これを気に掛けていたところ、ガルニゾン教会跡のすぐ近くに古びた赤レンガ造りの建物があることに気づき、調べるとベルリン最古の病院の一つ、ハイリヒ・ガイスト治療院の付属礼拝堂であったことが分かった。病院の敷地内の端に位置し、教会の外壁が塀の役割を果たしているため、街路に面して建っているようにも見える。

　この病院は中世の時代に孤児や高齢者、病人などの貧困層の患者を受け入れるために設立され、礼拝堂は一三〇〇年ごろに完成し、一六〇〇年ごろに改装工事が行われていることから、「三百年の歴史」に一致する。建物自体は古いままで、路地にひっそりとその佇まいを見せていることから、恍惚とさせる魅力もある。

　シュパンダウ通りは東独時代に道幅が拡張され現在は広々としているが、当時はローゼン通りと同じくらいの幅しかなかった。

　この位置であれば、ハイリヒ・ガイスト通りを通って下宿を目指すと、下町風情を味わいながら進みゆき、ひなびた民家を目にし、そちら側の歩道に渡った後に、振り返って向かい側の礼拝堂を見るという、「振り返り」の動作も加わる。

　しかしながら難点がひとつある。この礼拝堂は病院付属であったため、教会への入り口は敷地内にあり、外側には出入り口が付いていない。よって、エリスが寄りかかる扉そのものが存在しない。とはいえ、この教会をモデル候補に入れることができる理由を他に挙げることができる。

　鷗外の小説には、異なる二つの場所を合体させて描くという技法を頻繁に見ることができる。たとえばドイツ三部作のひとつ「うたかたの記」では、シュタルンベルク湖に沈んだマリイを運ぶシーンでは、湖付近に実際に漁師の家が存在するが、その家屋には絵は施されておらず、数百メートル離れたところに、キリスト画で有名な邸宅が実在する。「文づかい」においても、主人公が滞在するデーベン城は実在するが、その庭園は近くにあるマッヘルン城のものと合体させている。また、晩年の作品「妄想」においても、主人公の下宿は、鷗外第二、第三下宿を合体させた描写となっている。

「舞姫」では、「教会」という直接的な表現を用いず、「古寺」や「遺跡」としていることを、「実際には教会として使われていない」と理解するなら、ハイリヒ・ガイスト礼拝堂はまさしくそれに当てはまる。臨場感を高めるために別の要素も取り入れるという鷗外の作風が「舞姫」執筆にも施されていると考えるなら、ガルニゾン教会にハイリヒ・ガイスト礼拝堂の様子を加えたと解釈できるのかもしれない。

### ◆もうひとつの可能性②

以上は、主人公の出会いのシーンまでの描写を元に考察した結果だが、その先を読み進めると、エリスの住まいに同居し始めた豊太郎が、日中はカフェで新聞を読み、レッスンの帰りのエリスがカフェに立ち寄るという描写がある。ところが、ガルニゾン教会やハイリヒ・ガイスト礼拝堂のはす向かいにある住まいへと帰るために、ヴィクトリア劇場からケーニヒ通りを経由するのはかなり遠回りで不自然。

これを出会いの教会の立地条件に加える場合、エリスの住まいはケーニヒ通りの南側に位置するのが理に適い、その場合は、②パロヒアル教会が有力候補といえる。

## エリスとの出会いは何時ごろ？

豊太郎はエリスと、ある日の夕暮れに出会う。

この「夕暮れ」とは、何時のことだろう。

「夕暮れ」なのだから午後六時くらい？　とイメージする人も多いかもしれないが、ここは北国ドイツ。日照時間は季節によって大きく異なり、夏は朝四時にはもう明るく、夜は十時を過ぎてもまだ明るい。反対に冬は朝八時でもまだ暗く、夕方四時にはもう真っ暗。夏冬の日照時間の極端な違いから、冬場に日光を浴びることが難しいため、せめて夏場は明るい時間を堪能しようと、一九四〇年以降はサマータイム制が導入されている。

では、サマータイム制がなかった当時、主人公の二人はどの季節の何時ごろに出会ったのだろう。

日の出・日の入りの換算ツールで、「舞姫」の舞台設定である一八八七年の一年間の毎月一日の日没時間を調べると📷88の通り。

「日の入り」とは、太陽の上端が地平線と重なり、太陽が完全に隠れた瞬間のこと。「日が暮れた」といって、いきなり辺りが真っ暗になるわけではない。

まずは、「市民薄明」と呼ばれる、屋外活動が問題なく行える明るさがしばらく続く。その後、空に星が見え始めるが地平線や水平線が識別できる明るさ（航海薄明）があり、夜空というにはまだ若干明るいという明るさ（天文薄明）になってから夜がくる。

「ブルーアワー」や「トワイライト」などと呼ばれる空が濃い青色に染まる現象は、「市民薄明」の後半から「航海薄明」の前半にかけての時間帯に起きる。

| 1887年（毎月15日） | 日の入り | 市民薄明 | ブルーアワー | 航海薄明 | 天文薄明 | 夜 |
|---|---|---|---|---|---|---|
| 1月 | 16:21 | 16:21-17:01 | 16:38-17:30 | 17:01-17:44 | 17:44-18:25 | 18:25 |
| 2月 | 17:18 | 17:18-17:53 | 17:33-18:20 | 17:53-18:33 | 18:33-19:13 | 19:13 |
| 3月 | 18:09 | 18:09-18:43 | 18:24-19:10 | 18:43-19:23 | 19:23-20:05 | 20:05 |
| 4月 | 19:04 | 19:04-19:40 | 19:19-20:10 | 19:40-20:26 | 20:26-21:17 | 21:17 |
| 5月 | 19:55 | 19:55-20:38 | 20:12-21:16 | 20:38-21:38 | 21:38-23:21 | 23:21 |
| 6月 | 20:30 | 20:30-21:20 | 20:50-22:10 | 21:20-22:43 | 22:43-00:00 | 00:00 |
| 7月 | 20:22 | 20:22-21:09 | 20:41-21:52 | 21:09-22:19 | 22:19-00:00 | 00:00 |
| 8月 | 19:32 | 19:32-20:11 | 19:48-20:43 | 20:11-21:01 | 21:01-22:03 | 22:03 |
| 9月 | 18:22 | 18:22-18:56 | 18:36-19:24 | 18:56-19:38 | 19:38-20:22 | 20:22 |
| 10月 | 17:12 | 17:12-17:46 | 17:26-18:13 | 17:46-18:26 | 18:26-19:05 | 19:05 |
| 11月 | 16:13 | 16:13-16:51 | 16:29-17:19 | 16:51-17:33 | 17:33-18:13 | 18:13 |
| 12月 | 15:51 | 15:51-16:33 | 16:09-17:03 | 16:33-17:17 | 17:17-17:59 | 17:59 |

📷88　ベルリンの日の入り　毎月15日のデータ。検索ツール：https://galupki.de

| | 太陽高度 | 明るさ |
|---|---|---|
| 日の入り | ○度 | 日没。太陽の上の縁が地平線に沈んだ瞬間。明るさ自体は日没前とあまり変わらない。 |
| 市民薄明《しみんはくめい》 | ○～六度 | 灯りがなくても周りがよく見える。 |
| ブルーアワー | 三～十度 | トワイライト。マジックアワー。空が濃い青色に染まる時間帯。 |
| 航海薄明《こうかいはくめい》 | 六～十二度 | 水平線や地平線が識別できる程度の薄暗さ。 |
| 天文薄明《てんもんはくめい》 | 十二～十八度 | かなり暗く、六等星まで見える。 |
| 夜 | 十八度以上 | 完全に暗い。 |

これを「舞姫」の描写に当てはめると、明るい時間帯に森を散策し、日の入り（市民薄明の始まり）の頃に散策を終えてブランデンブルク門の前に行き、ブルーアワーの始まる時間に乗合馬車に乗り込んで、十五分ほどかけて、車窓から灯火の海を渡る様子を眺めながら王城の裏に回り込み橋を渡ってケーニヒ通りに入った辺りで下車し、歩いて薄暗い界隈に入り、ガルニゾン教会の前までの普通なら徒歩四分ほどの距離をゆっくりと周りの景観を愉しみながら進み、航海薄明が始まる五分ほど前に教会の前にたどり着き、エリスの姿をみて声を掛ける。し

ばらくのやりとりののち彼女の家まで送っていくことになり、家屋の中に入ったときには、航海薄明の時間帯に差しかかり、階段室はランプの明かりが必要なほどの暗さになっていた……という時間配分になるだろうか。

これを表（📷88）に照らし合わせると、これが一月半ばであった場合、午後四時半前には散策を終え、エリスと出会ったのは午後五時前ということになる。

この冬の冬至は前年一八八六年十二月二十一日。以降、徐々に日が長くなり、四月であるなら、散策を終えたのは午後七時ごろ、エリスとの出会いは午後七時半ごろ。この年の夏至は六月二十一日。その直後である七月であるなら、散策を終えたのは午後八時二十分ごろ、エリスとの出会いは午後九時を少し過ぎたころ。その後また徐々に日は短くなり、十月の場合は、散策を終えたのは午後五時すぎ、エリスとの出会いは午後五時四十分ごろ。十二月であるなら、散策を終えたのは午後四時に差し掛かるころ、エリスとの出会いは午後四時半ごろとなる。「夕暮れ」が月によって異なり、冬には午後五時ごろとちょうど良いが、春や秋には午後七時半ごろと、「夕暮れ」と言うには少々遅い時間となり、夏には午後九時を回るという、日本では考えられないような遅い時間帯になってしまう。それでもこの時代はサマータイム制が導入されていない。サマータイム制を加味すると、さらに一時間遅れるのだ。

さて、豊太郎とエリスの出会いの時刻。

「夕暮れなのだから午後六時ごろ」を基準に考えるなら、その出会いは晩秋の十一月や、真冬の二月ごろということになる。日没時間だけでなく気候も併せて考えると、「温暖化」という言葉がまだなかったあの時代、「冬の国ドイツ」と呼ばれたこの国では、冬場はかなり冷え込む。十一月に初雪がくる年もある。

洗濯物を窓の外に干しているといった風情から考えると、その季節は春から秋が相応しく、夜中に見知らぬ少女の家を訪ねるという失礼を避けるなら、春か秋の出来事と取ることができるだろう。

「舞姫」は、帰国の途に就く豊太郎が、留学中の出来事を書き出すことによって自身の心と向き合う物語であり、文中に「かくて三年ばかりは夢の如くにたちしが」と示唆されていることと、鷗外と豊太郎の共通点である留学期間を重ね合わせて考えるなら、鷗外がベルリンに到着したのは秋であるから、その三年後もまた秋ということになる。

また、前述の「独逸日記」（🔍186 📖54）の記述に基づいて考えるなら、日付は一八八七年九月十四日。季節は晩夏。散策を終えたのは午後六時半になる少し前で、エリスと出会ったのは午後七時になる少し前となる。

## エリスのお宅拝見

教会の前で涙にくれるエリスを家に送り届ける豊太郎。たどり着いた先は、エリート留学生には想像もできないほどの貧しい佇まいだった。

エリスの住まいはどんなところ？　その間取りをイメージしてみよう。

要点

○玄関の扉は低く、取っ手が針金で、引いて開ける。

○中に入るとそこは台所

－右手の低いところに窓があり、洗った麻布が掛けてある。

－左手には粗末に積み上げたレンガのかまどがある。

○台所の向こう側に一部屋

－扉が半分開いていて、白い布で覆われたベッドが見える。

○かまどのそばに扉がもうひとつ

－中に入ると、街路に面した「屋根裏部屋」

－部屋と言っても天井がない

－窓に向かって斜めになっている梁に紙が貼ってある
－その下は、立つと頭がつかえそうで、そこにベッドが置いてある。
－部屋の真ん中に置かれた机には美しいクロスが掛けてある。
－机の上には本が一、二冊とアルバムと花瓶。

入り口の扉が低いという描写からも、ここは屋根裏の空間で、人が住むために造られた階ではなかったことが分かる。中庭に面した屋根の低い部分に明かり取りのための穴を開けたように窓であるため低い位置にあり、そのすぐ上には屋根の傾斜が付いているのだろう。天井がないというのは、屋根が抜けているわけではなく、内装として部屋の上部が塞がれていないという意味で、屋根瓦を乗せている板が剥き出しになっている状態のこと。当時のドイツの冬は長く厳しかったので天井の無い部屋で過ごす冬の日々は相当過酷だったと思われる。

机はおそらく普段は壁に沿って置いているものだろう。

豊太郎を階段室に残し、部屋の内側でエリスと母親は口論となり、おそらく、エリスが豊太郎に借金を頼んでみたいと母親を説得し、納得した母親も手伝って、エリスの部屋に通すことを決め部屋を整えた。机を真ん中にずらし、テーブルクロスを掛け、台所か亡骸の横たわる夫婦の寝室に置かれていた劇場長からの花束をエリスの部屋へと運び込み……。

これらの要点をもとに実際に紙の上に間取りを描いてみるのも面白い。

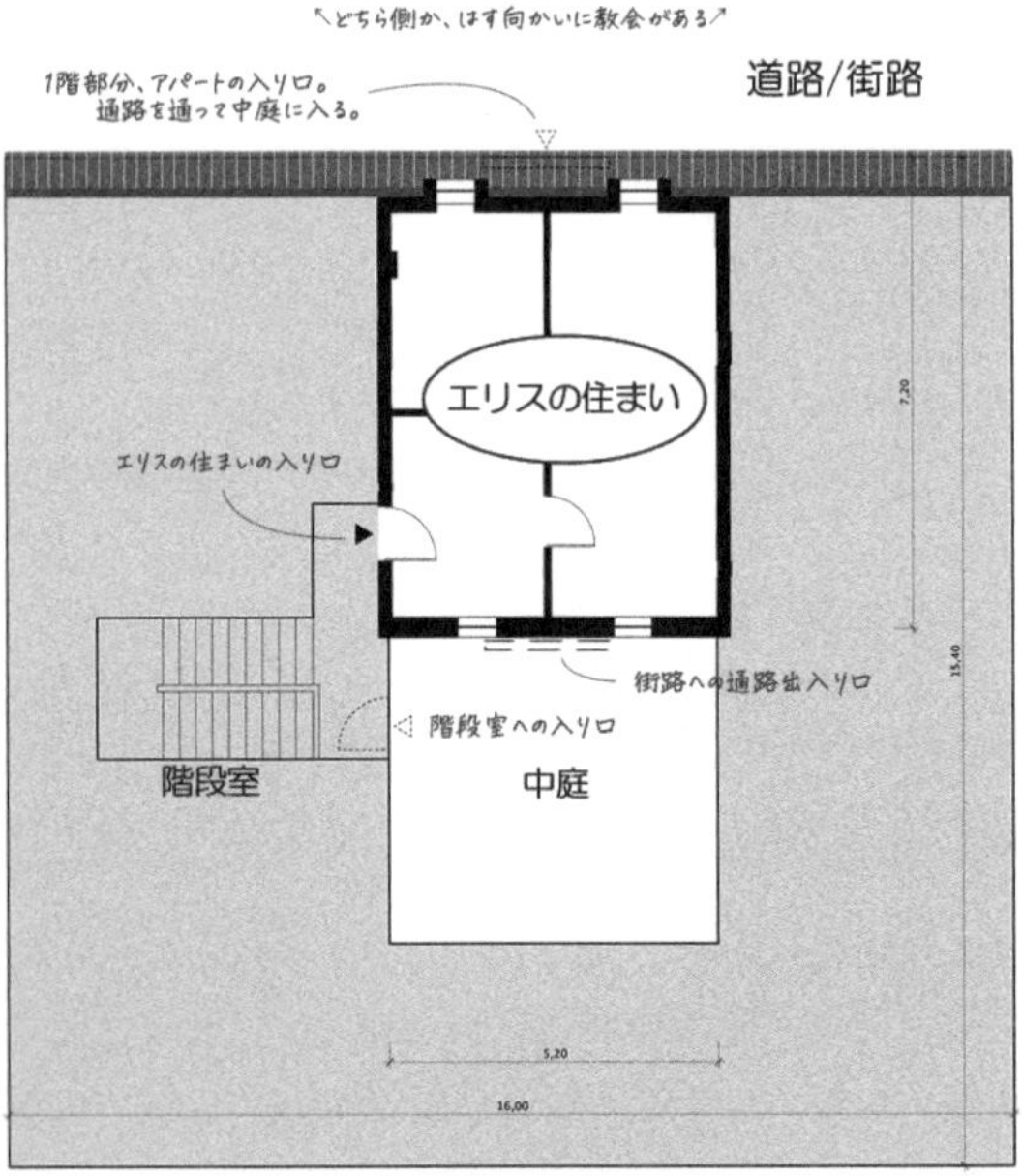


89 エリス宅間取り図 敷地全体

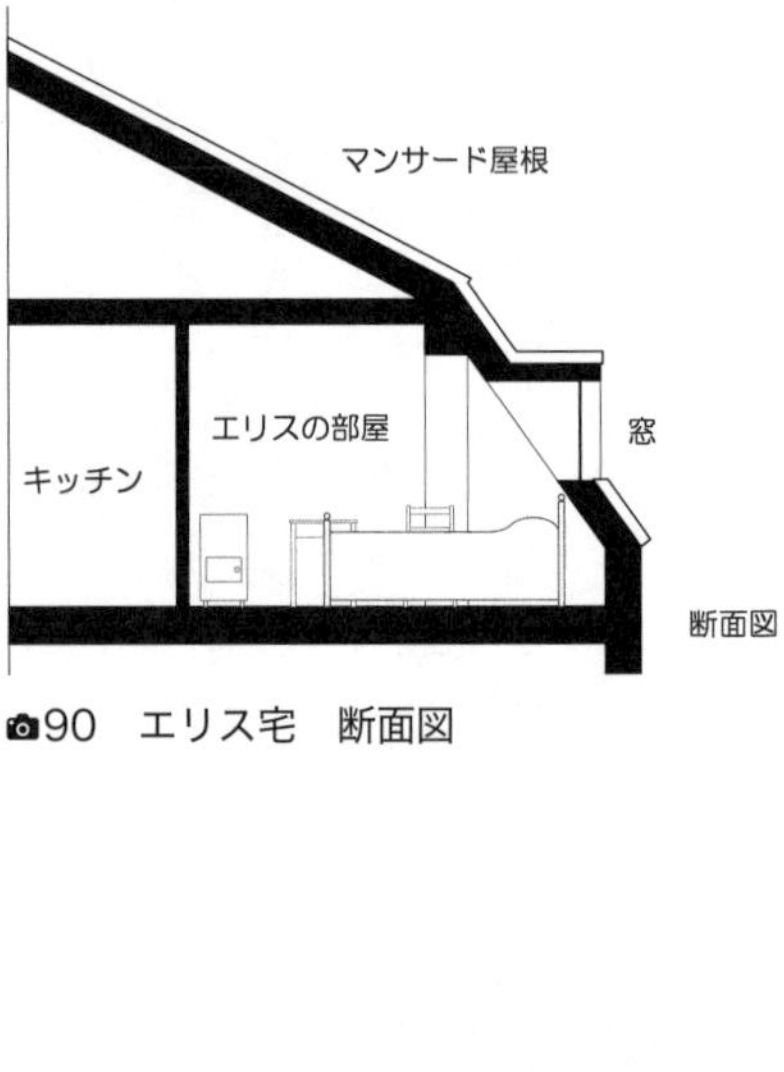


90 エリス宅 断面図

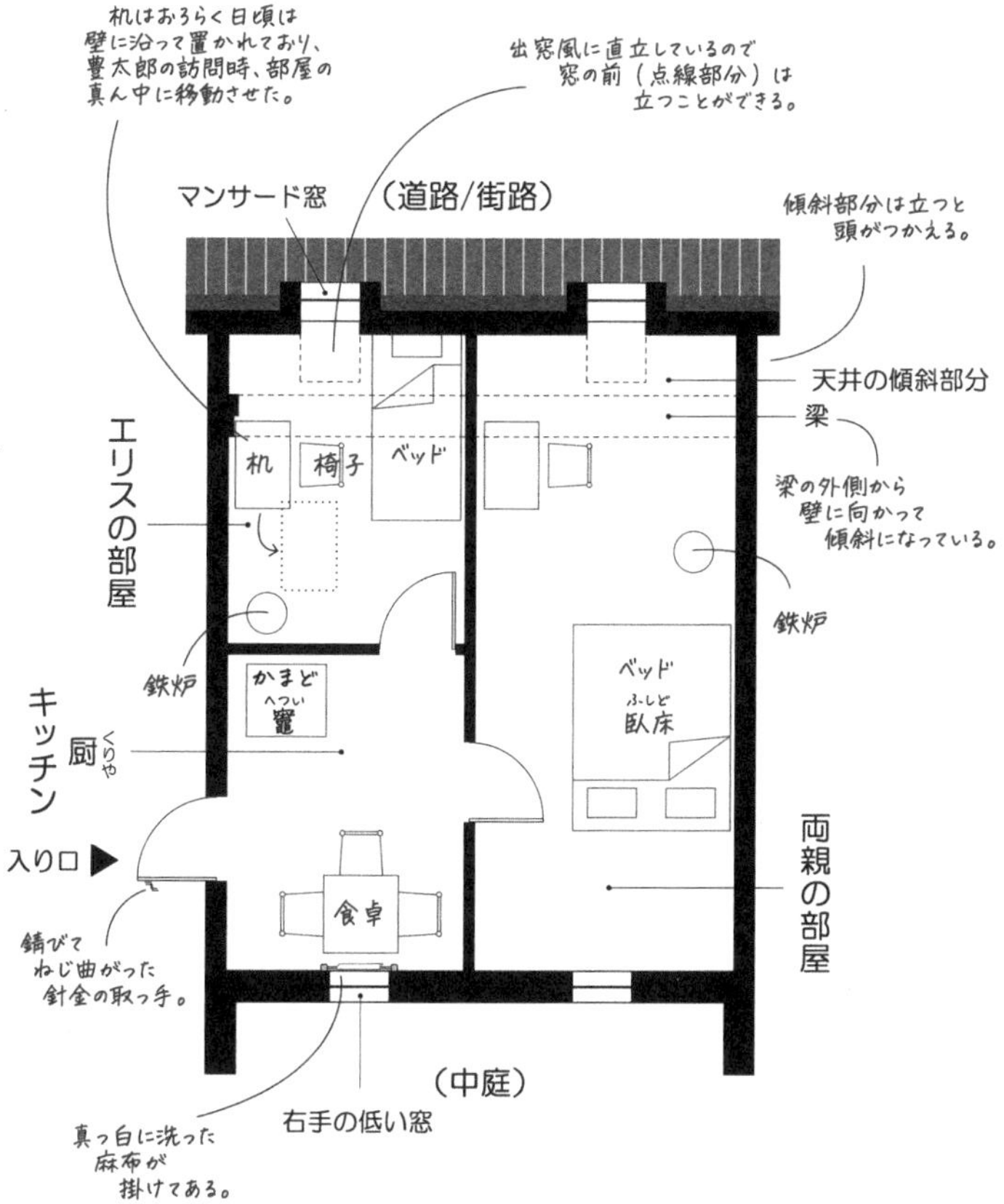


◎「舞姫」文中に登場する調度品のみを描き出した。ほかに棚や箪笥などもあったはず。

◎室内の照明は自然光とロウソクのみ。

91　エリス宅　間取り図

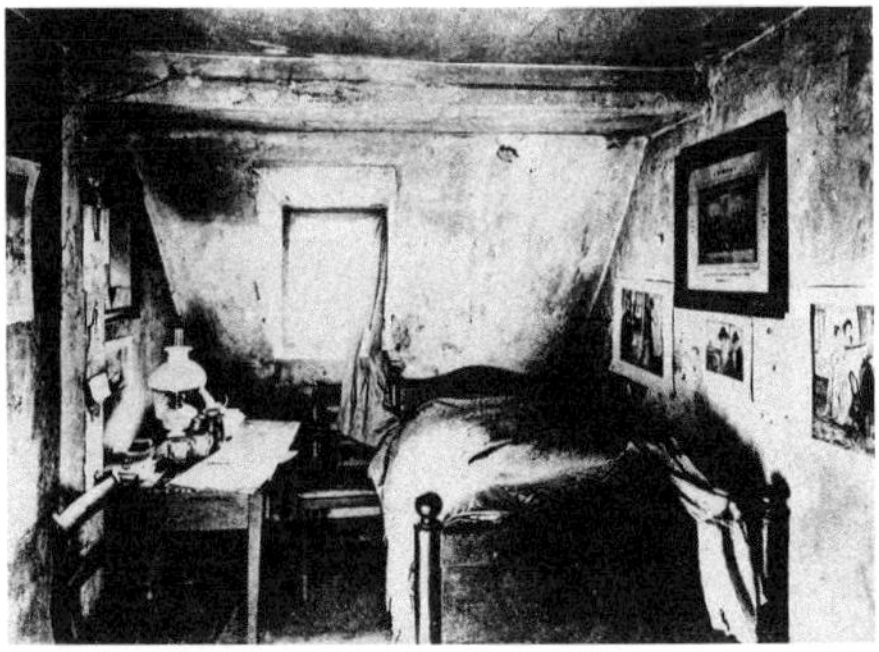

📷92　屋根裏部屋
古ベルリンに実在した。

ガルニゾン教会の斜め前に実在した、小さな中庭を持つノイエ・フリードリヒ通り六十番地に合わせて間取りを当てはめると📷89・90・91のようになる。🔍198

屋根裏の低い窓は、中庭に面した壁に付けられているのが一般的であるため、右手に中庭があるとするならこの間取りしかない。階段室はおのずと中庭に入ってすぐ右手にあることになる。

また、当時の貧しい庶民の生活ぶりを示す写真がいくつも残っており、エリス宅拝見かと思われるような画像もある。📷92

## カイゼルホーフ内を相沢の部屋を目指して進みゆく

免官され、ベルリンに残りエリスと暮らすことになった豊太郎。楽しかったはずの日々に影が差しはじめ、負担が重苦しくのしかかるようになったある日、親友相沢がベルリンにやってくる。

投宿先は当時のベルリンの最高級ホテル、カイザーホーフ。
身なりを整え、一等ドロシュケに乗って相沢に会いに行く豊太郎。
到着した豊太郎は、ホテル内をどのように歩いたのだろう。
文中の描写を書き出すと次のようになる。

要点
○一等ドロシュケを降りたのはホテルの入り口
‐玄関先の窓口で相沢のルームナンバーを尋ねる
○大理石の階段をのぼると控えの間
‐中央の柱にはビロード（ベルベット）張りのソファーがある
‐正面には鏡が立ててある
‐コートはここで脱ぐ
○廊下を伝って部屋の前まで行く
○出迎えられて部屋の中に入る
○相沢に引かれて大臣に謁見し、仕事を受ける

館内の様子はカイザーホーフの設計図に細かく見ることができる。ドアボーイに宿泊者の部

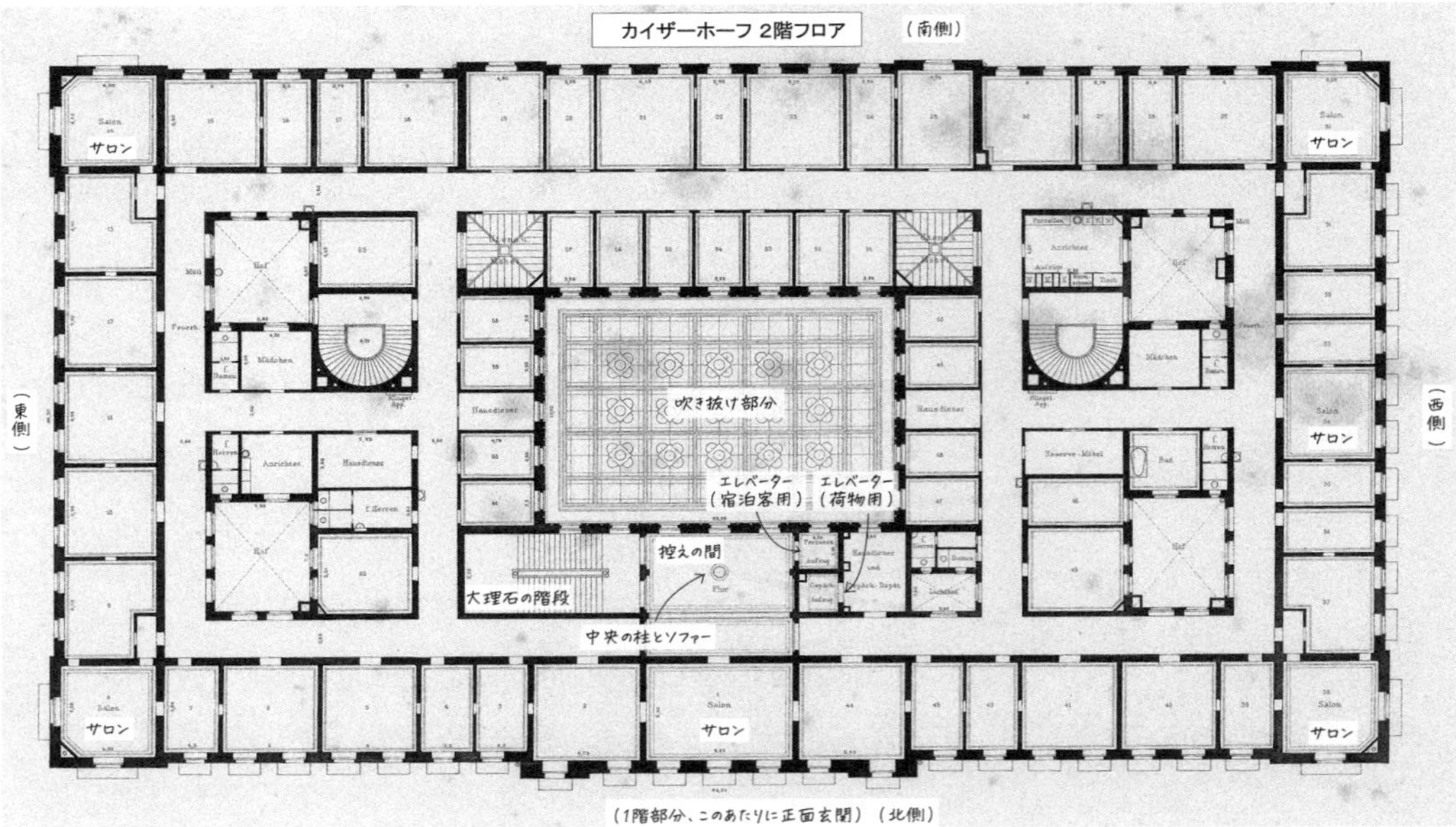


93　カイザーホーフ　間取り図　2階フロア

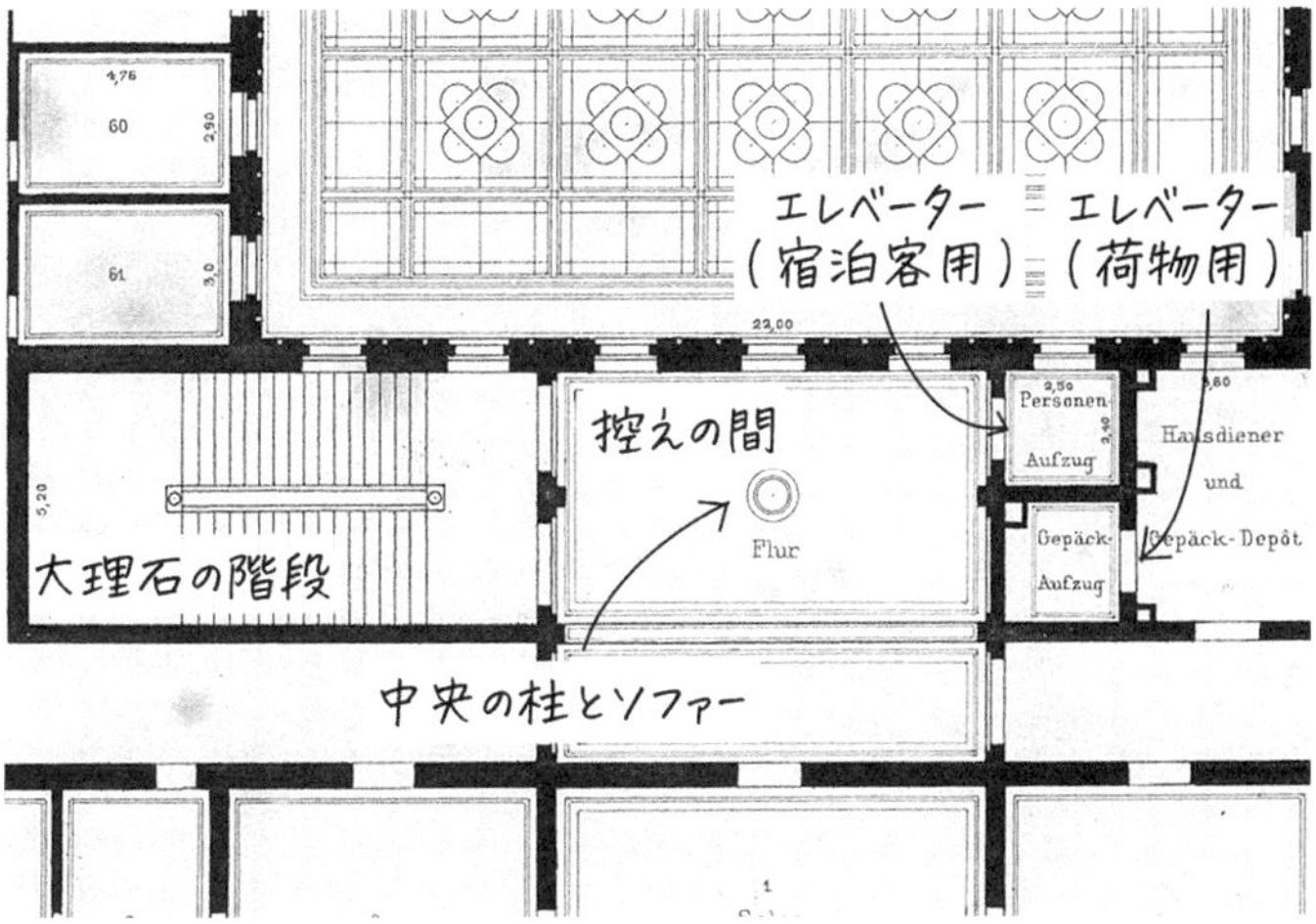


94　カイザーホーフ　2階エレベーター前　「舞姫」の描写そのまま。

95　中央の柱にプリユツシユを覆へるゾフア　設計図にも描かれていた。

屋番号を尋ねるのはおかしいという点については、先述の通り。172 93

　大理石の階段はホテル内に入り、ホールに入ってすぐ左手にあり、一八八七年の小松宮彰仁親王夫妻ベルリン訪問時にこの階段を降りる姿が新聞の挿絵に残っている。96

　天方大臣のモデルは山縣有朋であり、この欧州訪問は実際に行われている。一八八八年十二月二日に出発し翌年十月二日に帰国。その直後に総理大臣に就任したという、まさしく日本国を代表する人物であるから、投宿したのは当時の建物の一番豪華な造りである二階部分の部屋だったことだろう。当時の建造物は、室内装飾はもとより、天井の高さも階層によって異なり、二階は天井までが四メートル六十センチメートルとかなりの高さがあり、上階に行くほど数十センチずつ低い造りになっていた。

96　カイザーホーフ内の階段
小松宮彰仁親王夫妻が投宿したことも。

　鷗外は、階段を上がってすぐ目の前に広がるフロアを「前房」と表現し（94）、「前房」の中央には、ビロード張りのソファーを据え付けた柱があると書いた。このソファーの様子は、婦人用サロンの室内を描いた図面の中に見ることができる。95

　正面に立ててあったという鏡は、階段を上がったところの真正面に立っていたわけではない。正面に見える壁は二分され、壁の向こうはどちらもエレベーターの昇降路になっていた。左側は宿泊客専用で、フロアに面してドアが付いているため鏡を立てるスペースがない。右側は運搬用で、従業員が使用するため、そのドアは宿泊客の目障りにならないよう廊下から回り込んだ反対側に付いていた。そのため、フロア側は壁になっていたので、鏡はおそらくここにこの壁を塞ぐかのように立てられていたのだろう。また、このホテルの上り階段は左側にあり、二階に上がったときの正面にはエレベーターのドアが見える。おそらく、フロアに出てまずは中央のソファーに目が行き、歩み寄ってから顔を上げると大きな鏡に映る自身の姿が見えたことから「正面」という表現になったのだろう。

　コートをここで脱いだと書かれているのは、コート掛けを見かけたわけではなく、この先は脱いだコートを自身の腕に掛けて部屋に向かったということ。建物内ではコートを脱ぐというマナーを心得てのことだろう。気が焦っていなければ、一階フロアに入った時点でコートを脱ぎ、身なりを整えてから階段を上がったのかもしれない。

　カイゼルホーフの正面玄関は北側にあり、サロン（接客の間）を構えた部屋は、各方角の四隅と、フロアのすぐ前、そして、フロアを出て左手に進み角を曲がった建物西側部分に置かれている。鷗外は、「廊下を伝って」と書いているので、ある程度の距離があるはずなのでフロアのすぐ前の部屋は対象外となる。西側のサロンは両側に小部屋が付いているだけで宿泊者が使うには無理があるため、四隅のいずれかとなる。

フロアから右手に進んで最初の角にある八号室および、左方向の先の三十八号室は、ホテル前面の角部屋に当たり、車寄せには何台もの馬車が待機し、馬車のひづめや街の喧騒が窓越しに響き、落ち着かなかっただろう。そういった事情から、天方伯の部屋は、突き当りをさらに曲がった奥の部屋だったと思われる。フロアから右手に進む南東角の十四号室は、窓からは教会が見え、反対方向に進む西南角の三十号室の前には公園が広がっている。バルコニーからの景観は公園が見える三十号室のほうが優れていることから、この部屋のほうが天方伯に相応しい。

三十号室で見た場合、サロンは社交の場であるので寝室としては使われることはない。三十一号室に玄関のような空間が付いており、ここからサロンへも直接入ることができることから、ここが天方伯の寝室で、二十九号室は多目的室、二十八号室は事務室で、三十二号室が秘書官である相沢の寝室という配置を想定することができる。

## コーヒーブレイク

「舞姫」では、一見、天方伯と相沢のふたりでやってきたような印象を受けるが、ロシア行きについて書かれた箇所に「余が大臣の一行に随ひて」とあるように、他に複数の随行員いる。この随行員の部屋はどこだったのだろうと考えるとき、帰りの船が豊太郎たちは二等と、天方伯と等級を変えているところを見ると、秘書官だけは大臣の部屋のすぐそばで、ほかの随行員たちは、数階上の、二階よりは質素な造りの部屋であったと想像できる。

実際の山縣有朋の欧州訪問には、賀古の他に六名が随行していた。

欧州訪問の目的は、「国防と地方政治の実況視察」であり、内務省から古市公威二等技師、中山寛六郎秘書官、荒川邦蔵参事官の三氏、陸軍省より小坂歩兵少佐、中村歩兵少佐、賀古一等軍医の三氏が派遣され、フランスに留学中だった都筑《つづき》馨六《けいろく》が現地で合流した。そしてこの視察団もカイザーホーフに宿泊している。しかし、山縣の秘書官は中山であり、相沢のモデルである加古は随行員のひとりに過ぎない。📖17・73

鷗外はこのときすでに帰国しており、「舞姫」に書かれた描写は、賀古から聞いた話が基になっていると思われるが、鷗外自身も留学中に陸軍大将・大山巌に謁見すべくこのホテルを訪ねている。部屋にたどり着くまでの細やかな描写は、自身の体験が大いに活かされているのだろう。

## 豊太郎の徘徊ルート

ロシアへの随行から戻った数日後。天方伯からの信頼を勝ち取った豊太郎は、ともに帰国することを打診され、エリスと事前に話し合うことなく、その場で快諾してしまう。そのことを、ホテルを出てから思い悩み、町を徘徊する。では豊太郎は、どのルートをさ迷い歩いたのだろう。

要点

○ホテルを後にする頃には非常に動揺していた
○方角もわからなくなるほど思いつめ、馬車の御者に叱責されては驚いて飛び退いた
○しばらくして気がつくと、ティアガルテンの森の脇にいた
○倒れ込むかのように道沿いの腰掛に身を寄せた
- 熱と頭痛のする頭を背もたれに乗せたまま数時間を過ごした
- 激しい寒さに目覚めると雪が降りしきり帽子や肩に雪が積もっていた
- 時刻はもう深夜十一時を回っていた

○カール通りから来る鉄道馬車の線路も雪に埋もれていた

97　苦悩の豊太郎　徘徊マップ①

○ブランデンブルク門のそばのガス灯も寂しい光を放っていた
○凍えた足を両手でさすって何とか歩き始めた
○ウンター・デン・リンデンの賑やかさも記憶にない
○クロースター通りまで戻ったときには夜中を過ぎていた
○屋根裏の窓にはまだ明かりが灯っていた

帰宅するには、来たときのように辻馬車を使うか、ホテル南側の馬車鉄道の停留所に向かうか、徒歩で帰るなら、ホテルを出て右手に進み、北東方向へとジグザグにケーニヒ通りを目指すべきだが、動揺した豊太郎は、気がつくと全く違う方向のティアガルテンの森の脇にいた。無意識にホテルの左手ある日本国公使館のほうへと向かってしまい、そのまま通り過ぎ森に入っていったのだろうか。

雪が積もっている線路が、カール通りから来る鉄道馬車の路線だと表現できるのは、土地勘がある鷗外だからこそ。カール通り周辺は、ベルリン生活スタート時に借りていた第一下宿にも近く、留学仲間も多く下宿する、通い慣れた場所である。

そしてこの路線が森の脇を走り、ブランデンブルク門のそばのガス灯が見える場所は、ティアガルテン広しと言えども限定され、豊太郎が座り込み、雪の吹きすさぶ中、意識を失ったまま過ごした場所を推定することができる。97

ブランデンブルク門の畔で寂しい光を放っていたのは、このガス灯（📷98）。一八九〇年頃に撮られたものであるから、まさに鷗外の記憶に残る光景だろう。

このシーンは創作部分であり、実際の鷗外はこの頃すでに帰国しているが、冬の厳しいドイツに四年滞在し、雪の降り注ぐ中のガス灯も何度も見ているはず。あるいはまさしくある冬に見たこのガス灯の灯が鮮明に記憶に残っているのかもしれない。この画像には、手前に鉄道馬車の線路も見える。

📷98　ブランデンブルク門　ティアガルテン側
寂しき光を放っていたというガス灯も。

凍えた足を両手でさすってなんとか歩き始めた豊太郎。ウンター・デン・リンデンの賑やかさの記憶はなく、自宅に戻るまで一時間以上もかかっていることから、辻馬車を拾うこともなく、普段以上の時間をかけて、のろのろと、さ迷いながら帰ったことが窺える。

思いつめて歩いた道のりを厳密に割り出すことはできないのでその範囲を示し、ブランデンブルク門をくぐってからの帰宅は、ガルニゾン教会のはす向かいの家屋を前提に、そのルートを辿ると図のようになる。📷99

📷99　苦悩の豊太郎　徘徊マップ②

## もしもエリスも一緒に日本に帰ったら…その旅費はいくら？

「舞姫」読者の多くが感じる、そこまでの愛があるならなぜ豊太郎はエリスを日本に連れて帰らなかったのかという疑問。最初から共に帰国する可能性についてエリスと話し合っていたなら、エリスが裏切られたと絶望し発狂することもなかったし、法的にはエリスが日本に来ることも何ら問題なく、実際にエリスのモデルである鷗外の恋人は、鷗外の帰国に合わせて来日している。ここは鷗外の小説家としての創意工夫がなされた点。

では、エリスも日本に行く場合、その旅費はどれほどだったのだろう。📷100

ドイツから日本への便は、ブレーメン港からでており、ブレーメン／横浜間の船賃は、一等室一七五〇マルク、二等室一〇〇〇マルク、三等室四四〇マルクだった。📖25

船内は、一等および二等は個室で、三等は大部屋。等級によって使用できる食堂やサロン、甲板が分けられていた。

ブレーメン港から横浜港までの航海日数は五十三日間。どのクラスも三度の食事は船賃に含まれ、水やワイン、ビールなどの飲料は別途注文となっている。

当時の貨幣価値としては、「独逸日記」一八八五年八月二十三日条に「約五百マルク（百二

## für Ostasien. 東アジア航路 運賃表

出港地　　　　通貨:マルク

| Aden Mark | Colombo Mark | Singa-pore Mark | Hong-kong Mark | Shang-hai Mark | Yoko-hama Mark | Hiogo Mark | Nagasaki Mark |
|---|---|---|---|---|---|---|---|
| 860 | 1100 | 1350 | 1550 | 1750 | 1750 | 1800 | 1880 |
| 600 | 650 | 800 | 900 | 1000 | 1000 | 1050 | 1110 |
| 220 | 240 | 340 | 390 | 440 | 440 | 450 | 470 |
| 810 | 1050 | 1300 | 1500 | 1700 | 1700 | 1750 | 1830 |
| 560 | 620 | 760 | 875 | 1000 | 1000 | 1030 | 1090 |
| 200 | 220 | 330 | 380 | 430 | 430 | 440 | 460 |
| 760 | 1000 | 1260 | 1460 | 1660 | 1660 | 1710 | 1780 |
| 510 | 570 | 700 | 800 | 900 | 900 | 1000 | 1050 |
| 190 | 210 | 320 | 370 | 420 | 420 | 430 | 450 |
| 760 | 1000 | 1260 | 1460 | 1660 | 1660 | 1710 | 1780 |
| 510 | 570 | 700 | 800 | 900 | 900 | 1000 | 1050 |
| 190 | 210 | 320 | 370 | 420 | 420 | 430 | 450 |
| 560 | 1000 | 1200 | 1400 | 1600 | 1600 | 1675 | 1750 |
| 330 | 570 | 700 | 800 | 900 | 900 | 980 | 1030 |
| 140 | 200 | 300 | 350 | 400 | 400 | 420 | 440 |
| 500 | 1000 | 1160 | 1360 | 1560 | 1560 | 1635 | 1720 |
| 300 | 570 | 640 | 740 | 840 | 840 | 950 | 1020 |
| 130 | 200 | 290 | 340 | 390 | 390 | 410 | 430 |
| | 600 | 800 | 1000 | 1200 | 1240 | 1320 | 1410 |
| — | 350 | 470 | 570 | 700 | 720 | 770 | 850 |
| | 150 | 200 | 250 | 300 | 310 | 330 | 350 |
| 600 | | 360 | 680 | 920 | 960 | 1040 | 1140 |
| 350 | — | 210 | 400 | 540 | 560 | 610 | 690 |
| 150 | | 100 | 170 | 230 | 240 | 260 | 290 |
| 800 | 360 | | 320 | 560 | 600 | 680 | 780 |
| 470 | 210 | — | 190 | 330 | 350 | 400 | 460 |
| 200 | 100 | | 100 | 140 | 150 | 170 | 200 |
| 1000 | 680 | 320 | | 240 | 320 | 400 | 500 |
| 570 | 400 | 190 | — | 150 | 190 | 230 | 300 |
| 250 | 170 | 100 | | 75 | 90 | 100 | 125 |
| 1200 | 920 | 560 | 240 | | | | |
| 700 | 540 | 330 | 150 | — | | | |
| 300 | 230 | 140 | 75 | | | | |
| 1240 | 960 | 600 | 320 | | | | |
| 720 | 560 | 350 | 190 | | — | | |
| 310 | 240 | 150 | 90 | | | | |
| 1320 | 1040 | 680 | 400 | | 150 | | |
| 770 | 610 | 400 | 230 | | 100 | — | |
| 330 | 260 | 170 | 100 | | 50 | | |
| 1410 | 1140 | 780 | 500 | | 400 | 250 | |
| 850 | 690 | 460 | 300 | | 240 | 150 | — |
| 350 | 290 | 200 | 125 | | 100 | 75 | |

注）完全な往復ではなく、巡回式の寄港
アジア行き：上海 → 横浜 → 兵庫（神戸） → 長崎
欧州行き：横浜→ 兵庫（神戸）→ 長崎 → 上海 →

北ドイツ・ロイド社の蒸気船 **Tarif der Ueberfahrtspreise**

| 行き先 Nach | | Von: Bremen Mark | Antwerpen oder Southampton Mark | Genua Mark | Brindisi Mark | Port Said Mark | Suez Mark |
|---|---|---|---|---|---|---|---|
| Bremen ブレーメン | 1等 I. Cl. | | 60 | 200 | | 400 | 440 |
| | 2等 II. Cl. | — | 40 | 120 | — | 240 | 260 |
| | 3等 III. Cl. | | 30 | 50 | | 100 | 110 |
| Antwerpen oder Southampton アントワープ 又は サウサンプトン | I. Cl. | 60 | | 175 | | 350 | 390 |
| | II. Cl. | 40 | — | 110 | | 200 | 230 |
| | III. Cl. | 30 | | 45 | | 90 | 100 |
| Genua ジェノヴァ | I. Cl. | 200 | 175 | | | 250 | 290 |
| | II. Cl. | 120 | 110 | — | | 180 | 210 |
| | III. Cl. | 50 | 45 | | | 75 | 85 |
| Brindisi ブリンディジ | I. Cl. | | | | | 240 | 280 |
| | II. Cl. | — | — | | — | 175 | 200 |
| | III. Cl. | | | | | 70 | 80 |
| Port Said ポート・サイド | I. Cl. | 400 | 350 | 250 | 240 | | 80 |
| | II. Cl. | 240 | 200 | 180 | 175 | — | 50 |
| | III. Cl. | 100 | 90 | 75 | 70 | | 30 |
| Suez スエズ | I. Cl. | 440 | 390 | 290 | 280 | 80 | |
| | II. Cl. | 260 | 230 | 210 | 200 | 50 | — |
| | III. Cl. | 110 | 100 | 85 | 80 | 30 | |
| Aden アデン | I. Cl. | 860 | 810 | 760 | 760 | 560 | 500 |
| | II. Cl. | 600 | 560 | 510 | 510 | 330 | 300 |
| | III. Cl. | 220 | 200 | 190 | 190 | 140 | 130 |
| Colombo コロンボ | I. Cl. | 1100 | 1050 | 1000 | 1000 | 1000 | 1000 |
| | II. Cl. | 650 | 620 | 570 | 570 | 570 | 570 |
| | III. Cl. | 240 | 220 | 210 | 210 | 200 | 200 |
| Singapore シンガポール | I. Cl. | 1350 | 1300 | 1260 | 1260 | 1200 | 1160 |
| | II. Cl. | 800 | 760 | 700 | 700 | 700 | 640 |
| | III. Cl. | 340 | 330 | 320 | 320 | 300 | 290 |
| Hongkong 香港 | I. Cl. | 1550 | 1500 | 1460 | 1460 | 1400 | 1360 |
| | II. Cl. | 900 | 875 | 800 | 800 | 800 | 740 |
| | III. Cl. | 390 | 380 | 370 | 370 | 350 | 340 |
| Shanghai 上海 | I. Cl. | 1750 | 1700 | 1660 | 1660 | 1600 | 1560 |
| | II. Cl. | 1000 | 1000 | 900 | 900 | 900 | 840 |
| | III. Cl. | 440 | 430 | 420 | 420 | 400 | 390 |
| Yokohama 横浜 | I. Cl. | 1750 | 1700 | 1660 | 1660 | 1600 | 1560 |
| | II. Cl. | 1000 | 1000 | 900 | 900 | 900 | 840 |
| | III. Cl. | 440 | 430 | 420 | 420 | 400 | 390 |
| Hiogo 兵庫(神戸) | I. Cl. | 1800 | 1750 | 1710 | 1710 | 1675 | 1635 |
| | II. Cl. | 1050 | 1030 | 1000 | 1000 | 980 | 950 |
| | III. Cl. | 450 | 440 | 430 | 430 | 420 | 410 |
| Nagasaki 長崎 | I. Cl. | 1880 | 1830 | 1780 | 1780 | 1750 | 1720 |
| | II. Cl. | 1110 | 1090 | 1050 | 1050 | 1030 | 1020 |
| | III. Cl. | 470 | 460 | 450 | 450 | 440 | 430 |

📷100　ドイツ蒸気船　日独間運賃表

十五円)」と記されているので、これを基に円換算すると、一等船室は四三七円、二等は二五〇円、三等は一一〇円となる。

当時の物価は、ガイドブック「ベデカー」一八八七年版によると、ビール酒場での一リットルジョッキのビールと、カフェで飲むコーヒーがどちらも五十ペニヒ。辻馬車ドロシュケの初乗り料金が一等車で一マルク、二等車で六十ペニヒ。国立歌劇場の観劇は二〜九マルク、カイザーパノラマ二十ペニヒ。鷗外のライプツィッヒの下宿は、部屋代が月四十マルクで、昼・夕の食事や暖房費、洗濯代などを合わせて月一〇〇マルクを別途支払っていた。また鷗外の上司の石黒は、ベルリン滞在中に月々一二五マルクの家賃を支払っていた。

### コーヒーブレイク

船の中の様子はレオナルド・ディカプリオ主演の映画『タイタニック』で見ることができる。もちろんタイタニック号はそれまでに類を見ない大型豪華客船として造られたので、エリーゼの乗った船も鷗外のそれも、船内の造りや調度品にそこまでの豪華さはなかったが、船内で乗り合わせた者同士が数十日を過ごす雰囲気を十分に感じることができる。また現在流行している豪華客船クルーズも、等級分けや相部屋はないが、乗客は誰でも一等船客の過ごし方を味わうことができ、食事は船賃に含まれ、ワインやビールなどの飲料は別途注文というシステムは変わらない。

［第5章］

# 迷わない「舞姫」

――これまでのモヤモヤをスッキリ整理――

第4章までは、「舞姫」をひとつの小説として楽しむためのあれこれをまとめてきました。本章では、「舞姫」執筆当時の鷗外自身の背景にも焦点を当て、「舞姫」を深く読み解いていきます。

## 「舞姫」は創作か実話か

「舞姫」には鷗外の体験が投影されている。それはドイツ留学を果たした鷗外が垣間見た日常の風景だけでなく、自身の恋愛体験も含まれる。その恋も悲恋に終わり、鷗外自身もまた、心の整理をつけるために執筆していることから、この物語は悲恋をもって幕を閉じなければならなかった。

しかしながら書かれている事柄のすべてが事実ではない。いくつもの創作部分が織り込まれ、純文学作品として仕上がっている。

鷗外にも留学中にベルリンで知り合った恋人がいた。その恋も悲恋に終わったが、実際の鷗外は留学中に免職されていないし、恋人も発狂していない。それどころか鷗外と結婚すべく、鷗外の帰国に合わせて来日している。

鷗外自身が恋人について直接的に語ったものは少ないが、それらの言葉と周辺人物の回想をつなげると、当時の様子を立体的に感じ取ることができる。

　舞姫。小なる人物の小なる生涯の小なる旅時の一里塚なるべし。

　これは一九〇五年、鷗外四十三歳のときに出版された作品集『改訂水沫集』の序文の中に記された一文。

　これによって、小説「舞姫」と鷗外の人生との関係を窺い知ることができる。執筆直後の様子については、鷗外の妹・喜美子が詳しく回想している。

　　年の暮近く私が千住の家へ行って居ます時、叔父さんが車で上野の家からかけつけて、私の居るのを見て「来て居たのか丁度よかった」、「何かあったのですか。」心配そうな顔を見て笑いながら「何、あの舞姫の事を今度兄さんがお書きになったから、まっ先に皆に聞せて呉れというお使いに来たのですよ、お父さんは往診の御留守だって、じゃああとにして、さあさあ集まって下さい。勧進帳もどきに読み上げるから」、何でも芝居掛りになるのはいつもの癖でした。

「石炭ははや積み果てつ中等室の卓のほとりはいと静にて熾熱燈の光の晴れがましきもやくなし。」中音に読み初めたのを、誰も誰も熱心に聞いて居ました。だんだん進む中、読む人も情に迫って涙声になります。聞いている人達も、皆それぞれ思う事は違っても、記憶が新しいのと、其文章に魅せられて鼻を頻にかみました。「嗚呼相沢謙吉の如き良友は世に又得難かるべし、されど我脳裡に一点の彼を憎む心は今日までも残れりけり。」読み終わった時は、誰も誰もほっと溜息をつきました。暫く沈黙の続いた後、「ほんとによく書けて居ますね」といい出したのは私でした。お祖母様はうなづきながら、「賀古さんは何と御言いになるだろう」、「何昨夜見えたので読んで聞せたら、己れの親分気分がよく出て居るとひどく喜んで、ぐずぐず蔭言をいう奴等に正面からぶつつけてやるのはいい気持だ。一つ祝い酒をご馳走になろうと又夜が更けました」。📖60

実家でのそれぞれの捉え方が浮き彫りになっており、かなりの臨場感がある。このときの状況を整理して書き出すと次のようになる。

◎「舞姫」発表は鷗外にとって、事前にその内容を実家に知らせておかなければならないほどの重大な意味を持つ行為だった。

◎鷗外と同居する弟が実家に顔を出しただけで家族に心配されるほど、鷗外は何かの問題を抱えていた。

◎「舞姫」が鷗外自身の体験を基に書かれた作品であることを家族全員が認識していた。

◎鷗外の恋愛に対して、家族それぞれ異なる意見を持っていた。
◎相沢謙吉のモデルが鷗外の親友・賀古鶴所であることを、家族も賀古本人も認識していた。
◎創作部分が組み込まれているとはいえ、家族の誰もが涙ぐむほど二人の恋愛に即した内容だった。
◎相沢謙吉の態度が賀古そのものであると賀古自身も認識していた。
◎鷗外の恋愛の顛末についてウワサする者が大勢いた。

鷗外がこのとき抱えていた、家族に心配されるほどの問題については第6章にて（286）。

これらの内容から、「舞姫」の主人公・太田豊太郎と同じく、著者である鷗外にもまた、受け入れ難い現実を抱え、自身の力では消化できなかった悔恨の念が、執筆の原動力となっていることを窺い知ることができる。

　しかしこの物語は、脳裏に一点だけ親友を恨む気持ちが残っているという一文で締めくくられ、完結している。問題が提議されたわけではなく、解決をそこに求めてもいない。ただひとつ心に残る無念の思い、恨みの気持ちを吐露するために、この壮大な物語は描かれ、書き出すことで、踏ん切りをつけて立ち直ろうとしている。

「舞姫」は処女作であり前例がないが、鷗外のその後の作品にも、気持ちの整理をつけるために書いたと思われるものがあり、後年に再婚した妻・志げにも、同じ趣旨で小説を書くことを勧めている。

そして恋人の来日が結婚を前提にしたものであったことは、鷗外四十九歳の時に文芸誌に寄稿した随想「妄想」から窺い知ることができる。

これは千葉県に建てた別荘に出かけ、晩年を迎えていると自覚した鷗外が、近くの砂浜から海を眺めながらベルリンでの日々を回想する内容で、帰国した時の様子を次のように綴っている。

> 自分は失望を以て故郷の人に迎へられた。それは無理もない。自分のやうな洋行帰りはこれまで例の無い事であつたからである。これまでの洋行帰りは、希望に輝《かがや》く顔をして、行李の中から道具を出して、何か新しい手品を取り立てて御覧に入れることになつてゐた。自分は丁度その反対の事をしたのである。📖48

帰国者は誰でも珍しい土産を持ち帰っては故郷の家族を大いに喜ばせるが、鷗外は土産として花嫁を連れ帰り、逆の結果をもたらしてしまったという、自虐に満ちた書き味になっている。

鷗外の実家の人々は、恋人の来日を知ってすぐさまガッカリしたわけではなく、その背景には様々な人間関係が絡みあっている。鷗外も遊び半分の気持ちで恋人を連れ帰ったわけではなかったから反対されたことに対し抵抗し、前述の妹・喜美子の回想にも書かれているように、世間の噂にもなるような騒動へと発展した。

なお、決定的な別離は相沢／賀古の言動が原因だが、来日した恋人を鷗外の気持ちを無視して無理やり帰国させたのは親であり、すべきではない過ちだったと、後年に鷗外の母親は後悔の念を語っている。📖17・18

## 「舞姫」はいつ書かれたか

シンプルなようで意外に難しい問いがこれ。「いつ」をどうとらえるかによって答えも違ってくる。

### ◆主人公によっていつ書かれたか

「舞姫」の主人公・太田豊太郎が、自身の身に起きたことを書き出したのは、日本へと帰る船の中で、一八八九年三月上旬。

それは次のポイントから推定することができる。

◎一八八九年の新年を迎え、三が日が過ぎた頃に天方伯のほうから連絡があり、ホテルへと招かれた。

◎面談の場で帰国を打診され、快諾してしまったことで後悔の念に苛まれ、帰り道に町を徘徊し、発熱して気を失った。

◎意識不明のまま数週間が経ち、意識を取り戻したときにはエリスは発狂していた。

◎しばらくの看護ののち帰国の途に着いた。

大臣は帰国の打診をするために豊太郎を招いているので、その帰国予定日は数週間からせいぜいひと月後に迫ってのことだと思われる（それ以降の日取りなら、わざわざ使いをやって呼び出さなくとも、豊太郎の次の訪問時でも十分だっただろう）。また、大臣らに随行しての帰国であるから、エリスを看病する豊太郎のために大臣一行が帰国日を延ばすこともありえない。

これらの要素を総合すると、大臣一行の帰国は一月末か二月初旬だったと考えられる。この時期にベルリンを発って鉄路でイタリアを目指し、ブリンディジの港から船に乗り込むのは二月中旬。サイゴンまでの航海は二十日以上かかるので、主人公・豊太郎によって「舞姫」が書かれたのは、一八八九年三月上旬ということになる。

## コーヒーブレイク

賀古が随行した山縣率いる欧州使節団はアメリカ経由で帰国したので、「舞姫」に書かれている航路を辿っておらず、サイゴンにも停泊していない。📖19

サイゴン経由で帰国したのは鷗外自身で、一八八八年七月二十九日にフランス・マルセイユから蒸気船アヴァ号に乗り込み出航し、サイゴンには八月二十五日に到着した。その日は市内に行ったようで、雨が降り、夜は蚊に悩まされたと日記に記している。翌二十六日は同地に停泊したとだけ書かれ、翌日二十七日朝に出航しているので、この日の様子が小説のモチーフになっているのかもしれない。📷23・101

### ◆作者によっていつ書かれたか

鷗外が「舞姫」を執筆したのは、一八八九年十一月中旬。
それは次のポイントから推定することができる。

◎相沢および天方伯のモデルである賀古と山縣が帰国したのは、一八八九年十月二日。📖19
◎執筆期間は一週間ほどであったと鷗外が寄稿文に書いている。📖51
◎書き上がったばかりの原稿が実家で読み上げられたのは十一月下旬と妹・喜美子が回想している。📖60

◎発表されたのは翌年一月三日発売の文芸誌上。📖60

「舞姫」には賀古のドイツ滞在中の体験が活かされており、また、「舞姫」執筆の動機となるやり取りが鷗外／賀古間にあったはずであるから、執筆開始は、賀古が帰国してしばらく経ってからと考えられる。

また、現存する最も古い原稿「草稿」には、誌面上の体裁についての指示が記されていることから、下書きではなく、出版社への提出用に清書されたものであることが明らか。しかしながら、「相沢謙吉」と書かれた箇所には、読んでいて賀古と分かるような名から訂正された痕跡もないことから、実家で読み上げたのは下書きで、そののちに筆で清書されたものと思われる。草稿上に見られる訂正箇所は、おそらく編集者とのやり取りによって行われたもので、その後、ゲラが作成されたのだろう。

出版社は数週間前には校了し、印刷所に回っていなければならないことも合わせて逆算すると、鷗外による執筆時期は遅くとも一八八九年十一月中旬でなければならないことが分かる。

### コーヒーブレイク

鷗外は、日頃は鉛筆を使って書き物をした。編集者・中村武羅夫が、鷗外を自宅に訪ねたときの書斎での執筆風景を、「鉛筆でさらさらと書いて行くのであった」と回

想し、「鉛筆は二十本ばかりも丁寧に削って、かたわらの四角な塗り盆の中に揃えてあった」とも書き添えている。📖05

「舞姫」は、東京の自宅の書斎で書かれた。上野動物園のすぐそばで、二〇二一年秋まで水月ホテル鷗外荘があり、その中庭に当時の家屋が残っていた。

「裏二階の書斎で、不忍池は間にある家の木立でちらちらしか見えませんが、上野の森の傍らですから夜は寂しい位静かでした。周りに高い建物もなく、夏などは明け放すとよい風のはいる部屋でした」と、妹・喜美子が回想している。📖60

### ◆この作品は、いつ（のことが）書かれたか

「舞姫」文中には、豊太郎のドイツ到着日についての言及はないが、初めてベルリンの中心に立った時の感動や日常の様子が描写されたあとに、「かくて三年ばかりは夢の如くにたちしが」と記され、エリスとの出会いへとシーンが進む。

また、同居を始めてからヴィルヘルム一世の崩御があり、「明治二十一年の冬は来にけり」といったキーワードも見られる。

また「舞姫」は鷗外自身の体験が基になっているので、それらの情報から計算すると、豊太郎の到着は一八八四年十月で、帰国は一八八九年一月末か二月初旬。豊太郎が船の上でしたた

めた「その概略《あらまし》」は、豊太郎のベルリン滞在期間である四年半の間に起きたことで、そのうちメインテーマであるエリスとの交際期間は、一八八七年秋から帰国までの一年半ほどということになる。

このように「舞姫」は、

①「一八八四年秋から一八八九年初旬までのベルリン滞在中の豊太郎の身に起きたこと」を、

②「一八八九年三月上旬にサイゴンに停泊中の船の中で回想しながら綴る」という物語であり、

③それは、「一八八四年秋〜一八八八年初夏までドイツに滞在した鷗外」が、その帰途の船上でもなく、帰国直後でもなく、

④「帰国して一年以上経った一八八九年の冬に東京の自宅で執筆した」という、複雑な構造によって成り立っている。

豊太郎が初めて立ったウンター・デン・リンデンの景観を実に臨場感豊かに、鮮やかなまでに描き出すことができたのは、帰国して改めて当時を振り返る＝吟味するに十分な時間があったから。それらを踏まえて「舞姫」を読み返すと、なぜ男性が軍服姿で歩いているのか、着飾った少女たちがなぜパリの影響を受けていると表現できるのか……などなど、初めてその場所に立った者には分からない要素がふんだんに織り込まれていることに気がつく。

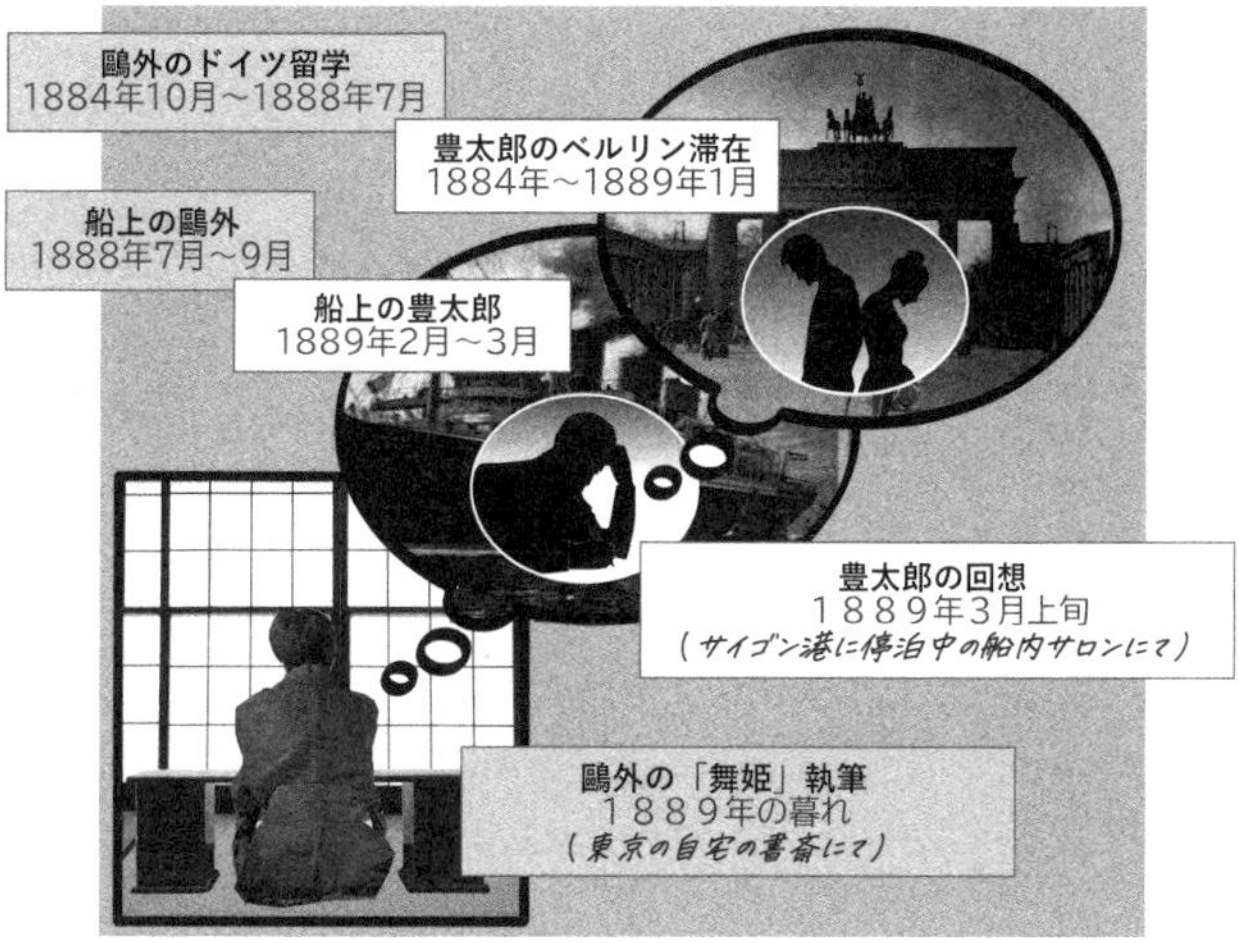


101　「舞姫」執筆三時代

そしてしっかり認識しておきたいのは、森鷗外がこの小説を書いたのは、ドイツ留学から帰る途中ではなく、帰国直後（来日した恋人を帰国させ、それが最期の別れとなった）でもなく、それから一年以上も経った、帰国した翌年の暮れであったということ。

## 「舞姫」は何を書いた作品か

「舞姫」の主題は何か。文中に書かれた主題はひとつだが、視点を変えると実に様々な捉え方ができる。

### ◆恨みの書

「舞姫」の本来の主題。

日本へと帰る船の上で「痛み」に苦しむ主人公。それはある「恨み」に起因するのだと本人も気づいている。他の恨みごとなら、詩に書くなりすれば気持ちも晴れるかもしれないが、今抱えているこの「恨み」は、あまりに深く心に刻まれている。とはいえ、今夜は船の中で一人で夜を過ごすので、いったい何があったのかをノートに書き出してみよう……と、ベルリンでの出来事が語られ始める。

それは恋の物語だが、楽しい思いとは裏腹に試練が試練を生み、これまで豊太郎にとって重要だったもの、大切だったことが、負の連鎖として順に豊太郎から引き剥がされてゆく。そしてとどめの悲劇が豊太郎を襲い、無念のままの帰国となる。

それらの一部始終を書き起こした「舞姫」の物語は、「嗚呼、相沢謙吉が如き良友《りょうゆう》は世にまた得がたかるべし。されど我が脳裡《のうり》に一点の彼を憎《にく》むこころ今日までも残れりけり」と、親友に対する恨みの気持ちの吐露をもって幕を閉じる。

日ごろ親身になって支えてくれる、素晴らしい友であることは十分承知している。天方伯からの帰国の打診に快諾してしまった自身の心の弱さについても自覚している。それでも許せないことがただ一つだけあった。

それは、豊太郎が意識不明になっている最中に、親友がエリスに豊太郎の帰国を告げたこと。それによってエリスは深く傷つき発狂してしまい、豊太郎は自身の意思と言葉でエリスと話し合うができないまま別れることになってしまった。

エリスの精神を殺してしまった相沢の不注意な言動に関してだけは納得がいかず、それが憎む思いとして未だに残っている、と書かれている。

そのことから「舞姫」は、主人公が人知れず抱えていた思いを告白する物語であり、その思いとはすなわち「恨み」の感情であり、「恨みの書」といえる。

### ◆光と影

「舞姫」は、豊太郎とエリスの恋の物語だが、この二人のキャラクターに始まり、描写のどれもが対照的に置かれている。

| 豊太郎 | エリス |
|---|---|
| エリート留学生 | 下町の娘 |
| 華やかな通り、ウンター・デン・リンデン | 雑居地区、古《アルト》ベルリン |
| 法学者＝誰もが一目置く職業 | 踊り子＝（当時は）誤解されやすい職業 |
| 国費留学の裕福さ | 身内の葬儀も出せないほどの貧しさ |
| 愛読書は哲学書 | 愛読書は低俗な貸本 |

常に成績優秀で、立派な社会人になった太田豊太郎が、官の命によりドイツへ留学し、初めてベルリンの街に立ったときの描写、それがウンター・デン・リンデンの光景。

それとは正反対であるのが、雑居地区である「古《アルト》ベルリン」で、ここが踊り子エリスの日常の世界。

「ウンター・デン・リンデン」を「光」に例えるならば、「古《アルト》ベルリン」は「影」。

そのことから「舞姫」は、光の存在であるエリート留学生、太田豊太郎と、影の存在である踊り子エリス、光の象徴の「ウンター・デン・リンデン」と、影の象徴の「アルト・ベルリン」と、光と影を見事なまでに対比させつつ、心の内面に迫る作品と言うことができる。

### ◆恋愛と功名と両立せざる人生の境遇

のちに「舞姫論争」と呼ばれることになった、文芸評論家・石橋忍月と鷗外の間で交わされた「舞姫」に関するやりとりがある。忍月が「気取半之丞」の筆名で鷗外に宛てた公開質問状を発表したのが事の始まり。忍月は、その中で、「舞姫」の主題は「恋愛と功名と両立せざる人生の境遇」であると書いた。

「舞姫」発表の翌月に公表されたものであるから、これが第三者による最も古い文学的見解と言えるだろう。忍月の主張は次項を参照。

## 「舞姫」は何が言いたい作品か

「恨みの書」として書かれた「舞姫」。結局、鷗外はここで何が言いたかったのか。

これも前述の忍月との間の「舞姫論争」の中に、鷗外の思いを垣間見ることができる。

忍月は、主人公・豊太郎は可憐な舞姫との愛情を断ち切り、罪のない彼女にひどい仕打ちをし、もてあそび、彼女を精神的に殺すに至った。けれどもこの人物の性格を見ると小心者で愛情深い。そのことを考えると、豊太郎の行動は矛盾しているといった批判がある。豊太郎の性格から考えると、功名を捨てて愛を取るべきだったと確信するとも書き添えられている。

「舞姫」にはエリスの精神を殺したのは親友の言葉であると明記されているから、誤解（または早とちり）が含まれていることになるが、これに対して鷗外は、次のように答えている。

> 太田は弱し。其大臣に諾したるは事実なれど、彼にして家に帰りし後に人事を省みざる病に罹ることなく、又エリスが狂を発することもあらで相語るをりもありしならば、太田は或は帰東の念を断ちしも亦知る可らず。📖50

現代の言葉に置き換えると、「豊太郎は弱い人間で、大臣に帰国を承諾したことも事実ではあるが、もし彼が意識不明になるまでの病に罹ることもなく、エリスが発狂することもなく話しあうことができたなら、豊太郎はあるいは帰国を断念していたかもしれない」という意味だ。「恨み」の対象は、「エリスを発狂させるに至った親友の不注意な言動」だが、その裏には、当事者同士で話し合って今後のことを決めたかった、たとえそれが「別離」を選ばざるをえなかったとしても、二人で話し合って決めたかったという意思を感じ取ることができる。

本書は「恨みの書」であり、同時に、なぜ「恨みの書」を書こうとしたのか、豊太郎の心のうちを示すための意思表明と捉えることもできる。

## 登場人物と実在人物

「舞姫」の登場人物は、相沢謙吉を除いて、どれも実在人物の名前とよく似ている。ざっと書き出すと次の通り。

主人公……　太田豊太郎▼森林太郎

ヒロイン……　エリス・ワイゲルト▼エリーゼ・ヴィーゲルト

エリスの父……　エルンスト・ワイゲルト▼エルンスト・ヴィーゲルト（仮）

ヴィクトリア座支配人……　シャウムベルヒ▼シェーレンベルク

大臣……　天方伯▼山縣伯（山縣有朋）

豊太郎の親友……　相沢謙吉▼賀古鶴所

**主人公……　太田豊太郎▼森林太郎**

森鷗外はペンネームで、鷗外の本名は森林太郎。

「舞姫」が初めて掲載された「国民之友」誌においては、「鷗外森林太郎」と、本名も付けられていた。その後、再掲された「国民小説」誌では、「鷗外」とだけ書かれ、一八九二年刊の鷗外の作品集『美奈和集《みなわしゅう》』では「鷗外漁史《おうがいぎょし》」を名乗り、一九〇五年刊の作品集『塵泥《ちりひじ》』にて初めて「森鷗外」になった。

上司の日記に鷗外を指して「多木子」と書かれた箇所も見られ、「森林太郎」の名にはやたらと木が多いというイメージは定着していたのだろう。

こういった背景からも、木が豊かな「森・林太郎」に対し、田が豊かな「太田・豊太郎」とひとひねり加えた名が主人公の名前に充てられたのは理解しやすい。

■主人公・豊太郎と著者・鷗外の相違点

●共通点、▲類似点、✖異なる点

| 比較 | 項目 | 太田豊太郎 | 森鷗外 |
|---|---|---|---|
| ▲ | 名前 | 太田豊太郎 | 森林太郎（本名） |
| ● | 幼少期 | 厳しい家庭教育を受けて育った | |
| ✖ | 父親 | 早くに死去 | 健在 |
| ● | 成績 | 成績は常にトップクラス | |
| ✖ | 兄弟 | 一人っ子 | 四人弟妹の長男 |
| ● | 学歴 | 十九歳で大学卒業 | |
| ● | 就職先 | 入省（某省） | 入省（陸軍省） |
| ✖ | 実家 | 生まれ故郷 | 故郷を引き払い東京に移住 |
| ● | 渡航の任務 | 調査（ある実務） | 調査（陸軍の医事） |
| ✖ | 渡航時の母親の年齢 | 五十歳を越えていた | 三十七歳の若さだった |
| ▲ | 滞在地 | ベルリン | ベルリンおよびドイツ三都市 |
| ▲ | 滞在中の身分 | 留学生（法学） | 留学生（医学・軍医） |
| ✖ | 性格 | 人付き合いが苦手 | 交友も多く信望も厚かった |

| | | | |
|---|---|---|---|
| ✖ | 任務遂行 | 免官された | 任期・任務を全うし帰国 |
| ✖ | 大臣のベルリン訪問 | 豊太郎のベルリン滞在中 | 鷗外帰国の翌年 |
| ✖ | 帰国 | 一八八九年 | 一八八八年七月 |
| ● | 帰国時の様子 | 思い悩み、船内では体調不良を理由に部屋にこもることも | |

**ヒロイン……　エリス・ワイゲルト▼エリーゼ・ヴィーゲルト**

「エリス・ワイゲルト」をアルファベットで書くとElis Weigert。鷗外の恋人だった女性は「エリーゼ・ヴィーゲルト」で、アルファベット表記はElise Wiegert。

名は、“Elise《エリーゼ》”の“e”を取り、“Elis《エリス》”に。

姓は“Wiegert《ヴィーゲルト》”の“i”と“e”のスペルを入れ替えると“Weigert”となり、その発音は「ヴァイゲルト」。なお、鷗外が「ヴァイゲルト」を「ワイゲルト」と書いたのは、当時の習慣によるもので、実際には「ヴァ」と発音していた。

ドイツに「エリス」という名は存在しないので、日本語で発表するにあたっての造語といえる。しかし一九〇八年にベルリンで『東亜』誌に連載発表された「舞姫」の宇佐美濃守によるドイツ語訳も、一九一七年および一九三〇年に日本で発表された小池堅治によるそれも、エリスは、"Elise"《エリーゼ》となっている。鷗外存命中のことだから、鷗外の承認を得てのことだろう。

📖45・59

**■ヒロイン・エリスと鷗外の恋人の相違点**

●共通点、▲類似点、✖異なる点、？不明

| 比較 | 項目 | エリス | 鷗外の恋人 |
|---|---|---|---|
| ▲ | 名前 | エリス・ヴァイゲルト | エリーゼ・ヴィーゲルト |
| ✖（▲） | 年齢 | （見た目）十六、七歳（＊1） | 二十一歳 |
| ？ | 職業 | 踊り子（バレリーナ） | 不明（帰国後はお針子／帽子デザイナー） |
| ✖ | 父親 | 豊太郎と出会う前日に死去 | 少女時代に死去 |
| ？ | 家族 | 母娘の二人暮らし | 不明（妹の存在は確認。母親は再婚） |
| ✖ | 母親の年齢 | 額に貧苦の皺が刻まれた老女 | 四十二歳の若さ |
| ？ | 妊娠 | 妊娠する | 不明 |
| ✖ | 恋人の帰国時 | 発狂し取り残される | 鷗外の帰国に合わせて来日 |

＊1　草稿には「年は二十にはならざるべし」と書かれ、「十六、七歳」に訂正された。

**エリスの父……　エルンスト・ワイゲルト▼エルンスト・ヴィーゲルト（仮）**

エリーゼの父親はエルンストという名ではなく、エリーゼの少女時代に他界している。エルンストの名で合致するのは、エリーゼの妹の子ども。エリーゼが日本から帰国すべく船に乗っているときに誕生し、一八八九年六月六日に生後わずか七か月で死亡した。

「舞姫」が執筆されたのは一八八九年の晩秋。

鷗外がエリーゼとの手紙のやり取りの中で、妹の出産や、生まれた子の容体が思わしくないこと、また、その死について聞いていたとしたら、妹の赤ちゃんの名からの命名だったのかもしれない。

**ヴィクトリア座劇場長……　シャウムベルヒ▼シェーレンベルク**

座頭《ざがしら》は劇場長、監督、支配人を指す。

実在のヴィクトリア劇場の劇場長はシェーレンベルク。

「シャウムベルヒ」はアルファベットで書くと“Schaumberg”。鷗外は“g”の発音を「ヒ」にしているが、現代では「ク」であり、「シャウムベルク」となる。いっぽう、「シェーレンベルク」は、“Scherenberg”であり、ドイツ語スペルを少し変え、そこからカタカナを充てた様子が窺える。

**大臣……　天方《あまがた》伯▼山縣伯（山縣有朋《やまがたありとも》）**

「天方伯」や「天方大臣」と書かれている、「伯」は爵位の「伯爵」を、また、「大臣」は政府の官職を指す。

モデルである山縣も実際に伯爵の爵位を持ち、この時期、内務大臣を務めていた。（帰国の翌月に内閣総理大臣に就任）

文中では、免官された豊太郎がベルリンに残りエリスと暮らすが、エリスが悪阻で舞台に立てなくなり、生活が困窮し始めた頃に天方伯が欧州視察でベルリン入りし、豊太郎の親友の相沢健吉が大臣に随行してベルリンにやって来たというストーリーになっている。

実際の鷗外は予定通りに留学期間を終え、この時期すでに帰国しているが、山縣は鷗外の親友賀古を伴い欧州に訪れており、ベルリンにも滞在している。また、豊太郎が通訳としてロシアに出かけているが、この視察団もロシアに行っている。これらの旅程については賀古から聞いて知っていたのだろう。

**豊太郎の親友……　相沢謙吉《あいざわけんきち》▼賀《か》古《こ》鶴《つる》所《ど》**

「舞姫」物語唯一の謎の命名。

これまでのパターンとは異なり、「相沢謙吉」だけは実在人物の名前とまったく似ていない。しかし、賀古は鷗外の親友であり実際に山縣伯率いる欧米視察に随行しており、相沢のモデルが賀古であることは、鷗外の家族も認めている。238

全く異なる名前になったのは、「舞姫」が恨みの書として書かれ、その恨みは相沢に向けられていることから、おそらく最初は似た名前が充てられていたところが相沢謙吉に変えられたのだろう。

ちなみに鷗外の別の小説「ヰタ・セクスアリス」においては、賀古は「古賀鵠介《こくすけ》」という名で登場している。

なお、賀古は大学の同期だが七歳も年上で、鷗外は兄に接するかのような信頼を置き、その友情は生涯続き、賀古は鷗外の死に際して遺言の口述筆記を務めた。

## なぜ法律の学生と舞姫の設定なのか

豊太郎は法学生で、エリスは踊り子。

実際の鷗外は陸軍から派遣された、医学生としての留学だった。鷗外と出会った当時のエリーゼの職業は明らかになっていない。帰国後の職業はお針子であり、母親も妹も縫製の仕事に就いていたことや、また、鷗外の妹はエリーゼの帰国後に、鷗外の部屋にエリーゼ手製の刺繍入りハンカチ入れが置かれていたのを見ており、エリーゼのことを手先の器用な女性と形容していることから考えると、鷗外と出会った当初もお針子だったのかもしれない。しかしながら、劇場長の名が酷似していることを考えると、ヴィクトリア劇場と関係があったと思われ、本当にヴィクトリア劇場で踊っていたのかもしれないし、ヴィクトリア劇場の衣装部に勤務するお針子だったのかもしれない。

　当人たちの実際の職業はさておき、小説の中ではその設定を「医学生」と「お針子」にすることはできない事情がある。それは次の理由による。

「舞姫」が体験に基づいた物語であり、「我が脳裡《のうり》に一点の彼を憎《にく》むこころ今日までも残れりけり」の一文をもって締めくくられなければならなかった作品である以上、ハッピーエンドはありえない。

　ところが、登場人物を医学留学生とした場合、免官されても転職が可能である。病院に勤務することもできるし、状況が整えば開業も可能だ。また、エリスがお針子だった場合、妊娠しても仕事は変わらず続けることができる。

　となると生活苦から追い詰められていくという背景がなくなってしまい、天方大臣からの帰国の打診に思わず快諾してしまう豊太郎は、気まぐれな人間といった印象になってしまい、「運命に翻弄される苦悩の物語」という形が成り立たない。

　そのため、つぶしの効かない職業を選ぶ必要があった。法学と踊り子の設定はその意味で理想的な配役と言える。

## 「舞姫」都市伝説

いつか聞いたあの話は本当？　どこかで耳にした「舞姫」物語の解釈や鷗外の恋人に関する噂について、その誤解を解いていきたい。

### ○エリスはユダヤ人?!

「エリス＝ユダヤ人」説が話題になった時期があった。
その根拠は、
①エリスもエリーゼも典型的なユダヤ姓である。
②エリスはユダヤ人ゲットーに住んでいた。
いったもの。「舞姫」本文にも豊太郎とエリスが出会うシーンの古《アルト》ベルリン地区の描写に「頬《ほお》髭《ひげ》長き猶太《ユダヤ》教徒の翁《おきな》が戸前《こぜん》に佇《たたず》みたる居酒屋」と書かれていることも手伝った。

　しかし事実は異なる。
①については、ベルリン市内の「ヴァイゲルト／Weigert」姓の割合は、ユダヤ人、ドイツ

人、半々だったが、「ヴィーゲルト／Wiegert」姓においては、ユダヤ人の家系継承者の姓としては一人も存在しなかった。

「舞姫」は鷗外の体験が基になっており、モデルの女性がヴィーゲルト姓である以上、ユダヤ人とするには無理がある。

②に関しては、ユダヤ人ゲットーをイメージさせる地名はたしかに存在していたが、その名は中世の呼び名がそのまま地名として残っただけで、ユダヤ人の日常生活とは無関係で、また、ベルリンには、どの時代においても、ユダヤ人ゲットーそのものが存在しなかった。

「エリス＝ユダヤ人」説は、これらの研究成果によって、現在は淘汰されている。📖17・18（とくに後者に詳しい）

## ○エリスは売春目的で外に立っていた?!

エリスが教会の前に立っていたのは売春が目的で、教会の前で客引きをしていたという解釈が流れたことがあった。けれどもこれはまったくの誤解。

エリスは神にすがる思いで教会に駆け寄っていったのであって、話しかけたのは豊太郎のほう。その理由は少女が泣いていたからであり、豊太郎にとってもナンパが目的ではなかった。エリスを家まで送っていこうと提案したのも豊太郎のほうで、見るに見かねてのこと。

エリスが教会の前に立っていたのは、扉が閉まっていて中に入れなかったため。プロテスタント教会では礼拝時以外は施錠され中に入ることができない。

また、豊太郎を自身の部屋に招き入れたエリスは売春を提案したのではなく、借金を申し込んだ。その返済方法に関してエリスは次のように述べている。

「我を救ひたまへ、君。金をば薄き給金《きゅうきん》を割《さ》きて還《かえ》し参らせん。たとひ我が身は食《くら》はずとも。それもならずば母の言葉に。」彼は涙ぐみて身をふるはせたり。

薄給を割いてでも、食べるものを惜しんでも返済すると意思を告げ、それでも返しきれないときには母の言葉に……と、最終手段を言葉として口にさえできない潔癖さだったエリス。そこには売春を思わせる要素は一切ない。

またのちの箇所では、踊り子の中には売春に身を落とす者も少なくなかったと解説した上で、

エリスがこれを逃《のが》れしは、おとなしき性質と、剛気《ごうき》ある父の守護とに依りてなり。

と書かれ、売春の可能性はキッパリ否定されている。

性交は、両者の合意がなければ強姦と同義。性の問題は時として命にもかかわる重要なテーマ。本文を無視した解釈は読者の嗜好に基づく「妄想」であり、この噂に関しては、女性の人

権を無視した問題行為と言える。こういった解釈がまことしやかに流布できた時代はもう終わっており、性に関する発言は、噂や偏った主観に流されず、慎重に行いたい。

## ○鷗外の恋人は、鷗外を追って来日した?!

恋人が来日したのは間違いないが、追いかけてきたわけではない。

それどころか、恋人が乗った船のほうが先に出航しているのだ。

ベルリンを出発した鷗外は、上司と共にヨーロッパ出張をこなしながらフランスに向かい、マルセイユ港から船に乗り込み帰国の途に着いた。いっぽう、恋人はベルリンを発つ鷗外を見送り、数日経ってからドイツ国内のブレーメン港に向かい、日本行きの便に乗り込んだ。

実際には、恋人の船のほうが一足早い七月二十五日に出航し、鷗外の船が出たのはその四日後の七月二十九日。ブレーメン港からの便は、ヨーロッパ大陸をぐるりと回り込んでマルセイユ付近を通過するルートであるため、鷗外の乗る船よりも航海日数がかかり（📷22・23）、遅れて出発した鷗外の船の方が先行する格好となり、九月八日に横浜港に到着した。エリーゼの乗った船がたどり着いたのは四日遅れの九月十二日だった。

到着日だけを見ると、「鷗外を追って来日」の表現に間違いはないが、出発日を見ると、「追いかけてきた」の解釈にはならない。

### コーヒーブレイク

鷗外の妹の回想が、「追いかけてきた」説普及の原因のひとつにもなっているが、のちに恋人来日に関する記録や当事者らの証言が発見されるにつれ、状況が全く異なっていたことが明らかになった。📖17・18

エリーゼが同じ船に乗らなかったのは、鷗外の帰国は上司同伴で、出航寸前まで上司に随行しての出張旅行が組み込まれていたことから、公私を分けたものと思われる。

実際にエリーゼと出発前に港で待ち合わせるに、鷗外の出港地マルセイユは、ベルリンからかなり遠く、列車の乗り換えもホテルでの宿泊も必要で、行李《こうり》（当時はスーツケースはまだなく、旅行には行李と呼ばれる大きな箱を用い、ひとりで持ち上げることは不可能だった）を携え、フランス語が話せないとなると無理がありすぎる。

エリーゼは、ドイツ・ブレーメン港から出航するドイツの蒸気船で来日した。一等船室が用意されていたのは鷗外のはからいだったのだろう。鷗外の留学仲間・生田益雄も同じく一等船室の客として同船していた。

ドイツ船は、フランス船より航海日数がかかる分、運賃も高く、また日本航路を就航して間がなく、船内の設備が整っていなかったため、邦人の多くはフランス船を利用していた。それらの状況をふまえると、生田が偶然乗り合わせたというよりは、鷗外がエリーゼのエスコート役を頼んだ可能性が高い。📖19

**○鷗外の昔の恋人が金をせしめるために母親と一緒に来日し、それを知った娘が父親・鷗外が会いに行かないよう阻止した?!**

情報源はまったく不明だが、意外に広まっている都市伝説。

明らかなのは、エリーゼの来日は鷗外の帰国に合わせた一度だけで、鷗外の娘が生まれる頃にはエリーゼも別の男性と結婚している。母親は前述の通り、エリーゼが鷗外と知り合った頃にはすでに再婚し新しい家庭を築いており、「母子の二人暮らし」そのものが小説の中だけの設定である。📖19

［第6章］

# ほんとうの「舞姫」ものがたり

——現実と小説の狭間で——

「舞姫」が鷗外の体験が基になっていることについてはすでに触れてきました。
ここでは、「舞姫」執筆に至るまでに実際に鷗外の身に起きた悲恋の物語について見ていきます。

## 「舞姫」エリスのモデルが見つかるまで

「舞姫」のヒロイン・エリスにはモデルがあり、それは鷗外の実際の恋人だった。では、どのような経緯でその人物特定に至ったのだろう。

初の日本人による西洋を舞台とした小説とあって「舞姫」は大きな評判となるいっぽう、痛切な結末が文学者の間でも反響を呼び、その是非を問うた「舞姫論争」と呼ばれる文学論争が繰り広げられるなどした。

「舞姫」は繰り返し再掲され、取材に応じる機会も多かったが、文学上の意見を論じる以外、鷗外は個人的なことは一切語らなかった。

ところが鷗外の没後、鷗外の妹や子どもたちが、エリスにモデルがあること、それが鷗外の実際の恋人であったことを随筆に触れるようになり、その恋人は鷗外の帰国に合わせて来日していたが、家族の反対に遭い帰国し悲恋に終わったことや、別れた後も文通だけは続き、鷗外が生涯にわたってその面影を胸に秘めていた様子が徐々に明らかになっていった。

そこで不思議な表現が散見されるこの作品を深く理解するための手がかりとして、文学者の間でエリスのモデル探しが盛んに行われるようになった。

そんな中、一九七四年に、来日中の恋人と接触のあった小金井良精（鷗外の妹・喜美子の夫）の日記を基にした著書が小金井の孫・星新一によって刊行され、翌年には、鷗外の上司・石黒忠悳《ただのり》の日記が文学者・竹盛天雄の翻刻によって公開された。

それらの日記では、恋人の実名は伏せられていたが、ドイツからの出航日や、再びドイツへと帰って行った日が明らかになった。

そして一九八一年、地理学者・中川浩一と、日仏交流史研究者・沢護の両氏が、それらの日付を手掛かりに、当時、横浜で発行されていた英字新聞「ジャパン・ウィークリー・メイル」の海外航路乗船者名簿の中に、鷗外の恋人の名を発見するに至った。

その名はエリーゼ・ヴィーゲルト／Elise Wiegert。

「舞姫」のヒロインと酷似した名前であることから、鷗外の恋人だったということだけでなく、エリスのモデルでもあったと想像することができ、エリーゼ探しに拍車がかかり、さまざまなエリーゼ像が発表されたが、それらを特定するに至る資料は見つからないまま三十年の月日が流れた。

そして二〇〇九年、キリスト教の教会簿の中にエリーゼ・ヴィーゲルトに関する記録が確認された。

フルネームは、エリーゼ・マリー・カロリーネ・ヴィーゲルト。「舞姫」草稿に書かれたエリスの年齢と一致することが判明し、エリーゼの両親の結婚の記録から、母親の実家がエリスの母同様、ステッチン（現在のシュチェチン）にあったことや、住所帳の記載内容から、「舞姫」の舞台がエリーゼの生活圏と重なること、母親の職業がエリスの父同様、仕立物師であり、また、エリーゼは裕福な家庭で育ったわけではないことなどが明らかになり、二〇一一年に六草いちか『鷗外の恋　舞姫エリスの真実』（講談社）において、その詳細が初公開された。

また、のちの調査から、帰国後のエリーゼの職業が鷗外の妹・喜美子の回想に一致していたことなどが確認された。📖17・18・19

## 二〇二二年に分かった新事実

これまでは、鷗外の周辺の人々の日記や回想、また、新聞に掲載されていた乗船者リストから、エリーゼ来日の事実が分かっていたが、その後の調査により、渡航にあたりエリーゼがパスポートを取得していたことが明らかになった。

妹クララ（フルネーム：アンナ・アルヴィーネ・クララ）の結婚の際に、エリーゼは結婚の立会人となり、本人確認のためにパスポートを提示した記録が出てきたのだ。

ドイツでは、教会婚と、役所婚の二つの結婚式が別々に執り行われる。教会婚は、両者の宗教が異なる場合など行われないこともあるが、役所婚は必ず実施される。日本では役所に婚姻届を提出するが、ドイツでは役場内に挙式会場が設けられており、新郎新婦のほか、立会人や家族、近しい間柄の親戚、友人が参列する。役場担当官のもと婚姻の儀が執り行われ、新郎新婦の結婚の意思が確かめられ、立会人二名がその証人となり、順に婚姻届に署名する。

クララは一八九五年十一月九日に役所にて結婚し、エリーゼは立会人の一人として参列した。婚姻届には次のように記載されている。

Als Zeugen waren zugezogen und erschienen:
*die Elise Wiegert, unverehelicht, Schneiderin,* der Persönlichkeit nach *auf Grund des Reisepasses anerkannt, neunundzwanzig* Jahre alt, wohnhaft zu *Berlin, Georgenkirchplatz 33.*

立会人として以下の者が選出され参列：
エリーゼ・ヴィーゲルト、未婚、縫製業、旅券パスポートにより本人と確認、二十九歳、

## ベルリン市、ゲオルゲンキルヒ広場33番地に居住。📷103

これまでの調査では、エリーゼは一八九四年にクライネ・ポスト通り四番地に住んでいたことは住所帳から確認されていたが、この一年だけで消息が途絶えていた。

住所帳は、市民が毎年、警察署住民課に出向いて行う住居登録の記録に基づいて作成されるが、その届け出は、家屋所有者ならびに賃貸契約を結んで居住する世帯主のみに課せられていたため、扶養家族や下宿／間借りで暮らす人の名は載らない。エリーゼは一年だけ世帯主としてクライネ・ポスト通りの部屋を借り、翌年にはまた間借りに戻っていたことになる。

一九〇三年に妹エルスベス（フルネーム：エルスベス・アンナ・ヨハンナ・シャルロッテ）が結婚した時もエリーゼは立会人を務めたが、このときはしっかり自立しており、本人確認に居住登録の控えを提示した。クララの時はそれができなかったため、来日時に取得したパスポートを身分証明に用いたのだろう。

当時のパスポートには写真こそ貼っていないものの、氏名や生年月日、出生地のほかに、髪や瞳、眉の色、体格などの記載欄もあり、その意味では住民登録の控えよりも厳密に本人確認ができる。

また注目したいのは、当時のパスポートには数年間有効という種類はなく、その都度、渡航先と渡航の目的を明確にして申請していたことだ。

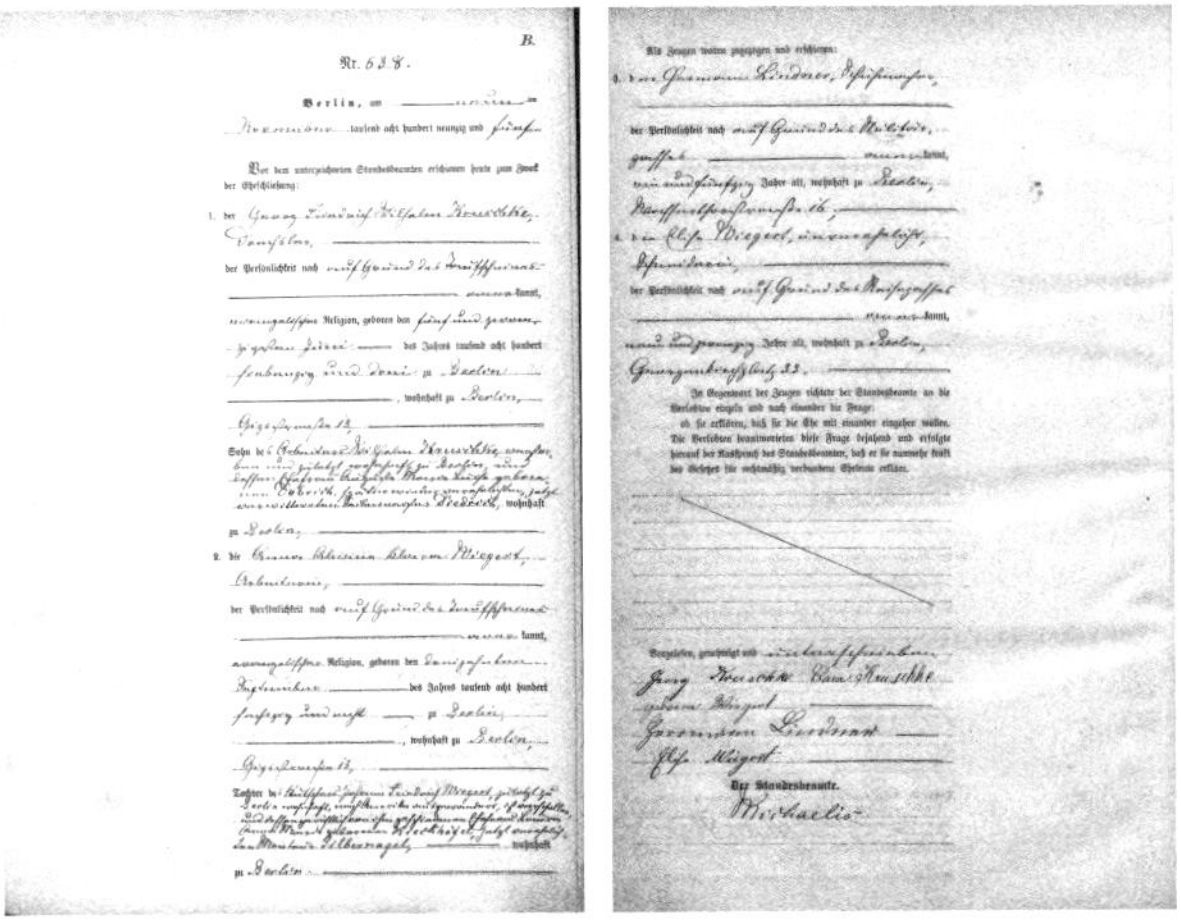

📷102　エリーゼの妹クララの婚姻届

エリーゼが立会人に。

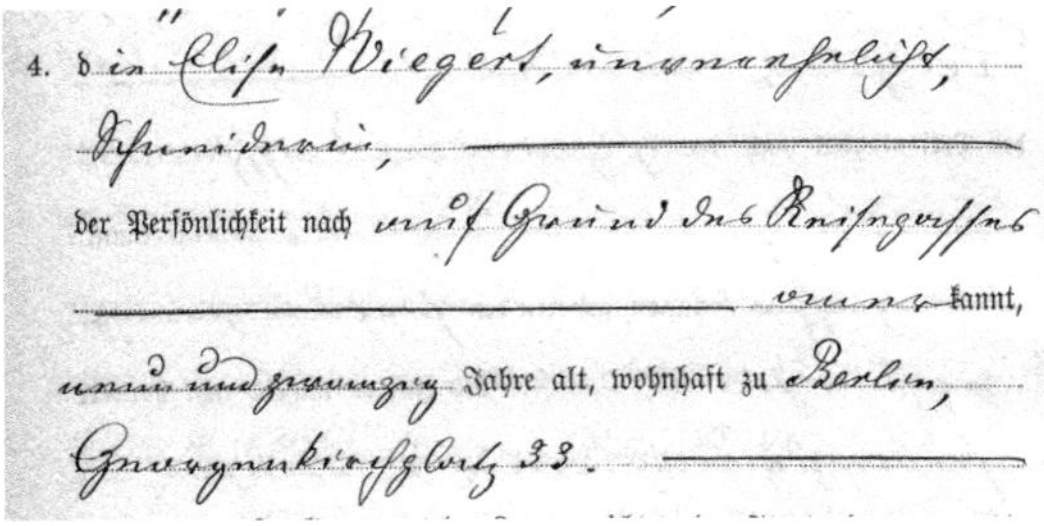

4. die Elise Wiegert, unverehelicht,
Schneiderin,
der Persönlichkeit nach auf Grund des Reisepasses
bekannt,
einundzwanzig Jahre alt, wohnhaft zu Berlin,
Georgenkirchplatz 33.

📷103　立会人エリーゼ、身分証明としてパスポートを提示

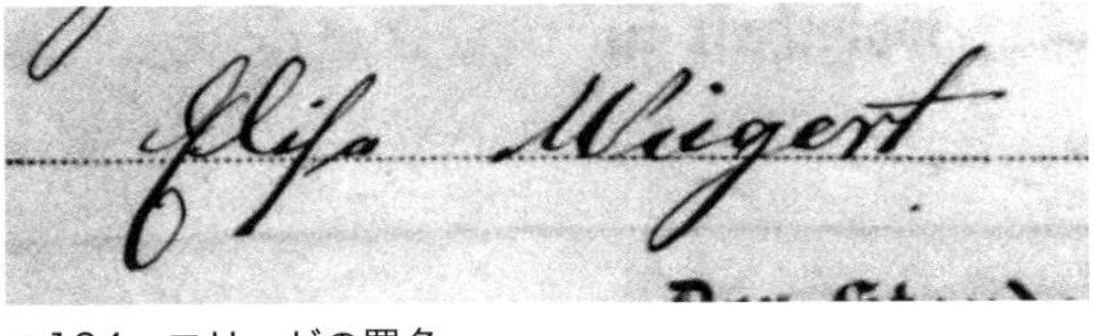

📷104　エリーゼの署名

そこでプロシャ王室古文書館およびドイツ連邦公文書館にて、パスポート発給申請に関する記録を探してみたが、残念ながらこの年代のＷ姓のフォルダは欠落し、エリーゼの申請書類を発見するには至らなかった。

別姓のフォルダを参照すると、雇用者やビジネスパートナーなどの人物や団体が、パスポート発給を嘆願する一筆が見られる。エリーゼの渡航申請は鷗外が手伝ったことだろう。日本への渡航理由はなんと書かれていたのだろう。エリーゼは片道切符で来日していた。「婚姻のため」と記されていた可能性は高い。

## ほんとうの「舞姫」ものがたり

一八八八年七月五日。夜九時。北国ドイツの夏の日は長い。辺りは夕刻の穏やかな色合いに包まれていたことだろう。

駅に詰めかけた大勢の見送りに見守られながら、鷗外は上司・石黒と共に列車に乗り込み、ベルリンを出発した。おそらくエリーゼもホームに立っていたことだろう。

自身の帰国に合わせて恋人を日本に呼び寄せる準備も整えての出発だった。遠く互いが見えなくなるまで笑顔で手を振り合ったことだろう。📖19

ベルリンを発った鷗外は、石黒と共に欧州の都市を巡ったのち、フランスに向かうことになっていた。鷗外の帰国便は、同月二十九日にマルセイユ港から出航の予定。エリーゼの船はドイツ国内ブレーメン港から四日早い二十五日に。出発までの日々、エリーゼは日本行きの荷づくりのほかに、もう戻ってくることのないこの町での家財道具の処分に明け暮れたことだろう。

エリーゼが持っていたのは片道切符。このまま問題が起きなければ、鷗外とエリーゼは日本で結婚し、幸せに暮らし、小説「舞姫」が生まれることはなかっただろう。

鷗外を乗せた列車がベルリンを離れる瞬間まで、二人の前途は愛と夢と希望に満ち溢れていた。

ところが、ベルリンを出発してからの車中での石黒とのやりとりがきっかけで、突然、悲劇が始まった。

石黒の日記には次のように記されている。（七月五日条）📖61

車中森ト其情人ノ事ヲ語リ為ニ愴然タリ後互ニ語ナクシテ仮眠ニ入ル

（現代語訳：車中、森とその恋人のことについて語ったために悲愴となった。後は互いに言葉もないまま仮眠に入る。）

この後の成り行きから判断すると、鷗外はこのとき初めて恋人を日本に呼び寄せる予定であることを石黒に伝え、二人の結婚の意思を知った石黒は難色を示し、痛ましい状態になるまで鷗外を追い込んでいったのだろう。

鷗外に恋人がいたこと自体は石黒も知っていた。しかし石黒は、自身がそうしたように鷗外も恋人と別れた上で帰国するものと思い込んでいた。

ベルリン滞在中、石黒は特定の娼婦と関係を持っていた。帰国直前、石黒はその女性との別れが辛いと日記に記し、その末尾に、鷗外は今頃どんな思いでいるだろう……と、恋人との別れを前にした鷗外の心情を案じている。

なぜ石黒は二人の結婚を反対したのか。

国際結婚は禁じられていない。青木周蔵や棚橋軍次はじめ、外交官で国際結婚をしている者もすでにおり、鷗外の留学仲間の軍医も棚橋の妻（ドイツ人女性）の妹と見合いをしている。石黒も一緒になってその成り行きを見守っていたのだから、反対の理由に国際結婚そのものが挙げられることはない。

考えられる可能性は二つある。

ひとつは、石黒はベルリン滞在中に騎兵中尉から国際結婚の報告を受けたことがあり、それは単なる報告だったが、今後、国際結婚に関して相談を受けることがあるとしたら、そのときはこう助言をしたい……と、日本で石黒不在中の代理を務める石坂惟寛《いかん》および陸軍軍医学舎長（陸軍軍医学校学長）の足立寛に宛てて、次のように書き送っている。

1．其人教育アルコト日本婦人上等の教育アルモノト比ス可キモノ
2．健康ノ人
3．資産アリテ之ヨリ生スル利子其人ノ生活ヲナスニ足ル者
4．賤劣汚械ノ名ナキ人
5．日本皇帝ヲ最上尊者ト思フコトヲ誓言スル人

又、男子モ西洋婦人ヲ婚ル以上ハ左ノ不足ヲ必定ト覚悟スルコト

1．親子繋類ノ業（注、あるいは楽か）ヲ滅スルコト
2．男尊女卑ノ心ヲ滅ス可キコト
3．十分ノ所得ハ七分ヲ妻ニ費シムルノ覚悟アルコト
4．妻ニ家ヲ守ラシムルノ念ヲ絶ツコト

（石黒忠悳軍医監滞欧通信　第二十九回信　一八八七年十二月十四日　ベルリン潑）

📖62・63

前半の五点が結婚相手となる西洋婦人に求める内容である。

エリーゼの場合は高等教育を受けておらず、資産から生じる利子だけで生活できるような家柄の娘ではない。

これらは陸軍の定めるところではなく、あくまで石黒の私見に過ぎないが、上司として部下である鷗外にもこの認識をもって結婚は無理だと諭した可能性はないとは言えない。それはすなわち今日で言うパワーハラスメントにあたる。

またひとつには、鷗外自身はこのときはまだ知らなかったが、鷗外の両親は、第十四代森家の跡取りに相応しい許嫁《いいなづけ》を密かに用意し、愛息の帰国を待っていた。

石黒は、鷗外の留学中も鷗外の両親と交流を持っていた。石黒のドイツ出張中も石黒の妻が鷗外の両親と連絡を取り合っている。鷗外自身の知らない鷗外の将来について、石黒が事前に小耳に挟んでいても不思議はない。あるいは、この縁談話を車中で鷗外に話してきかせ、エリーゼとの結婚は叶わないと諭したのかもしれない。

かといって石黒と鷗外の家柄が特別懇意な間柄にあったわけではない。石黒は橋本綱常との間で権力争いを繰り広げており、石黒にとって鷗外は都合よく使える「駒」のひとつに過ぎなかった。そのため鷗外が不在でも関係を密に保っておきたいときには鷗外の実家と連絡を取りあい、自身のメリットにつながるときには報告書の中に鷗外の功績を褒め称え、気に障ることがあると逆にこき下ろした。📖11・65

本件に限らず、石黒はのちに鷗外に対して左遷や昇格延期、爵位授与の妨害など、パワハラ行為を繰り返し行っており、鷗外没後には自身が引き起こした脚気問題の責任まで鷗外になすりつけようとした。

しかしそれらは未来に体験していく事柄で、日本へと帰るこの時点で、鷗外は石黒のその腹のうちまでは知らない。

結婚反対の理由がこの二つのどちらであっても、石黒はそれらを覆し、鷗外のために協力する側に立つこともできたはず。実際に鷗外の縁談はこの時点ではまだ決定的なものではなく、本格的に先へと進んだのは鷗外の帰国後のことである。エリーゼとの関係を反対し続けた真の原動力は、自身は娼婦との縁を断って帰るというのにあいつだけシアワセになるなんぞ……といった、映画『アマデウス』におけるモーツァルトを妬むサリエリさながらのジェラシーだったのかもしれない。

いずれにしても石黒の反対は鷗外にとって青天の霹靂で、この車中での会話が発端となり、鷗外と石黒の間の信頼関係に亀裂が生じ、悲痛の日々が始まった。

鷗外のこの頃の様子について、ロンドンで鷗外と知り合い、後年には茶人として交流を持つことになった高橋義雄が、鷗外の死に際して寄せた追悼文の中に次のように回想している。

明治廿一年の秋だと思う。余が滞留していた英国倫敦《ロンドン》ハイベリー、ガーデンのロートン

> と云える人の下宿屋に独逸から廻って来たという二人の軍医が投宿した。一人はブクブクと肥って赤ら顔で愛想の好い四十恰好の中老、一人は痩せこけて活気のない、極めて寡黙な三十前後の人物であったが、これが今の子爵石黒忠悳翁と、この程易簀《えきさく》された森鷗外博士であった。聞けば石黒子は独逸陸軍医務視察を終わり、森博士は同国の医学研究を仕遂げて、それぞれ帰国の途次英国に立ち寄られたのだそうだが、（中略）、両君の倫敦《ロンドン》滞在は二週間位であったろうと思うが、この間森博士が、後年君が人に逢う毎に微笑を湛えて愛想好く談話する様子と正反対に、無口で不景気な顔をしつつ手持無沙汰に控えて居たのは、蓋《けだ》し彼の創作舞姫などを腹案して居ったのかも知らぬ。📖04
>
> （注：旧漢字は常用漢字に直した。また、「易簀」とは「逝去」のこと）

出版され広く読まれることを前提に書いているため、含みを持たせた表現に留めてあるが、「舞姫」をほのめかした上での表現であるから、「痩せこけて活気なく、極めて寡黙」な様子も「無口で不景気」な表情も、その状況が汲み取りやすく、また、当時の二人の微妙な関係がよく伝わる。

　また、このときの鷗外について、石黒もロンドンから石坂に宛てて出した書簡の中に触れている。

> 「森事同行候得共年ハ若シ英ハ達者ニ讀ムモ少シモ語は通し不申候間小生は自費ニて通弁を雇居申候」（七月十八日付）

森を同行させたものの、英語を読めはすれども会話が一向に通じず、自費で通訳を雇うハメになったといった愚痴で、そこまで追い込んだのは石黒自身だが、鷗外の完全に委縮した様子がここにも窺える。

石黒はまた自身の日記（七月二十日条）の中にも、「巴里滞在僅少ナリ前途ヲ急ケモ言語不通為ニ不便ナリ」と、フランス語ができずに不便な思いをしたことを記している。鷗外はベルリン滞在中に熱心にフランス語を学んでおり、本来なら十分その実力が発揮できたはずだが、ここにおいても石黒の右腕になることはなかった。📖65・72

また鷗外自身も、ロンドンで出会った尾崎行雄について日記に書き留めており、そこには尾崎に捧げる漢詩四首も見られる。尾崎は政治家で、一八八六〜八七年に起きた統一運動「大同団結運動」に参加したことで東京を追放され、欧米視察に出かけ、ちょうどその頃、ロンドンに滞在していた。鷗外は尾崎の姿勢に大いに共感し、四首の漢詩はどれも氏への同情と敬愛に満ちている。そして四首目は、このように詠われている。

莫觸何逢蝮蛇怒。待機箝口是良謀。飜思海嶋孤亭夜。逐客相遭話杞憂。📖55

（現代語訳：触りさえしなければ蛇の怒りを買うこともない。口をつぐんで機が熟するのを待つほうが得策だろう。いつの日か、振り返って思うことだろう、イギリスのぽつんと離れたあずまやで、追い払われた者同士が相まみえて、要らぬ心配事を語り合ったということを）

尾崎だけでなく鷗外自身も「逐客」、追い払われた者としているところに鷗外の孤独な心情が感じられるが、その事態がいつか好転することを前提に詠っているところに注目したい。鷗外の身においては、結局それは叶わなかったのだが……。

この数日後の七月二十五日、エリーゼを乗せたドイツ船は一足先に日本へと出航した。ベルリンを出発してからも鷗外はエリーゼと連絡を取り合っており、エリーゼがブレーメンに到着し、いよいよ出航することについては石黒にも報告し、石黒はその日の日記に「今夕多木子報曰、その情人ブレメンよりドイツ船にて本邦に赴きたりとの報ありたりと」と記している。📖61

「多木子」とは鷗外のこと。本名は「森林太郎」と、やたらと「木」が多いことから石黒はこう表現した。日頃、鷗外を含め部下について、当人の苗字を用いて記述している石黒が、ここだけは隠語を用いている。石黒は娼婦との逢瀬についても日記の中にその日時から費用や貢いだ物に至るまで赤裸々にしたため、その名だけは隠語で記していた。本件が石黒にとっては大切な部下の将来を案じた事柄ではなく、私的なスキャンダラスな関心事のようになっている様子が窺える。

その翌日、鷗外と石黒は日本行きの船が出る、マルセイユに到着した。

鷗外は往路もこの港で下船しており、そのときに投宿したホテルに予約してあった。中に入ると大きく引き伸ばされた写真が壁に掛かっており、見るとそれは当時、鷗外たち留学仲間が写真館に出かけ撮ってもらった一枚だった。

鷗外は日記（七月二十八日条）に、憔悴しきった一言を添えている。

> 余等堂々七尺軀。（中略）悲慨何堪。📖55
> （現代語訳：あの時の僕たちはみな堂々と写っているのに、（中略）この耐えがたい悲しみは何なのだろう）

そして七月二十九日、鷗外と上司を乗せたフランス船も日本に向けて出航した。

八月九日には、紅海を過ぎてインド洋に入り、「涙の門」と呼ばれる地点を通過した。

この地名と自身の身の上を掛けた漢詩を日記に綴っている。

負笈三年歎鈍根。　還東何以報天恩。
関心不独秋風恨。　一夜帰舟過涙門。　📖55
（現代語訳：「留学して三年、自身の愚鈍さを嘆く。このまま帰国して天皇陛下からの恩恵にどう報いればよいのだろう。気にかかるのは秋風に混じる悲哀だけではない。一夜、日本へと帰る船が涙の門を通り過ぎた」

鷗外の心情が等身大で詠われているが、このあと吹っ切れるどころか、鷗外は石黒に対する不信感をさらに募らせてゆく。
八月十六日、船はコロンボに停泊し、乗船者たちは下船して観光に出かけた。
ここで日本から修行に来ている僧侶・釈興然《シャクコウネン》に出会い、苦行に耐え修行に励む様子を称える漢詩を日記に書き留め、そのすぐ後に、石黒の書いた詩を受けて、次のように書き添えている。

音容變盡認知難。　誰攬禪關一櫂安。
何者狂奴延客至。　知君饒舌惡豐干。　📖55

（現代語訳：声も容姿も変わり誰であるのか認知することさえ難しい。禅に座する平安をかき乱したのは誰なのだ。狂奴の客を引き連れてきたのは何者だ。あなたが饒舌な悪しき豊干《ぶかん》であることを知っている。）

直訳では分かりにくいが、漢文学者・古田島洋介は『鷗外歴史文学集』において次のように解釈している。

興然さんは（セイロンでの生活で）声の調子も顔つきもすっかりさまがわりしてしまい、とても日本人とは思えないのに／同じ日本人だからという理由で、この寺で静かに瞑想にふける興然さんの修行をじゃましにきたのは、いったいだれなのか（それは、ほかならぬ貴殿である）。

それにしても、なぜ、遠慮会釈もなく、私まで連れてここに来たのだろうか／なるほど、実際に来てみて、わかった――寒山・拾得の正体を明かしたあの豊干と同じく、貴殿もなかなかおしゃべり好きな人物なのだ、と。📖46

豊干《ぶかん》は托鉢僧で、寒山《かんざん》と拾得《じっとく》は貧しい詩僧。豊干が官吏に二人について、有ること無いこと語って聞かせる悪戯をしたという逸話が残っており、鷗外も晩年に歴史小説として短編を書い

ている。📖49

鷗外が石黒のことを「饒舌な悪しき豊干」と揶揄したのは、興然の前でエリーゼのことを面白おかしくほのめかされたのだろう。鷗外の憤りは、これでは収まらず、漢詩が続く。

無心逢着知前像。　休笑痴頑如石丈。
不是觥船興盡人。　黒頭来拝空王像。

（現代語訳：無心になれば前世に会えるという。石ほど固い愚かな頑固さを笑ってはいけない。これは船で飲み疲れた人ではないのか。黒頭が参拝し像を拝んでいる）

この部分は、前述の古田島によって次のように読み解かれている。

まったく雑念の消えた境地に達すれば、前世のありさまもわかるという／他人が何と言おうと仏像を礼拝したがる貴殿のありさまを笑ってはなるまい。
貴殿は、船上で大酒を飲みつづけたあまり、遊びという遊びに厭きてしまった人物ではないのか／その貴殿が、ここコロンボへやってくるや、熱心に仏像を拝んでいるのである。📖46

石黒に対する軽蔑があからさま綴られている。よほど腹立たしかったのだろう。そしてこの状況は同時に鷗外を精神的に追い込んでいったようで、コロンボを発ち、シンガポールへと向かう数日間、鷗外は、「舞姫」に描かれた日本へと帰る船の上での豊太郎の苦しみさながらの様子を見せ始める。

石黒の日記（八月二十一日条）にはこう記されている。

森昨日今日トも船室中ニ日本服にて平臥ス非病懶也　📖61

（現代語訳：森は昨日も今日も船室にこもり、寝巻きで横になってばかりだ。病気ではない。怠けているだけだ）

石黒には、部下の幸せのために親身になって考えるつもりなどさらさらない。

船はシンガポールに寄港したのち、八月二十五日にサイゴンに到着した。「舞姫」において、豊太郎が自身の苦しみに至るあらましをノートに綴る場所である。「舞姫」本文に、カード仲間はホテルに泊まりに行ったとあるように、ここで船は二夜、停泊している。鷗外の日記には到着した二十五日に町に出かけ雨に遭ったと数文字で記しているだけで、ホテルに泊まったとも、二十六日をどう過ごしたとも書いていない。石黒の日記には、こまごまと行った先が書かれているが、鷗外の名は出てこない。鷗外もまた誰もいない船内サロンで独り静かに過ごしたのかもしれない（実際の鷗外は一等船客であったから、使うサロンは「中等室」ではなく「一等室」だった）。

日本に到着する直前の九月四日。石黒の日記に、鷗外との間でやり取りをした漢詩が見られる。鷗外は石黒に宛ててこのように書き贈ったという。

雲翻雨覆、肌膚生粟、却思顧眄憂讒讟、無如居白屋、不知遺臭将流馥、吾命蹙、何須哭、猶有一双知己目、緑於春水緑　📖61

（現代語訳：世の人の心や態度は手のひらを返すように変わりやすく、鳥肌が立つほどだ。あれこれ考えたり中傷や蔭口に悩んだりするよりも、貧乏暮らしでいるほうが良い。汚名を残すことになるのか名を馳せるのかも分からないが、私が進退も差し迫り、どのように叫べばよいのだろう。

けれどもまだ、私自身のことをよく理解してくれる一双の目がある。春の澄みきった水よりも澄んだ瞳が）

これはエリーゼのことを書いたものではない。鷗外は、石黒を指してそう表現した。

石黒に対していろいろ思いはしたものの、日本到着を間近に控え、石黒の力添えがなくてはどうにもならないと、協力を乞うことにしたのだろう。その切実な気持ちが伝わってくる。しかし石黒はこの漢詩に対して「戯評」として次のように書き記した。

其眼緑於春水緑者　其人何在乎　蓋在後舟中　📖61

（現代語訳：その春の澄みきった水よりも澄んだ瞳の持ち主、その人はどこに居るのだろう。後ろの船の中にいるのではないか）

鷗外の心情を十分理解した上で、それをはぐらかし、「青い瞳」と掛けて、エリーゼを引き合いに出した。

「後ろの船」はエリーゼの乗った船のことだ。

すがるような鷗外の思いを、石黒は軽くかわして済ませている。実際、石黒は帰国後も森家に対して陰湿にふるまい、エリーゼ帰国のためにだけ力を貸しているので、言葉遊びとしては「戯れ」だが、これが石黒の本心そのものだったのだろう。

鷗外はこの「戯評」を目にしたのだろうか。しているとすれば心からの訴えを茶化され、否定され、絶望と屈辱を一度に味わったことだろう。

こうして九月四日朝、鷗外らの乗った船が、横浜に到着した。

その四日後、エリーゼを乗せた船も横浜に着いた。

エリーゼは東京・築地のホテル精養軒に投宿した。

当時は「外国人江戸に居留する取極《とりきめ》」によって、東京での外国人の宿泊は築地居留地内に限定されていた。かつてここにはいくつかの外国人専用ホテルがあったが、一八七二年に発生した「銀座の大火」でどこも焼失し、精養軒が唯一の宿泊施設だった。しかしここは、元々はレストランで、敷地内に建て増しした部屋数わずか十二室の小さな家屋をホテル業に充てていた。📖13・15・64

到着してすぐに当時の状況を理解することも、ホテルの予約を取りつけることも、横浜港からの移動も……何の用意もなく言葉も通じないエリーゼがひとりで出来るものではない。鷗外が事前に準備しておいたのだろう。横浜港に出迎えにも行ったことだろう。

話が前後するが、鷗外は晩年に自身の人生を振り返った小説「妄想」の中に、先述のコロンボ（セイロン島）での、もうひとつの出来事を記している。

自分は錫蘭《セイロン》で、赤い格子縞《かうしじま》の布を、頭と腰とに巻き附けた男に、美しい、青い翼の鳥を買はせられた。籠を提《さ》げて舟に帰ると、フランス舟の乗組員が妙な手附きをして、「Il《イル》 ne《ヌ》 vivra《ヰウラ》 pas!《パア》」と云つた。美しい、青い鳥は、果して舟の横浜に着くまでに死んでしまつた。それも果《は》敢《か》ない土産であつた。

「それも」と複数であるのは、花嫁として連れ帰ったエリーゼのことが次に続いていることから。これが発表されたのは一九一一年、鷗外四十九歳のとき。セイロンにいるこの時は「現在進行形」であったのだから、事態が好転することを願い、祈るような気持ちで鳥かごの中の青い鳥を見つめて過ごしたのだろうか。「妄想」には次のように続いている。

自分は失望を以て故郷の人に迎へられた。それは無理もない。自分のやうな洋行帰りはこれまで例の無い事であつたからである。これまでの洋行帰りは、希望に輝《かがや》く顔をして、行李の中から道具を出して、何か新しい手品を取り立てて御覧に入れることになつてゐた。自分は丁度その反対の事をしたのである。📖48

旅行カバンの中から珍しい舶来品を出して見せるかのごとく、ドイツから連れ帰った花嫁エリーゼを家族に披露するつもりの鷗外だったが、運命はまったく反対のなりゆきへと突き進んでいった。

エリーゼとの別れから二十年以上の月日が経っているからこそ、遠い過去の記憶として自虐を込めつつ小説の中にしたためることができているが、当時のこの時点では、鷗外は逆境の真っ只中で、もがきにもがいていた。

妹・喜美子の回想によると、鷗外は帰宅した日にすぐに父親にエリーゼのことを告げ、母・峰子の耳にも入り、家庭内の話し合いでなんとかなると思ったが埒が明かず、エリーゼ到着から十日経った九月二十四日朝、母・峰子は妹・喜美子を訪ねて事のあらましを告げた。並行して、弟・篤次郎は大学に報告に行き、喜美子の夫を実家に招いて相談するなど、周辺はどんどん騒がしくなっていった。

鷗外を心から尊敬し慕う弟・篤次郎を除き、家族やその周辺人物、また、鷗外の親友に至るまでが、エリーゼとの結婚に反対し、すったもんだの末、エリーゼはひと月の滞在をもって再びベルリンへと帰ることになる。（エリーゼ来日から帰国までの騒動については、『鷗外の恋 舞姫エリスの真実』に詳しいのでここでは省略する）📖17・18

鷗外はドイツへと帰るエリーゼを横浜港まで見送りに行ったが、信頼しあえている弟・篤次郎だけでなく、エリーゼ帰国に尽力した妹・喜美子の夫、小金井良精までが同行した。

鷗外の長男・森於菟が、後年に次のように書いている。

> 父を埠頭に迎えた故国の祖父母達は、自分等の今までの生涯の力の全部をかけ全精神を注ぎかつ一家の運命を託したはずの息子が手を離したら再び異郷に飛去って行くように感じた。それで離れ行く我子をその手にひきとめるのに懸命になった。📖07

森家の心配は、エリーゼが本当に帰ってゆくかどうかだけでなく、見送りに行った鷗外がそのまま船に乗り込んでドイツへ行ってしまうのではないかということにもあり、小金井がそれを阻止する役割を務めた。

ところが二人はいたって平穏で、エリーゼは涙を見せるどころか笑顔で帰って行ったという。

> 翌朝早く起き、七時に艀に皆乗り込んで、仏蘭西本船まで見送ったのです。人の群の中に並んで立っている御兄い様の心中は知らず、どんな人にせよ、遠く来た若い女が、望みとちがって帰国するというのは、まことに気の毒と思われるのに、舷でハンカチイフを振って別れていったエリスの顔に、少しの憂いも見えなかったのは、不思議に思われるくらいだったと、帰りの汽車の中で語り合ったとの事でした。📖14

エリーゼの笑顔の裏には、再会の約束があったのだろう。喜美子はエリスの表情に憂いがなかったことをみんなで不思議がったように書いているが、実際にそういったやり取りがエリーゼを見送った後、三人の間でなされたのだろうか。もしなされたとするなら、そう思ったのは小金井だけで、鷗外も篤次郎も心の内にある別の計画を明かすことなく頷いていたことになる。

では、その再会の約束は、どのようなものだっただろう。

いくつかの説が考えられる。

ひとつは退職説。

当初は喜美子の夫・小金井が、エリーゼを鷗外から引き離し、帰国させる役目を引き受け、連日エリーゼの元に通っては帰国を説得していたが、ある日、エリーゼを激怒させ、説得係を降板した。

石黒の日記によると、その二日後である十月六日に鷗外が、翌七日には鷗外の母親が妹や弟を伴い石黒の元を訪れ、八日には石坂惟寛《いかん》から鷗外のことで内密な相談を持ち掛けられている。

石坂はドイツ出張中の石黒の代理で、それはすなわち鷗外の上司であり、十一月三十日までその任務に就いていた。この時点で、エリーゼの来日は、石黒の個人的な関心事の域をはるかに超え、軍医局内に知れ渡った様子が窺える。人事の責任者でもある石坂からの内談となれば、鷗外が退職を申し出た可能性が高い。その二日後に再び鷗外が石黒の元を訪ね、翌々日には石黒のほうから軍医であり、鷗外の親友でもある賀古に相談を持ち掛けている。

もし鷗外がこのとき、退職を希望したのなら、エリーゼを帰国させたのち、自身も後を追ってドイツへ移住するつもりだったのだろう。

その裏付けとも言える文書が残っている。

それはエリーゼの帰国の三日前に、鷗外から賀古に宛てて書かれた書状で、次のように記されている。

　御配慮恐入候　明旦ハ麻布兵営え参候　明後日御話ハ承候而も宜敷候　又彼件ハ左顧右眄ニ遑ナク断行仕候　御書面ノ様子等ニテ貴兄ニモ無論賛成被下候儀ト相考候　勿論其源ノ清カラサルヿ故ドチラニモ満足致候様ニハ収マリ難ク其間軽重スル所ハ明白ニテ人ニ議スル迄モ無御座候
十月十四日　林太郎
　賀古賢兄侍史　📖56

（現代語訳：ご配慮恐れ入ります。明朝は麻布兵営へ参ります。明後日のお話は承知いたしました。宜しくお願いいたします。またあの件は、周囲にためらうことなく断行いたします。お手紙の様子などから貴兄も無論論賛成くださっていることと理解しております。もちろんその根源の清からざること故、どちらにも満足できるようには収まり難く、その

間の軽重するところは明白であって、人に相談するまでもないことでございます）

「承知した」というその内容は状況から見ると、小金井を横浜港に向かわせたいと言われたことへの返答だろう。そして、周囲にためらうことなく断行するという「あの件は」は、「退職」を指しているとする説がある。

「清からざること」は、「辞職は、国費留学までさせてくれた国家を裏切る行為」を指し、双方が納得できる解決法がないのであれば、どちらが大切なのかは自身の中では明白であり、人に相談するまでもないと言い切る鷗外は、「自由意志」の元に立っており、上役の指示には従うものと思っている石黒には想像もできない感覚だろう。

しかし結局のところ鷗外は、退職しなかった。

先出の「離れ行く我子をその手にひきとめるのに懸命になった」という両親の働きかけは相当なものだっただろうし、「舞姫」に豊太郎の母親の自害について触れているところをみると、鷗外の母親もまた、お国を裏切るのなら母の命をもって謝罪すると鷗外に迫ったことも考えられる。あの時代にはそれも珍しいことではなかっただろう。

あるいは、山縣有朋の欧州視察計画に通訳として随行させてもらい、エリーゼと再会するつもりだったのかもしれない。

内閣総理大臣から各大臣に宛てた、視察に関する辞令案が作成されたのは十月十九日。発案はそれ以前になされている。欧州視察計画を耳にした鷗外は、かつて橋本綱常の自宅に嘆願に行ったように、山縣を訪ね志願したのかもしれない。

ところが、随行員に選ばれたのは鷗外ではなく、親友の賀古鶴所だった。

賀古に正式な辞令が下りたのは十一月十六日。

こうして天方伯のモデルである山縣伯の欧州視察に相沢のモデルの賀古も一員に加わり、十二月二日に横浜港を出港した。

その翌々月、エリーゼの帰国から四か月後に、鷗外は別の女性と結婚した。母親がかねてから準備していた縁談が、鷗外の意思とは無関係に強行され、無理やり結婚させられた格好だった。

それは、山縣使節団の欧州訪問の真っただ中のことで、使節団はベルリンにも滞在し、賀古は個人的にもベルリンに長期滞在している。📖19

「舞姫」では、発熱で意識を失っている豊太郎を訪ねた親友・相沢が、豊太郎の帰国をエリスに告げ、豊太郎に裏切られたと思ったエリスは発狂した。

「意識不明の豊太郎」は、豊太郎「不在」の状態を指す。

賀古もまた、鷗外不在のベルリンでエリーゼを訪ね、鷗外が結婚したことを告げたのだろうか。

「舞姫」の中のやり取りが、エリーゼと賀古の間で交わされた内容を元に書かれたものであるなら、「舞姫」のこの情景が生々しく浮かび上がる。

　我豊太郎ぬし、かくまでに我をば欺き玉ひしか

これは賀古が実際に目の当たりにした、エリーゼの悲嘆の叫びだったのかもしれない。

視察団は、翌年である一八八九年十月二日に帰国した。

「舞姫」は、その直後に執筆された。

## 「舞姫」残像

鷗外が別の女性と結婚したのは、エリーゼが帰国した四か月後の一八八九年二月二十四日。

相手の女性は、海軍中将兼議定官、従四位、勲一等、赤松則良男爵の長女、登志（通称：登志子）。📖74

親が決めた縁談であるから申し分のない良家のお嬢さんだったが、鷗外にその意思がなかったため、単に同居しているだけの状態が続いていた。📖19

しかし、「舞姫」を執筆し終えた鷗外は、けじめをつけて登志子との夫婦生活に踏み切った。ところが、妻が妊娠すると鷗外は体調を壊すようになり、登志子のお腹が大きくなる頃には家を出てしまい、長男・於菟が生まれてすぐに離婚することになる。

於菟の回想によると、鷗外は、式は挙げたが入籍しないまま離婚に至ったため、於菟の戸籍謄本には母親の名が記載されていないという。📖07

自分なりにけじめをつけて臨んだはずの新たな人生だったが、断ち切れない思いが心と身体を蝕んでいったようだ。当時の様子が家族の回想の中にも残っている。

> 父もこの間に苦しんで非常に痩せ、大事な父を病人にしてまでこの結婚生活を続けさせる考えも祖父母にはなかったというのを私は祖母からきいた事がある……。📖07

> 亡母の話によると、ともかく父は、次第に痩せ、衰えて来たので、このまま放置し、万一のことがあったら！　と気づかうあまり、祖母は、自ら勧めた結婚ではあったけれど、今度は率先して、離婚を望むようになった。📖09

私はまたある時祖母が私にいうのを聞いた。「あの時私達は気強く女を帰らせお前の母を娶らせたが父の気に入らず離縁になった。お前を母のない子にした責任は私達にある」と。📖07

やっと落付いてから後にお母あ様のおっしゃるには、

「今度の事は、お父う様も私も決してこちらばかり尤《もっと》もと思ったのではなく、誰にも済まぬ事はよく知っているが、家のために大切な長男が、近頃ひどく血色も悪くし、気も鬱《ふさ》ぐらしく、あのまま置けば煩うに極まっている。そうなると取返しがつかないから、涙を飲んでいうままにしたので、そのかわり孫は私の命にかけて育てるから、不甲斐ない親とお思いになるのでしょうが、どうぞ許してください。皆さんのお笑いにまかせますといったのだよ。」

涙を零《こぼ》しながらおっしゃるので私も貰い泣きをしたのでした。📖14

母・峰子はこの約束を守り、於菟を引き取りしっかりと育てた。於菟が学校に上がるようになると、鷗外も父親として密に接した。

この一連の出来事の中で最も被害を被ったのは登志子だ。

事情を知らずに結婚し、苦しく悲しい思いを何度も味わったことだろう。

鷗外が家を出てもなお関係の修復を願い、叶うことなく離婚となったが、その後再婚し、新しい家族に恵まれた。後年に於菟は母親との再会を果たし、交流も続いたという。📖19

その後の鷗外は、再三持ち掛けられる縁談も断り続けて独身を貫き、登志子との離婚から十二年経ってようやく再婚した。

エリーゼと結ばれることはなかったが、二人の文通は長く続いたという。

> この女とはその後長い間文通だけは絶えずにいて、父は女の写真と手紙を全部一纏にして死ぬ前自分の眼前で母に焼却させた。📖09

鷗外は、再婚した年に戯曲『玉匣《たまくしげ》両《ふたり》浦嶋《うらしま》』を書いた。

それは一般に知られる浦島太郎の物語とは少し異なり、浜辺で亀を助けるシーンは端折られ、常世《とこよ》（天国）の場面から始まる。

常世で長年仲睦まじく暮らしていた姫と太郎だったが、ある日、太郎が現実の世界へと戻ると決心し、姫は悲しみながらも見送るという物語。再婚にあたっての決意を表明しているかのようで、太郎が地上に戻ると、「後の太郎」なる於菟を思わせるような人物と出会う筋書きになっている。

105　鷗外50歳

106　エリーゼ48歳

長く続いたという手紙のやり取りは、この作品を書き上がる頃には終わったのかもしれない。そして鷗外が再婚した三年後、エリーゼも別の男性と結婚した。

## ふたりのおもかげ

二〇一三年に公開されたエリーゼの写真は、チェコの湯治で有名な温泉地カルロヴィ・ヴァリの写真館で撮影されたもので、エリーゼは一九〇〇年以降、日常生活では“Lucie《ルーツィ》”を名乗っていたことや、結婚後、夫死去の前年までベルリンを離れていたことや、また、写真裏面にしたためられていたメッセージの内容から、一九〇八年～一九一八年の一〇年間のいずれかの日に撮影されたものというところまで分かっていた。📖19

その後の調査で、カルロヴィ・ヴァリの湯治者リストが見つかり、その記録および住所帳から、一九一一年～一八年の八年間にわたってライプツィッヒに住んでいたことが確認でき、また、エリーゼ夫婦は長期にわたり、毎年通っていたことが分かったが、中でも一九一五年八月の滞在が内容に合致することが確認できた。

よってこの写真はエリーゼ四十九歳頃のもの（厳密に言うと誕生日の前月。四十八歳十一か月）。106

鷗外が五十歳のときの写真も残っている。105

先述の「妄想」は、この頃に書かれたもの。ドイツ留学中の出来事を回想する内容で、その中で、「白い、優しい手」としてエリーゼの存在に触れている。

かつて「舞姫論争」が繰り広げられていた時代、鷗外は、豊太郎は弱い人間だと認めた上で、「もし彼が意識不明になるまでの病に罹ることもなく、エリスが発狂することもなく話しあうことができたなら、豊太郎はあるいは帰国を断念していたかもしれない」（現代語訳）と応えていた。246

この無念を乗り越え、別の人生を歩み、晩年を迎えた鷗外は、「妄想」を次の一文で締めくくった。

かくして最早幾何《いくばく》もなくなつてゐる生涯の残余《ざんよ》を、見果てぬ夢の心持で、死を怖れず、死にあこがれずに、主人の翁《おきな》は送つてゐる。

その翁の過去の記憶が、稀に長い鎖のやうに、刹那の間に何十年かの跡を見渡させることがある。さう云ふ時は翁の炯々《けいけい》たる目が大きく睜《みは》られて、遠い遠い海と空とに注がれてゐる。

これはそんな時ふと書き捨てた反古《ほご》である。📖48

# 「舞姫」現代語訳

鷗外も主人公も、ドイツ留学時はともに二二―二六歳で、帰国の翌年に本作が執筆されました。また本作は、自身の心の内と向き合うために、これまでの出来事を書き出してみる……といったスタイルで書かれた物語ですから、年齢や環境に相応する表現として、一人称に「僕」を用いています。また、直訳で分かりにくい箇所には文脈にふさわしい語句を補い、文字数制限の関係上、原文脚注に用いることができなかった訳を積極的に採用しています。

石炭はもう積み終わってしまった。二等サロンのテーブルの周りはすっかり静まり返って、白熱灯の光の晴れがましさも虚しいばかりだ。今夜は毎晩ここに集まってくるカード仲間もみな市内のホテルへ泊まりに出かけ、船に残っているのは僕ひとりだけだから。

五年前のことになるが、つね日ごろの希望が叶って政府よりヨーロッパ派遣の大任を仰せつかり、このサイゴン港に着く頃には、目に見るもの、耳に聞くもの、何もかもが新鮮で、筆の赴くままに書き記した紀行文に日ごとに何千の言葉を綴ったことだろう。それらは当時の新聞に掲載されて、世間にもてはやされもしたけれど、今にして思えば、稚拙な思想や自身の分際をわきまえない無責任な発言、そうでなくとも世の中の動植物に鉱物に目に映るものは手当たり次第、さらには風習などにいたるまでを、さも物珍し気に書き綴ったものを、良識ある人はどのように見ていたことだろう。

このたびは帰国の途に就くにあたり、日記をつけようと買ったノートがいまだに白紙のままなのは、ドイツで学問に励むうちに、ニル・アドミラリなる何事にも動じない気性を身に付けでもしたのだろうか。いや、違う。これには別の理由がある。

実際のところ、東へと帰る今の僕は、西に向かったときのかつての僕とは違う。学問こそは今もなお満足しきれないところも多いものの、世間の辛苦も経験し、人の心が頼りにならないことは言うまでもなく、自身や自身の心でさえ変わりやすいということも悟ることができた。昨日肯定したことを今日には否定してしまうような自身の瞬間の感触を、筆にしたためていったい誰に見せようというのだ。これが日記を書くに至らない理由だろうか。いや、違う。これには別の理由がある。

ああ、ブリンディジ港を出港してから、すでに二十日あまりが経過した。普通ならば初対面の乗客とも交際し、旅中の退屈さを紛らわせあうのが船旅の習慣であるのに、体調不良を理由に船室にばかり閉じこもり、同行者たちへの口数も少ないのは、人知れぬ恨みの感情にひどく苦悩しているからだった。

この恨みは、最初はひとはけの雲のように心に浮かんで、スイスの山並みも目に入らせず、イタリアの遺跡にも関心を向けさせず、しばらくするとこの世が嫌になり、自身を悲観し、身悶えするほどの激痛をこの身に負わせ、今は心の奥に凝り固まって一点の影になっているだけだけれども、なにかを読むたび、また見るたびに、鏡に映る面影のごとく、また呼びかけに応じるこだまのごとく、懐かしい思いを尽きることなく呼び起こさせて、繰り返し僕の心を苦しめる。

ああ、どのようにすればこの恨みを消すことができるだろう。もしこれが他の恨みであるなら、詩に綴り歌に詠んだ後には気持ちが晴れもしただろう。けれどもこればかりはあまりに深く心に刻みつけられているので、そうはならない気がするが、今夜は周りに人もいないし、給仕がやって来て電灯のスイッチをひねり消すまで、まだしばらく時間もありそうなので、では、そのあらましを文章に綴ってみよう。

僕は幼少の頃から厳しい家庭教育を受けた甲斐もあり、父を早くに亡くしたものの、勉学が荒んだり衰えたりすることなく、旧藩の学校にいた時代も、上京して大学予科に通ったときも、また大学法学部に入った後も、太田豊太郎という名前は常に学年のトップに記されていたので、一人息子の僕を心の支えに生活してきた母の心も慰められたことだろう。

十九歳で大学を卒業し、大学創立以来の誉れであると人にも褒められ、ある行政機関に入省して、故郷の母を呼び寄せて、楽しい月日を過ごしたのも三年ほど。長官からの信頼も特別厚かったことから、ヨーロッパへ出向して当地官庁の行政事務について調査するようにとの任命を受け、名声を成すのも、家名を上げるのも、今こそと思う心が勇み立ち、五十を越える母との別れにさほどの悲しみも覚えず、家を離れて遥々とベルリンの都会にやって来た。

僕は、漠然とした功名心と、自分を厳しく抑制することに慣れた強制力を持って、またたく間にこのヨーロッパの新大都市の中心に立った。

なんという光彩だ、僕の目に飛び込んでこようとするのは。なんという色つやだ、僕の心を迷わせようとするのは。

「菩提樹の下」と訳すと、奥深い物静かな場所のように思われるが、黒髪の如くまっすぐに伸びる、この大通り、ウンター・デン・リンデンに来て、両側にある石畳の歩道を連れ立って歩く紳士や淑女たちを見よ。

まだドイツ皇帝ヴィルヘルム一世が、街に面した窓にお立ちになられる時代であったから、胸を張り肩章エポレットの付いた肩をそびやかせる士官たちが、様々な色で飾り立てた礼装をしていて、顔立ちの良い娘たちが、パリを真似た装いで飾り立てている。

どれもこれも目を驚かさないものはないというのに、車道のアスファルトの上を音も立てずに走るさまざまな馬車。雲にそびえる高層建築のすこし途切れた所には、晴れ渡る空に夕立の音を立てながら、溢れんばかりに流れ落ちる噴水の水。遥か見渡せば、ブランデンブルク門を隔てた向こう側に緑の樹々。枝の交差する間から中空に浮かび出ている戦勝記念塔の女神の像。

これら数多くの風情ある光景が目の前に集まってきたら、初めてここを訪れる者が慌ててしまうのも無理はない。けれども僕の心には、たとえどのような所で過ごそうとも、虚しい美観に心を奪われることはしないという決心があったから、常に襲いかかってくる外界からの誘惑をさえぎり、踏みとどまっていた。

僕が呼び鈴を引き鳴らして面会を申し込み、政府からの紹介状を差し出して、日本からやってきた目的を告げたときのプロイセンの役人は、みな快く僕を迎え入れ、公使館からの手続きさえ滞りなく済めば、どんなことでも教えもするし伝えもすると約束してくれた。

嬉しいのは、故郷でドイツ語とフランス語を学んでおいたことだ。彼らとの初対面のとき、一体どこでいつの間にこれほどまで学び得たのかと驚かれなかったことは一度もないほどだった。

そうして公務のあいだに時間ができると、あらかじめ公式な許可も得ていたので、当地の大学で政治学を修めようと、自身の名を学籍簿に登録させた。

ひと月ふた月と過ごすうちに公務の打ち合わせも終わり、調査も次第にはかどっていったので、急ぎの件は報告書を作成して発送し、そうでないものは書き写して手元に置き、それらは最終的に何冊になっただろう。大学のほうでは、世間知らずな考えで思い描いていたような、政治家になるための特別な学科などあるはずもなく、あれこれ迷いながらも二、三の法学者の講義を受けることにして、学費を納め、大学に出向いては聴講した。

こうして三年ほどが夢のように過ぎていったが、時が来れば隠そうにも隠しきれなくなるのが人の嗜好というものだろう。

僕は父の遺言を守り、母の教えに従い、人から神童であるなどと褒められることの嬉しさから怠けることなく学び続けた頃から、長官から善き働き手を得たものだと励まされる喜ばしさから弛まず務める頃に至るまで、自身がただ受動的で機械的な人間であったことに気づかなかったが、二十五歳になった今、長くこの自由な大学の風に当たっていたためだろうか、心の中がなんとなく穏やかではなく、心の奥底に潜んでいた本当の自分が次第に表に現れて、昨日までの自分ではない自分を責めたてているかのようだった。僕は自身のことを、今の時代に血気盛んに活動するような政治家になるのも向いていないし、また法典を暗記暗唱して罪人に判決を下すような法律家になるにも相応しくないことを悟りえたと思っていた。

僕が密かに思うに、母は僕を活きた辞書にしようとし、官長は僕を活きた法律にしようとしたのだろう。辞書であることはまだ耐えられもするけれど、法律であることは我慢ならない。今までは、こまごました問題にも極めて丁寧に返答してきた僕だったが、この頃から長官に充てた手紙には、法制の細かい点にこだわるべきでないとしきりに論じて、ひとたび法の精神さえ身につければ、ごたごたした複雑な問題はすべて竹を割るかのようにすっぱりと解決できるだろうなどと大口をたたいたりもした。また大学においては法学の講義をおろそかにして、歴史文学に関心を寄せ、次第にその面白さが分かるようになっていった。

長官は最初から、自分の意のままに扱える機械こそを作ろうとしたのだろう。自立した思想を抱いて、平凡らしからぬ顔つきをした男をどうして喜ぶだろう。不安定なのは当時の僕の立場だった。とはいっても、これくらいのことで僕の立場が覆されるには至らないはずだったが、ベルリンの留学生の中にある勢力を持ったグループがあり、日頃から僕との間に愉快とは言えない微妙な関係が続いていて、この人たちが妬みから僕に疑いの目を向けるようになり、ついには中傷するに至った。しかしこれにしても理由なくして起きたことではない。

あの人たちは、僕が彼らと一緒にビールジョッキを掲げることもせず、ビリヤードのキューさえ手にしないことを、頑固な性格と禁欲的な精神のせいだと結論づけて、一方では嘲り、また一方では妬みもしたのだろう。けれどもこれは僕という人間を知らないところから来ているのだ。ああ、しかし、この原因を僕自身も分かっていなかったのに、どうやって他人がそれを知ることができるというのだ。

　僕の心は、あの合歓という木の葉に似て、なにかが触れれば縮んでそれを避けようとする。この心は自分の意志を持たない臆病な少女のようなものだった。僕が幼い頃から年長者の教えを守り、学問の道を辿ってきたのも、官僚の道を歩んできたのも、どれも勇気があって成しえたわけではない。一見、忍耐と勤勉の賜物のように見えることも、実はどれも自らを欺いて、他人さえも欺いてきただけで、人が辿らせてきた道筋をただ一途に辿ってきただけのことだ。これまでよそ見もせずにやってこられたのは、自身を取り巻くものを排除して振り返らないほどの勇気があったわけではない。ただ外側にあるものを怖がって自分で自分の手足を縛りつけていただけのことだ。

　故郷を発つ前も、自身が有益な人間であると疑わず、また、自身の心は忍耐強いと固く信じこんでいたのだった。ああ、けれどもそれもいっときのこと。船が横浜を離れるまでは、素晴らしく立派で豪快だと思っていたこの身が、とめどなく溢れる涙にハンカチを濡らしているという、自分でもおかしなことだと思いはしたけれども、これこそがむしろ、僕の本性だったのだろう。こういった性分は、生まれついてのものだったのだろうか、または早くに父を喪って母の手ひとつで育てられてきたことによって生じたのだろうか。

　あの人たちが嘲るのも、もっともなことだ。けれども妬むというのは愚かではないか。この弱く不憫な心を妬むなど。

紅やおしろいを顔に塗りたくり、派手な色の衣装を身にまとって、カフェに腰掛け客を引く女を見かけても、それについて行く勇気もなく、シルクハットを頭に乗せて、つるなし眼鏡を鼻根に挟んで、貴族っぽく鼻にかかった話し方をするプロイセンならではの道楽者を見かけても、連れだって遊ぶ勇気もない。これらの勇気なくして、あの精力的な同郷の連中とも交際できるわけがない。こういった人付き合いの悪さから、彼らは単に僕をあざけり妬むだけでなく、疑いの目まで向けるようになったのだ。これこそが、僕が無実の罪を背負いながら、しばらくの間、計り知れないほどの辛苦を舐め尽くすきっかけとなったのだった。

ある日の夕暮れのことだったが、僕はティアガルテンの森を散歩して、ウンター・デン・リンデンを経由してモンビジュー通りの下宿に帰ろうと、クロースター通りの近くにある古い教会の前に来た。僕はあの艶やかな灯火の海を渡り来て、この狭く薄暗い界隈に入り、上階の木製の手すりに干されたシーツや肌着などをまだ取り入れていない民家だとか、長い頬髭を蓄えたユダヤ人の老人が店先に佇む居酒屋だとか、階段のひとつは二階へと伸び、もうひとつが地下の穴倉住まいの鍛冶屋の戸口へと通じているアパートの向かい側に、凹字の形にはめ込まれたかのように建っているこの三百年前の遺跡を前にしては、心が奪われうっとりとなって、しばらく立ち尽くすということが、これまで何度あったことだろう。

今ちょうどこの場所を通り過ぎようとしたとき、閉ざされた教会の門の扉に寄りかかって、嗚咽をこらえながら涙に暮れるひとりの少女がいるのを見かけた。

年齢は十六、七くらいだろうか。被っている布製のボンネット帽子からこぼれ出ている髪は明るい色をしたブロンドで、着ている服は垢が付いて汚れているようにも見えない。僕の足音に驚いて振り向いたその表情。詩の才能がない僕にはこれを書き表す術がない。この青く清らでありながらも訝しげに不安を含んだ瞳の、涙の露を宿した長い睫毛に覆われているところは、なぜ一目見ただけで、用心深いはずの僕の心の奥底をまで貫いたのだろう。

少女は思いがけない深い悲しみに遭遇して、周囲を気にする余裕もないままここに立って泣いているのだろうか。わが臆病なる心は、憐れみの感情に打ち負かされ、僕は思わず傍に近づいて、「どうして泣いておられるのか。この土地につながりを持たないよそ者なら、却って力を貸しやすいこともあるかもしれません」と言いかけて、我ながら自身の大胆さに呆れてしまった。

少女は驚いて僕の黄色い顔面をじっと見つめていたが、僕の真摯な気持ちが表情に表れていたのだろうか。「あなたは、善良なお方とお見受けします。彼のように残酷ではないでしょう。また私の母のように」

一旦は枯れたはずの涙の泉がまた溢れて可憐な頬を伝って落ちた。

「どうか私をお救いください、あなたさま。私が恥知らずな人間にならないように。母は、私が彼の言葉に従わないからといって、私をぶったのです。父が亡くなりました。明日には葬らなければならないのに、家には一銭の蓄えもないのです」

あとはすすり泣く声が聞こえるばかり。僕の視線は、俯いている少女の震えるうなじにのみ注がれていた。

「君を家まで送って行くから、まずは気持ちを落ち着けたまえ。泣き声を人に聞かせてはなりません。ここは往来ですから」

少女は事情を話すあいだに、無意識に僕の肩に寄りかかっていたが、この時ふと頭を上げて、初めて僕の存在に気づいたかのように、恥じて傍らから飛びのいた。

人目を避けるように、足早に歩く少女の後に従って、教会の筋向いにあるアパートの入口の大きな扉を入ると、欠けて壊れたところの目立つ石造りの階段があった。これを上って、四階目に腰を折って潜らなければならないほどの低さの戸があった。少女が錆びた針金の先を捻じ曲げてあるところに手をかけて強く引っぱると、中からしわ枯れた老女の声がして、「誰だい」と尋ねた。

「エリスよ。ただいま」と答える間もなく、戸を荒々しく引き開けたのは、白髪交じりの、人相が悪いわけではないが、貧苦の形跡を額に刻み付けた老女で、古びた羊毛の服を着て、汚れた室内履きを履いていた。エリスが僕に会釈して中に入るのを、老女は待ち兼ねていたかのように、戸を激しく閉め切った。

僕はしばらく呆然として突っ立っていたが、ふと明かりをかざして戸を見ると、エルンスト・ヴァイゲルトと漆で書かれ、その下に仕立物師と添えられていた。これが亡くなったという少女の父の名前であるに違いない。

中からは言い争うような声が聞こえていたが、また静かになって再び戸が開いた。先ほどの老女は礼儀正しく自身の無礼な振る舞いを謝罪して、僕を中へと迎え入れた。

戸の内側は台所になっていて、右手の低い窓に、真っ白に洗った麻布が掛けられている。左手には粗末に積み上げた煉瓦のかまどがある。正面の一室は扉が半分開いていて、中には白い布で覆ったベッドが窺える。横たわっているのは亡くなった人なのだろう。

かまどの横にある扉を開けて老女は僕を中へと導いた。そこは世間で言う「マンサード」、屋根裏の街路に面した一室であるから、天井も付いていない。屋根の裏側の角のところから窓に向かって斜めに下がっている梁に紙を貼り付け、その下の、立つと頭がつかえそうなところにベッドが置いてある。部屋の真ん中に置かれた机には美しいテーブルクロスが掛けてあり、その上には本を一、二冊と写真アルバムを並べ、陶製の花瓶には、ここに似つかわしくない高価な花束が生けてあった。そしてその傍らに少女は気後れしたように、はにかんだ笑顔を浮かべて立っていた。

彼女は極めて美しかった。ミルクのような白い肌にランプの明かりが反射して、その表情をうす紅色に染めていた。手足がか細くしなやかなのは、貧しい家の娘としては不釣り合いである。

老女が部屋を出ていった後に、少女は少し下町訛りのある言葉使いでこう言った。

「お許しください。あなたをここまで引き入れた無礼な振る舞いを。あなたはきっと善良なお方に違いありません。私のことをまさか不快に思ったりはなさらないでしょう。父の葬儀が明日に迫っているのです。頼れると思っていたシャウムベルヒ……あなたは彼のことをご存じではないでしょうね。彼はヴィクトリア劇場の支配人なのです。あの劇場の専属となってから、もう二年になるので、問題なく私たちを助けてくれると思っていたところ、人の弱みに付け込んで身勝手な要求を突き付けてくるとは。どうか私をお助けください、あなたさま。借りたお金は薄給を割いてでもお返しいたします。たとえ私が食べなくても。それでも返すことができないときには母の言葉に……」

彼女は涙ぐんで身を震わせた。その見上げている瞳には、人に否と言わせない、媚びるような説得力がある。この目の働きは意識的にそうしているのか、それとも自分では気づいていないのか。

内ポケットには二、三マルクの銀貨はあるものの、それで足りるはずもないので、僕は懐中時計を外して机の上に置いた。

「これで取りあえずの急を凌ぎたまえ。質屋の使いがモンビジュー通り三番地の太田を訪ねてくる折には、代価を支払い、この時計を買い戻すから」

少女は驚いて、強く心を動かされた様子で、僕が別れの挨拶のために差し出した手に唇を当てたが、はらはらと落ちる熱い涙が僕の手の甲に注がれた。

ああ、なんという悪因だろう（この再会がなければこの恨みも生まれずに済んだのだ）。この恩に感謝しようと、僕の下宿を自ら訪ねてきた少女は、ショーペンハウアーを右に、シラーを左にして、一日中ずっと座って読書ばかりに耽っている僕の部屋の窓辺に、一輪の美しい花を咲かせたのだった。

このことをきっかけに、僕と少女との交際は次第に頻繁になってゆき、同郷の人たちにも知られるところとなると、彼らは早合点して、僕のことを性的な情欲から舞姫の群を漁る者と決めつけてしまった。僕たち二人の間には、まだ無邪気でたわいない楽しさしか存在しなかったというのに。

その名を挙げるのは憚られるけれども、同胞の中にはゴシップを好む者があり、僕がしばしば劇場に出入りして女優と交際しているとして、長官のもとに報告した。それでなくても僕がずいぶん学問の道から逸れていると知って憎らしく思っていた長官は、ついにその旨を公使館に伝えて、僕を免官し、解雇した。

公使がこの辞令を伝える際に僕に言ったのは、御身がもし即刻帰国するのであれば旅費は支給するが、なおもここに留まるならば、政府の援助を期待してはならないとのことだった。僕は一週間の猶予を願い出て、あれこれ思い悩むうち、生涯で最も深い悲痛を感じさせられた二通の手紙が届いた。

この二通はほぼ同時に出されたものだが、一通は母の自筆、もう一通は親族のひとりが、母の死を、僕がこの上なく慕う母の死を報せてきた書簡だった。

僕は母が手紙に書いた言葉をここに繰り返すことは到底できない。涙がこみ上げてきて筆の運びを妨げるからだ。

僕とエリスとの交際は、この時までは傍目に見るより潔白だった。

彼女は父親の貧しさのために充分な教育を受けられず、十五歳の時に踊り子の募集に申し込んで、とかく職業差別されがちなこの恥ずかしい職業を習得し、コースが終了した後はヴィクトリア劇場の舞台に出演し、今ではシーンによってはトップ・ツーの座を占めている。

けれどもドイツの詩人ハックレンダーが現代における奴隷だと書いたように、哀れなのは舞姫の身上である。少ない報酬で縛られて、昼のレッスン、夜の舞台とこき使われ、楽屋に入ったときこそ紅やおしろいで化粧し、美しい衣装を纏うけれども、舞台を下りれば自身の衣食さえも不足がちで、親兄弟を養っている者の苦労はどれほどのものだろう。そのため彼らの仲間の中には、卑しい限りの業に身を堕とす者も稀ではないという。

　エリスがそれから逃れることができたのは、彼女のおとなしい性格と、頑固な父親の警護によってである。

　彼女は幼い頃から貧しさとは裏腹に読書が好きだったが、かといって手に入るのは「コルポルタージュ」と呼ばれる貸本屋の低俗な小説くらいだったので、僕と知り合うようになった頃から、僕が貸した本を読み習って、ようやく趣味というものを持つようになり、言葉の訛りも正して、そのうち僕に寄越す手紙の誤字も少なくなっていった。こういった具合で、僕たち二人の間には、まず師弟としての付き合いが生まれていたのだった。

　僕の突然の免官について聞いたとき、彼女は真っ青になった。彼女のことが関係していることは伏せていたが、彼女は僕に、母親にはこのことを内緒にしておいてくださいと言った。学費を受けられなくなったことを知った彼女の母親が、僕を嫌うのを恐れてのことだった。

　ああ、ここに詳しく書き出す必要もないけれど、彼女を愛おしく思う気持ちが急に強くなり、ついに離れ難い関係となったのはこのときだ。

　この身に起きた一大事が目の前に横たわって、本当に生きるか死ぬかの瀬戸際であるこの時に、このような行動に出たことを不審に思い、また批判する人もあるだろうけれども、僕がエリスを愛する気持ちが、初めて出会ったときより深くなってきているこの時に、僕の不遇を憐れみ、また別離を悲しんで思いつめている顔に、後れ髪がほつれて掛かっている、その美しくいじらしい姿は、深く身に沁み込む悲痛の刺激によって平静さを失っている僕の脳髄を貫いて、恍惚となっているあいだにここに及んだことは、どうしようもないことだった。

公使と約束していた日も近づき、運命の時が差し迫ってきた。このまま帰国するなら、学業も成就せず、汚名を背負ったこの身に再起の機会などあるはずもない。だからといってこのままここに留まるにも、学費を得るための手立てがない。

このとき僕を助けてくれたのは、今、同じ船に乗っているうちの一人である相沢謙吉だった。彼は東京で既に天方伯の秘書官を務めていたが、僕の免官が官報に掲載されていたのを見て、某新聞社の編集長を説得し、僕を現地採用の海外特派員として、ベルリンに留まって政治や学芸のことなどを報道させるようにしてくれたのだった。

新聞社の報酬は十分とは言えなかったが、住まいを移し、昼食に通う食堂を変えもすれば、ささやかな暮らしも成り立つだろう。

あれこれ思案しているところに、誠意を示して助け舟を出してくれたのはエリスだった。彼女はどうやって母親を説き伏せたのか、僕は彼女たち母娘の住まいに身を寄せることになり、エリスと僕はいつからともなく、有るか無いかの収入を合わせて、辛い中にも楽しい月日を送った。

朝のコーヒーを飲み終えると、彼女はレッスンに出かけて行き、そうでない日には家に居て、僕はケーニヒ通りにある、間口が狭くて奥行ばかりがやたらと長いカフェに出かけ、あらゆる新聞を読み、鉛筆を取り出して、あれやこれやと情報を集める。

この開け放たれた引き窓から光を取り入れているカフェの一室で、定職に就いていない若者や、わずかな資金を他人に貸して自身は遊び暮らす老人、または、取引所の仕事の隙を見て休憩に立ち寄る商人などと肘を並べ、冷たい大理石のテーブルの上で忙し気にペンを走らせ、ウエイトレスが運んでくる一杯のコーヒーが冷めるのも顧みず、ちょうど誰も読まずに空いている新聞が細長い板に挟まれて何種類も並べて掛けてある片方の壁へと何度も往復する日本人を、他人はどう見ていたのだろうか。

また一時近くになると、レッスンに出かけた日には帰り道に立ち寄って僕と一緒に店を出て行く、人並外れて身の軽やかな掌の上でも舞うことができそうな少女のことを、怪しみながら見送る人もあっただろう。

わが学問は荒んだ。

屋根裏に灯りがひとつ微かに燃えて、劇場から帰ったエリスが椅子に腰掛け縫い物などする傍らの机で、僕は新聞の原稿を書いた。

かつての無味乾燥で枯葉のような法令や条目を紙の上に掻き集めた頃とは違って、今は活発な政界の動きや、文学や美術に関する新しい動きへの批評など、あれこれ関連づけては、全力を傾けて、評論家ベルネの言葉よりむしろ詩人ハイネを学んで思想を構築し、様々な記事を書く間にも、皇帝ヴィルヘルム一世に続いて次期皇帝フリードリヒ三世の崩御があり、新帝の即位や、ビスマルク侯の成り行きなどの事については、特に詳しく報告した。そのためこの頃は思った以上の忙しさで、多くもない蔵書を開いては読み、以前の学問を探求することもままならず、大学の籍はまだ抹消されてはいないものの、授業料を納めるのも難しく、たった一つにしていた講義でさえ滅多に聴きに行けなくなった。

わが学問は荒んだ。

けれども僕はそれとは別に、一種の見識を高めるに至った。それはどういうものかというと、総じて在野の学問の普及という点においては、欧州諸国の中でもドイツに勝る国はない。何百種もの新聞雑誌に散見する議論にはずいぶん高尚なものが多いが、僕は特派員になった日から、かつて大学に熱心に通った当時に養った鋭い眼孔をもって、何度も読み込み、また、書き写すうちに、これまでは一本の道筋だけを走ってきた知識が、ひとりでに総括的なものになっていって、同郷の留学生などの多くは夢にも思わないような境地に達したのだった。彼らの中にはドイツ語の新聞の社説さえろくに読めない者もあるのだが。

明治二十一年の冬が来た。表通りは、歩道こそは雪の滑り止めに砂をまき、除雪のために鍬もふるい、クロースター通りの周辺では、掃き寄せられた雪ででこぼこしている所もあるけれど、表面だけは一面に凍りついていて、朝になって扉を開けると飢えて凍えた雀が落ちて死んでいるのも哀れなものだ。

部屋を温め、かまどに火を起こしても、石造りの壁を通して、衣類の綿を突き抜けてくる北ヨーロッパの寒さは、なかなか耐え難いものがある。

エリスは二、三日前の夜に舞台で気を失ったといって、人に助けられながら帰ってきたが、それからは気分が優れないと舞台を休み、物を口にするたびに吐くので、これは悪阻というものではないかと初めに気づいたのは母親だった。

ああ、そうでなくてさえ心許ないのは、この身の行く末であるのに、もしそれが本当だとしたらどうしよう。

今朝は日曜なので家にいるものの、楽しい気分ではない。

エリスは床に伏せるほどのことではないと、小さい鉄炉の傍に椅子を引き寄せて腰掛け、口数も少ない。

このとき戸口に人の声がして、間もなくして台所にいたエリスの母親が、郵便封筒を持ってきて僕に手渡した。

見れば見覚えのある相沢の筆跡であるのに、郵便切手はプロイセンのもので、消印にはベルリンとなっている。

不思議に思いつつ開いて読むと、急のことで予め知らせることができなかったが、昨夜ここにご到着になられた天方大臣に随行して私もやって来た。伯爵が君に会いたいとおしゃっておられるので、すぐに来たまえ。君の名誉を回復するのもこのときだぞ。気ばかり焦って用件のみを申し送る、と書いてある。

読み終わって茫然としている表情を見て、エリスが言った。

「故郷からの手紙では。まさか悪い知らせでは」

彼女は例の新聞社の報酬に関する書状と思ったのだろう。

「いや、心配することはない。あなたも名を知る相沢が、大臣と一緒にここに来て私を呼んでいるのだ。急ぐと言うから今からでも」

かわいい独り子を送り出す母親でさえ、ここまでの気配りをしないだろう。大臣にお目にかかるかもしれないと思うからか、エリスは病を押して立ち上がり、シャツも一番白いものを選び、丁寧に仕舞っておいたフロックコートという二列ボタンの上着を出して僕に着せかけ、襟飾りさえ僕のために自らの手で結んでくれた。

「これでみっともないとは誰も言わないでしょう。私の鏡に向かってご覧くださいな。どうしてそんなに浮かない表情をお見せになるの。私も一緒に連れて行ってほしいくらいなのに」。

そして少し様子を改めて、

「いいえ、このように衣装をお変えになられたところを見ると、なんとなく私の豊太郎さまのようには見えないわ」。

また少し考えて、

「たとえ高貴なお方になられる日があったとしても、私のことをお見捨てにならないでくださいね。私の病が母の言うようなことでなかったとしても」

「なんだい、高貴って」

僕は微笑んだ。

「政界などの表舞台に立とうという望みを断ってから何年も経つというのに。大臣に会いたいとも思わない。ただ別れて久しい友に会いに行きたいのだ」

　エリスの母親が呼んだ一等ドロシュケが、車輪の下に雪を軋ませ、窓の下までやって来た。僕は手袋をはめ、少し汚れたコートを、袖を通さず背に羽織り、帽子を手に取って、エリスに口づけしてから階段を下りた。彼女は凍り付いた窓を開け、乱れ髪を北風が吹くにまかせたまま、僕が乗り込んだ馬車を見送った。


　僕が馬車を降りたのは、ホテル・カイザーホーフの入り口である。

　フロントにて秘書官相沢の部屋の番号を尋ね、踏み慣れなくなって久しい大理石の階段を上り、中央の柱にプリュッシュと呼ばれるベルベット生地で覆ったソファーを据付け、正面に鏡が立ててある控えの間に入った。

　コートはここで脱ぎ、廊下を伝って部屋の前まで来たものの、僕は少しためらった。共に大学で学んだ日々に、僕が品行方正であることを激賞した相沢が、今日はどんな表情で出迎えるのだろう。

　部屋に入って向かい合ってみると、体型こそは昔に比べれば太って逞しくなっているが、昔と変わらない快活な性格は、僕の過ちなどさほど気にかけてもいないように見えた。

　日本で別れてからこれまでのことを詳しく伝える時間もなく、導かれて大臣に拝謁し、委託されたのはドイツ語で書かれた文書の中の急を要するものの翻訳だった。

僕が文書を受け取り、大臣の部屋を後にすると、相沢が後から追いかけて来て、昼食を共にしようと誘った。

食事中のテーブルでは、彼が多くを尋ね、僕は多くを答えた。彼の人生はおおむね平穏だったが、不遇、不運続きは僕のほうだったから。

僕が胸の内を素直に打ち明けて語った不幸な経歴に耳を傾け、彼はたびたび驚いたが、中途半端に僕を責めようとはせず、却って他の凡人なる留学生らのことを罵った。

けれども話が終わったとき、彼は改まった表情で忠告して言うことには、この一連の出来事は、元はと言えば君の生まれながらの弱い心に端を発しているのだから、今さら何を言っても仕方がない。とはいえ、教養あり、才能ある者が、いつまでも一少女との恋愛感情に捕らわれて、目的もない生活を送るべきか。今は天方大臣もただ君のドイツ語能力を利用しようと思っているだけだ。大臣が当時の君の免官理由を知っているだけに、俺のほうも、予めこうと思い定めているそのお考えを、強いて変えようとはしていない。大臣に心の中で、事実を曲げてでも人を庇う者だなどと思われたら、友である君の利点にならないし、俺も損だからな。人を推薦するには、まずその能力を示すに越したことはない。これを示して大臣の信用を獲得しろ。またその少女との関係は、たとえ彼女が誠実な人間であったとしても、たとえ深い関係になっていたとしても、互いの人となりを知ってから発展した恋愛ではなく、慣れあいという一種の惰性から生じた関係だろう。意を決してその関係を断つように、と。

これが彼の言葉の大筋だった。

大海原で舵を失った者が、遠くの山を眺めるような、相沢が僕に示した今後の方針だった。

けれどもこの山は、なおも重い霧の間にあって、いつ辿り着くのかも、いや、果たして辿り着けるのかも、たとえ辿り着いたとしても僕の心に満足を与えてくれるのかも分からない。

貧しい中でも楽しいのは今の生活。失いたくないのはエリスの愛。

僕の弱い心には決意する術などなかったが、とりあえずは友の言葉に従って、この関係を断つと約束したのだった。僕は大切なものを失いたくないと思って、自身に敵対する者には抵抗するけれども、友に対して否と答えられないのが常だった。

相沢と別れて外に出ると風が顔を打ち付けた。

二重になったガラス窓を固く閉ざして大きな陶製の暖炉で火を焚いているホテルの食堂から出てきたものだから、薄いコートを貫く午後四時の寒さは特に耐え難く、鳥肌が立つと同時に、僕は心の中にも一種の寒気を感じていた。

翻訳は一晩で成し遂げた。

カイザーホーフに通うことがそれ以降、次第に頻繁になっていくにつれて、最初の頃は要件のみだった大臣の言葉も、のちには最近故郷で起きた出来事などを話題にして僕に意見を求めたり、折に触れては視察の道中で起きた人々の失敗談などを告げては、声を立ててお笑いになられたりした。

ひと月ばかりが過ぎて、ある日大臣は突然僕に向かって、「余は明日、ロシアに向かって出発するが、随行できるか」と尋ねた。

この数日間、公務に忙しい相沢の姿を見かけなかったので、この問いは突然で僕を驚かせた。

「どうしてご命令に従わぬことがございましょう」

僕は自身の恥をここに晒そう。

この返答は、素早く決断して述べたものではない。僕は自身が信頼を寄せるようになった人に突然ものを尋ねられると、自身の返答がこの先、何を意味することになるのか十分に推し量りもせず即座に承諾してしまうところがあるのだ。そして承諾した後で、それが実行し難いことに気がついても、あえてその時の思慮の浅さをひた隠して、無理やり実行することが度々あった。


この日は翻訳の報酬に旅費まで添えて頂戴したものを持ち帰って、翻訳代金をエリスに預けた。これにてロシアから帰宅するまでの生活を支えることができるだろう。

彼女は医者に診てもらったところ、身ごもっているという。もともと貧血性であるため、数か月も気づかずにいたのだろう。

劇場の支配人は、休みがあまりにも長くなったので除籍したと言ってきた。休んだのはまだ僅かひと月ばかりのことであるのにこうも厳しいのは何か別の理由があるのだろう。

旅立つことに関して、彼女はひどく心を悩ませているようにも見えない。偽りのない僕の気持ちを深く信じていたからだ。

鉄路でのそう遠くもない旅であるから、用意といっても特にない。身に合わせて借りた黒い礼服と、新しく買い求めたゴータ出版のロシア宮廷の貴族譜、それから二、三種の辞書などを小さいカバンに詰めただけだ。

身重の身では流石に心細いことばかりが多いこの頃であるから、出て行った後に残るのも憂鬱だろうし、また駅まで見送りに来て涙をこぼされでもしたら、僕も気がかりになるだろうから、翌朝早くにエリスを母親と共に知人の元へと送り出した。

僕は旅支度を調えて、扉を施錠し、鍵をアパートの入り口に住む靴屋の主人に預けて出かけた。

ロシア行きについては、何について書き記すべきだろう。

僕が担った通訳たる任務は、僕をたちまちのうちに連れ去って、高貴な世界の上に降ろした。僕が大臣一行に随行して、サンクトペテルブルグに滞在した間に僕を取り囲んでいたものは、パリでの最高の贅沢を氷雪の中に持ってきたような王城の装飾や、これに負けじと幾つも灯した高級な蜜蠟のシャンデリアに、幾星もの勲章や幾枝ものエポレットの反射する眩しい輝きや、彫刻装飾の贅を尽くした暖炉の火に寒さを忘れて使う宮女の扇の閃きなどで、ここでフランス語を最も饒舌に使いこなせるのは僕であったがゆえに、来賓と主の間に立って、用件を弁ずるのもまた、その多くは僕であった。

滞在期間中、僕はエリスを忘れなかった。いや、彼女は毎日手紙を寄越したので忘れることができなかった。

僕が出発した日には、いつになく独りでランプに向かっていることの辛さに、知り合いのところで夜になるまでおしゃべりに耽り、疲れるのを待ってから家に戻ってすぐに寝てしまった。翌朝、目が覚めたときは、なおも独りでいることを夢ではないかと思った。起き出したときの心細さ、こういう思いは、生活に苦しんで今日食べる物もないときでさえ経験したことがなかった。

　これが彼女の一通目の手紙のあらましである。

　またしばらくしてからの手紙は、大変思いつめているようで、手紙を「否」という言葉から書き始めていた。

否、あなたを思う心の深さを今こそ知りました。あなたは故郷に頼りになる親族はないとおっしゃっていましたから、この地で世間を渡っていける良い手がかりがあれば、ここに残留なさらないはずはないでしょう。また私の愛情もあなたをつなぎ止めることを諦めないでしょう。それも叶わず東へとお帰りになるのなら、親と一緒に行くこと自体は簡単でも、それほど多額の旅費をどうやって調達できるでしょう。どんな仕事をしてでもこの地に留まって、あなたが世にお出になる日を待とうといつも思っていましたが、しばらくの旅として出発なさってからこの二十日ほど、別れの寂しさは、日に日に募るばかりです。人の別れの辛さなど、ただ一瞬のことだと思っていたのは間違いでした。私のお腹はようやく目立つようになってきました。そのこともあるので、たとえどんなことがあっても、私を決してお捨てにならないでくださいね。

　母とはずいぶん言い争いました。けれども私が以前とは違って固く決心している様子を見て、母も納得してくれました。私が東に行く日には、シュチェチンあたりの農家に遠い親戚があるので、そこに身を寄せると言っていました。手紙にお書きくださったように、大臣に重く用いられるようにおなりになったら、私の渡航の費用はなんとかなるのでしょう。今はひたすら、あなたがベルリンにお帰りになられる日を待つばかりです。

ああ、僕はこの手紙を見て、初めて自身の立場を自覚したのだった。恥ずかしいのは僕のこの鈍い心である。僕は、自分自身の進退についても、またこの身と関係のない他人のことについても、決断できると自ら心に誇っていたが、この決断は順調に事が進んでいる時だけのことで、逆境では通用しない。自身と人との関係を照らし合わせようとするときは、頼みにしている胸中の鏡は曇ってしまう。

大臣の僕に対する信頼は既に厚い。けれども、先を見通すことのできない僕の眼には、自身が実際に果たした職務しか見えていない。

僕はこの成果が将来の望みにつながっていようとは、神ならご存じだろうが、まったく思い至らなかった。けれども今ここで気がついて、僕の心はなおも冷静でいられるわけがなかった。先に友が推薦してくれたとき、大臣の信用は、手を伸ばしても届かない屋根の上の鳥のようなものだったが、今はすこし手が届きそうにも思われる。そういうところに、相沢が最近は言葉の端々に、帰国してからも共にこのようにあれば云々と言ったのは、大臣がそのように仰せになったのを、友でありながらも公務のことであるから、明言を避けつつ示したということだろうか。今になって思えば、僕が軽率にも彼に向かってエリスとの関係を断つと言ったのを、すぐにも大臣に告げたのだろうか。

ああ、ドイツに来たばかりの頃、僕は自ら、自身の本領を悟ったと思い、そして機械的な人間にはならないと誓ったが、これは足を縛られたまま放された鳥が、しばし羽を動かして自由を得たと誇りに思うのと同じではないか。足の糸が解けるわけがない。先にこれを操っていたのは某省の長官だったが、今はこの糸は、なんと哀れなことか、天方大臣の手中にあるのだ。

僕が大臣一行と共にベルリンに戻ってきたのは、ちょうど元日の朝のことだった。駅で別れを告げて、我が家に向かって馬車を走らせた。ここでは今も除夜に眠らず、元旦に眠る習慣なので、どこも静まり返っている。

寒さは強く、路上の雪は尖った角のある氷片となって、晴れ渡った空の陽の光に反射して、きらきらと輝いていた。

馬車はクロースター通りで曲がって、家の入り口に停車した。このとき窓を開ける音がしたが、車からは見えない。御者に旅行カバンを持たせて階段を上ろうとするうちに、エリスが階段を駆け下りてくるのに鉢合わせした。

彼女が一声叫んで僕の首に抱きつくのを見て、御者は呆れた表情で、何やら髭の内で言ったが聞きとれなかった。

「よく帰ってきてくださいました。お帰りにならなければ私の命は絶えてしまったことでしょう」

僕の心はこの時まで定まってもおらず、故郷を思う念と立身出世を求める心は、時には愛情を押しつぶそうとしていたが、まさしくこの瞬間に、思い悩んでためらう思いは消え去って、僕は彼女を抱擁し、彼女の頭は僕の肩に寄りかかって、彼女の喜びの涙がはらはらと肩の上に落ちた。

「何階に持って行くべきだ」と銅鑼の音のような声で叫んだ御者は、いち早く上って、階段の上に立っていた。


戸の外側に出迎えに来てくれたエリスの母親に、御者を労ってやってくださいと銀貨を手渡して、僕の手を取るエリスに伴われ、急いで部屋に入っていった。

一目見て僕は驚いた。机の上には白い木綿や白いレースなどがうず高く積み上げられてあったものだから。

エリスは微笑みながらこれを示して、「ご覧になって、この準備を」と言いつつ、木綿の布地をひとつ取り上げるのを見ると、おむつだった。

「私の喜びを想像してください。産まれてくる子はあなたに似て黒い瞳をしているのでしょう。この瞳。ああ、夢でいつも見ていたのはあなたのこの黒い瞳。産まれてくる日には、あなたの正しい心は、まさか父親とは別の姓を名乗らせたりはなさらないでしょう」

彼女は頭を垂れた。

「幼いとお笑いになるかもしれませんが、教会で洗礼をうける日がどんなに待ち遠しいことでしょう」

見上げた瞳には、涙が溢れんばかりに満ちていた。
二、三日の間は大臣も旅の疲れがおありかと敢えて訪ねるのを控え、家にばかりこもっていたが、ある日の夕暮れ、使いが来てホテルに招かれた。

行ってみると格別の待遇を受け、ロシア行きの労をねぎらわれた後、われと共に東へと帰る気持ちはないか、君の学問については私には分からないが、語学だけでも十分世のためになるだろう。ドイツの滞留があまりに長いゆえ、さまざまな人間関係の事情もあるかと相沢に尋ねてみたが、そのようなことはないと聞いて安堵したと仰せになる。

その雰囲気は断れるようなものではなかった。あれ、おかしいな、と思ったが、さすがに相沢の言葉が偽りであるとは言い難く、もしこの手にこそ縋らなければ、祖国を失い、名誉を回復する道をも断たれ、この身はこの広漠たる欧州大都の人の海に葬られるのかと思う念が、胸を突いて沸き起こった。

ああ、なんという節操のない心なのだ。「承知いたしました」と答えるとは。

鉄のように固く厚かましい面ではあっても、帰宅してエリスに何と伝えよう。ホテルを後にしたときの僕の心の錯乱は、たとえようのないものだった。

僕は道の左右さえも分からず思いに沈んで歩くうちに、行き交う馬車の御者に幾度となく叱責されては驚いて飛びのいた。しばらくしてふと辺りを見ると、ティアガルテンの森の脇に出てきていた。

倒れ込むかのように道端のベンチに寄りかかり、焼けるように熱し、木槌ででも打たれているかの如く響く頭を背もたれに任せ、死んだような有様で、どれくらいの時間を過ごしたのだろう。激しい寒さが骨を突き抜けたように感じて意識が戻った時には、夜になっていて雪が吹きすさび、帽子のひさしやコートの肩には、一寸ばかりの雪が降り積もっていた。すでに十一時を回っていただろう。モアビート区のカール通りに通じている鉄道馬車の線路も雪に埋もれ、ブランデンブルク門のほとりのガス灯は寂しい光を放っていた。立ち上がろうとしても足が凍えているので両手でさすって、ようやく歩けるほどになった。

足の運びがうまくいかないので、クロースター通りまで来たときには、夜半を過ぎていただろう。

ここまでの道のりを、どのようにして歩いてきたのか覚えていない。正月を過ぎたばかりの夜であるから、ウンター・デン・リンデンの酒場やカフェは、深夜になっても尚も人の出入りが盛んで賑やかだったはずだけれども、何も覚えていない。

僕の頭の中は、ただただ、僕は許されざる罪人であると思う気持ちで一杯だった。

四階の屋根裏には、エリスはまだ寝ないでいるらしく、きらきらと輝く蠟燭の明かりが、暗い夜空に透かすとはっきり見えるが、鷺の羽のような降りしきる雪のかけらにたちまち覆われ、また、たちまち現れて、風にもてあそばれているかのようだ。

アパートの入り口に入るや疲れが押し寄せ、身体の節々の痛みの耐え難さがために、這うようにして階段を上っていった。台所を過ぎ、部屋の扉を開けて入ると、机のそばでおむつを縫っていたエリスが振り返って、「あ」と叫んだ。

「どうなさったのですか。あなたさまのそのお姿は」

驚くのも無理はない。血の気が引いて死人同然となった僕の顔色、帽子はいつの間にか失い、髪はぼうぼうに乱れ、何度か路上でつまずき転倒したため衣服は泥まじりの雪に汚れ、ところどころは裂けていたのだから。

　僕は返事をしようとするけれども声が出ず、膝がわなわな震えて立っていることができず、椅子をつかもうとしたところまでは覚えているが、そのまま地に倒れこんだ。

　意識が戻ったのは数週間後のことだった。高熱でうわ言ばかりを繰り返す僕をエリスが献身的に看病していると、ある日、相沢が訪ねてきて、僕が彼に隠していた一部始終を詳しく知って、大臣には病のことだけを告げ、あとはうまく取り繕っておいてくれた。僕は意識が戻って初めて、病床に付き添うエリスを見て、その変わり果てた姿に驚いた。

　彼女はこの数週間のうちにずいぶん痩せて、血走った目は窪み、血色の悪い頬はこけていた。相沢の援助で日々の生活費には困らなかったが、この恩人は、彼女を精神的に殺してしまったのだった。

　のちに聞くと、彼女が相沢に会ったとき、僕が相沢と交わした約束を彼から聞いて、またあの夕方に大臣に申し上げた承諾を知ると、彼女はいきなり立ち上がって、その顔色はまるで土のようになって、「私の豊太郎さま。これほどまでに私をあざむいていらしたのですか」と叫んで、その場に倒れた。

　相沢は母親を呼んで、一緒に彼女を助け起こしてベッドに寝かせたが、しばらくして意識を取り戻した時には、目はまっすぐ前を向いたままで、そばにいる人も誰だか分からず、僕の名を呼んでひどく罵り、髪をむしり、布団を噛むなどして、また急に正気になった様子で何かを探し求めた。母親が与える物はことごとく投げつけたが、机の上にあったおむつを与えると、手に取り確かめてから顔に押し当て、涙した。

これ以降は騒ぐことはなかったけれども、精神の作用はほとんど全てが壊れてしまい、ぼんやりとした仕草は赤ん坊のようだった。

医師に診せたところ、過度なストレスによって突然起きる「パラノイア」という症状であるから、治癒の見込みはないという。

ダルドルフにある精神科病院に入れようとしたが、泣き叫んで嫌がり、あとはあのおむつのひとつを身に付けて、何度か取り出しては眺め、眺めてはすすり泣いた。僕の病床から離れようとしなかったが、これさえも、分かってそうしているのではないように見える。ただ時折、思い出したように、「薬を、薬を」と言うだけで。

僕の病は完全に治った。生ける屍となったエリスを抱き、何度、とめどない涙を流したことか。大臣に随って帰国の途に就くときは、相沢と相談して、エリスの母親にささやかな生活を送れるほどの資金を渡し、哀れな狂女の胎内に残した子どもが産まれた時のことも頼んでおいた。

ああ、相沢謙吉のような善き友は、この世に二人といないだろう。

けれども僕の脳裏には、一点の彼を憎む心が、今日までも残っている。

# あとがき

お楽しみいただけましたでしょうか。

二〇〇九年初夏に始まったエリーゼ探し。十三年間、「舞姫」と共に歩み続け、これが三作目、「舞姫」物語の完結編です。

ヒロイン・エリスのモデル、鷗外の恋人エリーゼの記録が見つかるまで、そしてドイツでの二人の恋愛に関しては『鷗外の恋　舞姫エリスの真実』（二〇一一・講談社／二〇二〇・河出文庫）に、その後の調査によるさらなる情報や、別離のあとのエリーゼと鷗外の生涯については『それからのエリス　いま明らかになる鷗外「舞姫」の面影』（二〇一三・講談社）に詳細にわたって記しています。

本書出版にあたっては、原文ページでは鷗外研究者・檀原みすず先生に、エリス宅間取り図では建築家・内山佳代子さんにご協力いただきました。また、ブックデザインの大滝奈緒子さん、大修館書店・今城啓子さん、林雅樹さんに大変お世話になりました。謹んで感謝申し上げます。こころから。

二〇二二年十二月　ベルリンの冬の空の下で。

六草いちか

55 「還東日乗」(『鷗外全集』第35巻) 岩波書店、1975年

56 「書簡」『鷗外全集』第36巻、岩波書店、1975年

57 「鷗外漁史が『うたかたの記』『舞姫』『文づかひ』の由来及び逸話」『鷗外全集』第38巻、岩波書店、1975年

58 “Über die diuretische Wirkung des Biers (ビールの利尿作用について)” Rintaro Mori, “Japan und seine Gesundheitspflege (日本および日本における健康管理)” 陸軍省医務局、1911年

## 【雑誌・新聞ほか】

59 「舞姫」森鷗外(宇佐美濃守ドイツ語訳)『東亜』Ost-Asien東アジア出版、1908年4月号

60 「森於菟に」小金井喜美子、『文学』第4巻、岩波書店、1936年6月号

61 「石黒忠悳日記抄」竹盛天雄、『鷗外全集』月報第35～38巻、岩波書店、1975年

62 「森鷗外・ドイツ留学最後の一年」坂本秀次、『鷗外』31号、1982年7月

63 「留学生の外国女性との結婚について」竹盛天雄、『国文学解釈と鑑賞』56号、1991年10月

64 「築地精養軒とその光景」川崎晴朗、『国文学』学燈社、1999年8月号、

65 「石黒忠悳滞欧書簡抄」中井義幸、『帝京大学文学部紀要 日本文化学』37号、2005年

66 “Berliner Adreß-Buch” H. Schwabe (ab 1881 von W. & S. Loewenthal) 1873-1895

67 “Reichs-Kursbuch” Deutsche Reichsbahn, 1884

68 “Berlin und Umgebungen” Baedeker,1887

69 “japan weekly mail” Sept. 15. 1888 Japan Mail

70 “japan weekly mail” Okt. 20. 1888 Japan Mail

71 “Berliner Adressbuch” Scherl 1896-1943

## 【文書】

72 (書簡) 石黒忠悳、1888年7月18日 ロンドン発、国立国会図書館所蔵、石黒忠悳軍医監滞欧通信第58回信

73 (文書)『中山寛六郎関係文書』1888～1889年、東京大学大学院法学政治学研究科附属近代日本法政史料センター所蔵

74 (文書)「森一等軍医結婚の件」 陸軍省医務局総医第15号 陸軍省受領二第五一六号 1889年

75 (法律) “Gesetz über das Leichen- und Bestattungswesen (埋葬法)” Bundesland Berlin (ベルリン州) 1973年

76 (法律) “Allgemeines Landrecht für die preussischen Staaten(プロイセン一般ラント法)” 1794年

77 (文書) “Freundschafts-, Handels- und Schifffahrtsvertrag zwischen Japan und Preußen, Tokio, 24. Januar 1861”, Geheimes Staatsarchiv, II 5101/0S

25 “Handbuch für Passagiere und Verlader” Der Norddeutsche Lloyd, 1889

26 “Geschichte der Gymnasialkurse für Frauen zu Berlin” Gertrud Bäumer, Moeser, 1906

27 “Beiträge zur Berliner Geschichte” Ernst Kaeber Walter de Gruyter & Co., 1964

28 “Berlin und seine Bauten X -Anlagen und Bauten für Versorgung” Architekten-Verein zu Berlin, Wilhelm Ernst & Sohn, 1981

29 “Die “Elektrische” hat Weltpremiere in Berlin” Berliner Verkehrsbetriebe, 1981

30 “Juden in Berlin” Nicolai 1988

31 “Die Berlin-Chronik” Georg Holmsten, Droste Verlag, 1990

32 “Berliner Straßennamen” Ch. Links Verlag, 1992

33 “Berlin und seine Bauten VI - Sakralbauten” Architekten-Verein zu Berlin, Wilhelm Ernst & Sohn 1997

34 “Juden in Berlin” Andreas Nachama, Julius H. Schoeps, Hermann Simon, Henschel, 2001

35 “Der Umbau Alt-Berlins zum modernen Stadtzentrum” Benedikt Goebel Verlagshaus Braun, 2003

36 “Berlins erstes Telefonbuch 1881” Gerhild H. Komander Berlin Story, 2006

37 “Straßenbahn in Berlin” Ivo Köhler Gera Mond, 2008

38 “Geschichte der Berliner Juden” Volker Wagner Elsengold Verlag, 2016

39 “Lexikon Berliner Begräbnisstätten”, Hans-Jürgen Mende, Pharus-Plan, 2018

40 “Der Zuschauer im Victoria-Theater” Eduard Bloch, Lassers Buchhandlung（刊行年不明）


＜森鷗外の著作＞


41 「舞姫」鷗外森林太郎、『国民之友』第69号附録、民友社1890年

42 『美奈和集』森鷗外、春陽堂、1892年

43 『玉匣両浦嶋』森鷗外、歌舞伎発行所、1902年

44 『塵泥』森鷗外、千章館、1915年

45 『獨文　舞姫　倫敦塔』森鷗外（小池堅治ドイツ語訳）、南江堂、1917年

46 『鷗外歴史文学集』森鷗外（第12巻）岩波書店、2000年

47 「ヰタ・セクスアリス」『鷗外全集』第5巻、岩波書店、1972年

48 「妄想」『鷗外全集』第8巻、岩波書店、1972年

49 「寒山拾得」『鷗外全集』第16巻　岩波書店、1973年

50 「舞姫につきて気取半之丞に与ふる書」『鷗外全集』第22巻、岩波書店、1973年

51 「鷗外漁史とは誰ぞ」『鷗外全集』第25巻、岩波書店、1973年

52 「自紀材料」『鷗外全集』第35巻、岩波書店、1975年

53 「航西日記」『鷗外全集』第35巻、岩波書店、1975年

54 「独逸日記」『鷗外全集』第35巻、岩波書店、1975年

# 参考文献一覧

ここでは、本文引用文献および事実確認に用いた資料を

【書籍】【新聞・雑誌ほか】【文書】に分けてまとめた。

同一カテゴリ内は日本語の書籍と外国語の書籍に分け、それぞれ刊行年順に示した。

鷗外の著作については【書籍】の末尾にまとめて示した。

## 【書籍】

01　『西洋事情外篇（一）』福沢諭吉、尚古堂、1867年

02　『世界国盡（世界国尽）』三の巻　福沢諭吉、慶應義塾蔵版、1869年

03　『福翁自伝』福沢諭吉、時事新報社、1899年

04　『大正茶道記』高橋義雄、淡交社、1923年

05　『文壇随筆』中村武羅夫、新潮社、1925年

06　『森鷗外自筆草稿「舞姫」』森鷗外、上野精一出版、1960年

07　『父親としての森鷗外』森於菟、筑摩書房、1969年

08　『橋本綱常博士の生涯』松平永芳、アンリー・デュナン教育研究所、1977年

09　『晩年の父』小堀杏奴、岩波文庫、1981年

10　「鷗外先生と祖父」奥野信太郎、『奥野信太郎随想全集』第5巻、福武書店、1984年

11　『鷗外留学始末』中井義幸、岩波書店、1999年

12　『鷗外の思い出』小金井喜美子、岩波書店、1999年

13　『築地居留地』Vol. 1～Vol. 3、築地居留地研究会、2000年版、2002年版、2004年版

14　『森鷗外の系族』小金井喜美子、岩波文庫、2001年

15　『築地外国人居留地－明治時代の東京にあった「外国」』川崎晴朗、雄松堂出版、2003年

16　『森鷗外－国家と作家の狭間で』山崎一穎、新日本出版社、2012年

17　『鷗外の恋 舞姫エリスの真実』六草いちか、講談社、2011年

18　『鷗外の恋 舞姫エリスの真実』六草いちか、河出文庫、2020年

19　『それからのエリス いま明らかになる鷗外「舞姫」の面影』六草いちか、講談社 2013年

20　「ベルリンの地誌から見た『舞姫』の描写」六草いちか、『森鷗外「舞姫」を読む』勉誠出版、2013年

21　“Bühnen Almanach” Gettke, 1888

22　“Handbuch für Passagiere und Verlader” Norddeutscher Lloyd Bremen, 1889

23　“Goldschmidts Reiseführer Berlin” Goldschmitd, 1889

24　“Geschäfts-Bericht der grossen Berliner Pferde-Eisenbahn Actien-Gesellschaft für 1888” ABPAG, 1889

［著者紹介］

**六草 いちか**（ろくそう　いちか）
1962年生まれ。作家。1988年よりドイツ・ベルリン在住。
2000年より執筆。当初は雑誌やガイドブックなど。2007年よりノンフィクション（ベルリンの歴史や日独交流史など）、エッセイ、映画評論ほか。主な著書『鷗外の恋 舞姫エリスの真実』（講談社、2011／河出文庫、2020）、『それからのエリス いま明らかになる鷗外「舞姫」の面影』（講談社、2013）、『いのちの証言 ナチスの時代を生き延びたユダヤ人と日本人』（晶文社、2017）、『大使夫人にこっそり聞いた 失敗しないヨーロッパ式マナーブック』（大修館書店、2018）など。

すべてのナゾがこれで解《と》けた!!
**鷗外《おうがい》「舞姫《まいひめ》」徹底解読《てっていかいどく》**

NDC910／2, 335p／19cm

---

初版第1刷――2022年12月31日

著者――――**六草《ろくそう》いちか**
発行者――――**鈴木一行**
発行所――――株式会社 **大修館書店**
〒113-8541 東京都文京区湯島2-1-1
電話 03-3868-2651（販売部） 03-3868-2290（編集部）
振替 00190-7-40504
［出版情報］ https://www.taishukan.co.jp

---

装丁・本文デザイン――――大滝奈緒子（ブラン・グラフ）
イラスト・図版提供――――六草いちか／文京区立森鷗外記念館／Landesarchiv Berlin（ベルリン州公文書館）
地図協力――――平凡社地図出版
印刷所――――精興社
製本所――――ブロケード

---

ISBN978-4-469-22277-7 Printed in Japan